U0460556

XILA SHENHUA
YU CHUANSHUO

# 希腊神话与传说

## 【一种丰富多彩的民间口头文学】

〔德〕古斯塔夫·斯威布◎著

《青少年经典阅读书系》编委会◎主编

首都师范大学出版社

CAPITAL NORMAL UNIVERSITY PRESS

**图书在版编目（CIP）数据**

希腊神话与传说／《青少年经典阅读书系》编委会主编.—北京：首都师范大学出版社，2011.12（2023年10月重印）

（青少年经典阅读书系.文学名著系列）

ISBN 978-7-5656-0584-0

Ⅰ.①希… Ⅱ.①青… Ⅲ.①神话–作品集–古希腊–缩写
Ⅳ.①I545.73

中国版本图书馆 CIP 数据核字（2011）第 255944 号

**希腊神话与传说**

《青少年经典阅读书系》编委会 主编

策划编辑　李佳健

首都师范大学出版社出版发行

地　　址　北京西三环北路 105 号
邮　　编　100048
电　　话　68418523（总编室）　68908110（发行部）
网　　址　www.cnupn.com.cn
印　　厂　汇昌印刷（天津）有限公司
经　　销　全国新华书店发行
版　　次　2012 年 7 月第 1 版
印　　次　2023 年 10 月第 5 次印刷
书　　号　978-7-5656-0584-0
开　　本　710mm×1000mm　1/16
印　　张　14
字　　数　184 千
定　　价　35.00 元

# 总　序

## Total order

　　被称为经典的作品是人类精神宝库中最灿烂的部分，是经过岁月的磨砺及时间的检验而沉淀下来的宝贵文化遗产，凝结着人类的睿智与哲思。在滔滔的历史长河里，大浪淘沙，能够留存下来的必然是精华中的精华，是闪闪发光的黄金。在浩瀚的书海中如何才能找到我们所渴望的精华——那些闪闪发光的黄金呢？唯一的办法，我想那就是去阅读经典了！

　　说起文学经典的教育和影响，我们每个人都会立刻想起我们读过的许许多多优秀的作品——那些童话、诗歌、小说、散文等，会立刻想起我们阅读时的那种美好的精神享受的过程，那种完全沉浸其中、受着作品的感染，与作品中的人物，或者有时就是与作者一起欢笑、一起悲哭、一起激愤、一起评判。读过之后，还要长时间地想着，想着……这个过程其实就是我们接受文学经典的熏陶感染的过程，接受文学教育的过程。每一部优秀的传世经典作品的背后，都站着一位杰出的人，都有一个高尚的灵魂。经常地接受他们的教育，同他们对话，他们对社会与对人生的睿智的思考、对美的不懈的追求，怎么会不点点滴滴地渗透到我们的心灵，渗透到我们的思想和感情里呢！巴金先生说："读书是在别人思想的帮助下，建立自己的思想。""品读经典似饮清露，鉴赏圣书如含甘饴。"这些话说得多么恰当，这些感

# 总　序

### Total order

受多么美好啊！让我们展开双臂、敞开心灵，去和那些高尚的灵魂、不朽的作品去对话，交流吧，一个吸收了优秀的多元文化滋养的人，才能做到营养均衡，才能成为精神上最丰富、最健康的人。这样的人，才能有眼光，才能不怕挫折，才能一往无前，因而才有可能走在队伍的前列。

"首师经典阅读书系"给了我们一把打开智慧之门的钥匙，会让我们结识世界上许许多多优秀的作家作品，会让这个世界的许多秘密在我们面前一览无余地展开，会让我们更好地去感悟时间的纵深和历史的厚重。

来吧！让我们一起品读"经典"！

国家教育部中小学继续教育教材评审专家
中国教育学会中学语文教学专业委员会秘书长

# 丛书编委会

丛书策划　李佳健
　　　　　王　安
主　　编　李佳健
副主编　张　蕾
编　　委（排名不分先后）
　　　　张　蕾　李佳健　安晓东　王　晶　高　欢
　　　　徐　可　李广顺　刘　朔　欧阳丽　李秀芹
　　　　朱秀梅　王亚翠　赵　蕾　黄秀燕　王　宁
　　　　邱大曼　李艳玲　孙光继　李海芸

# 目录

普罗米修斯用泥土创造了人类，赋予他们灵魂和呼吸。普罗米修斯还教会人类掌握生存所必需的技术和能力。为了保护人类，普罗米修斯把火种带到了人间，他得罪了万神之王宙斯，为自己招来了杀身之祸。宙斯命众神创造了一个叫潘多拉的女子，并让她带着盛满灾害的盒子来到人间。盒子打开了，人间开始充满灾难和罪恶。普罗米修斯也被锁在了高加索山的悬崖峭壁上，永世遭受鸷鹰啄食其肝脏的痛苦。赫剌克勒斯解下普罗米修斯，给予他自由。

天和地被创造了，大海涨落于两岸之间，鱼在水里面嬉游，飞鸟在空中歌唱，大地上拥挤着动物，但还没有有灵魂可以支配周围世界的生物。这时有一个先觉者普罗米修斯，降落在大地上。他是宙斯所放逐的神祇的后裔，是地母该亚与乌剌诺斯所生的伊阿珀托斯的儿子。他机敏而睿智。他知道天神的种子隐藏在泥土里，所以他撮起一些泥土，用河水使它润湿，这样那样地捏塑着，使它成为神祇——世界之支配者的形象。为要给予泥土构成的人形以生命，他从各种动物的心摄取善和恶，将它们封闭在人的胸膛里。在神祇中他有一个朋友，即智慧的女神雅典娜；她惊奇于这泰坦之子的创造物，因把灵魂和神圣的呼吸吹送给这仅仅有着半生命的生物。

这样，最初的人类遂被创造，不久且遍布远至各处的大地。但有相当长时期他们不知怎样使用他们的高贵的四肢和被吹送在身体里面的圣灵。他们视而不见，听而不闻。他们无目的地移动着，如同在梦中的人形，不知道怎样利用宇宙

首先介绍普罗米修斯的身份，并让读者了解普罗米修斯是如何创造出人类的。

睿（ruì）智：睿，深明，通达。睿智，聪慧，明智。

此处描写表现了刚刚被创造出来的人的无知，同时也体现了普罗米修斯后来所做的一系列事情的重要性。

万物。他们不知道凿石、烧砖、从树木刻削椽梁，或利用这些材料建造房屋。他们如同忙碌的蚂蚁，聚居在没有阳光的土洞里，不能辨别冬天、花朵灿烂的春天、果实充裕的夏天的确切的征候。他们所做的事情都没有计划。于是普罗米修斯来帮助他们，教他们观察星辰的升起和降落，教他们计算和用写下的符号来交换思想。他指示他们怎样驾驭牲畜，让它们来分担人类的劳动。他训练马匹拉车，发明船和帆在海上航行。他也关心人类生活中别的一切活动。从前，生病的人没有医药知识，不知道应该吃喝什么或不应该吃喝什么，也不知道服药来减轻自身的痛苦。因为没有医药，人们都极悲惨地死亡。现在普罗米修斯指示他们怎样调治药剂来医治各种疾病。其次他教他们预言未来，并为他们解释梦和异象，看鸟雀飞过和牺牲的预兆。他引导他们作地下勘探，好让他们发现矿石、铁、银和金。总之他介绍给他们一切生活的技术和生活上的用品。

现在，在天上的神祇们，其中有着最近才放逐他的父亲克洛诺斯建立自己的威权的宙斯，他们开始注意到这新的创造物——人类了。他们很愿意保护人类，但要求人类对他们服从以为报答。在希腊的墨科涅，在指定的一天，人、神集会来决定人类的权利和义务。在这会上，作为人类顾问而出现的普罗米修斯设法使诸神——在他们作为保护者的权力中——不要给人类太重的负担。

普罗米修斯不畏强权，维护人类的利益。在人类与神的谈判中，他为人类辩护，减少人类的负担。

普罗米修斯戏弄了众神之首宙斯，同时也惹怒了宙斯。

这时，他的机智驱使他欺骗神祇。他代表他的创造物宰杀了一头大公牛，请神祇拿他们所喜欢的部分。他杀完之后，将它分为两堆。一堆他放上肉、内脏和脂肪，用牛皮遮盖着，顶上放着牛肚子；另一堆，他放上光骨头，巧妙地用牛的板油包蒙着。而这一堆却比较大一些！全知全能的宙斯看穿了他的骗局，说道："伊阿珀托斯之子，显赫的王，我的好朋友，你的分配如何的不公平哟！"这时普罗米修斯相信他已骗过宙斯，暗笑着回答：“显赫的宙斯，你，万神之王，取去你随心所喜的吧。”宙斯则恼了，禁不住心头火起，却从容地用双手去拿雪白的板油。当他将它剥开，看见剔光的骨头，他假装只是这时才发觉被骗似的，严厉地说：“我深知道，我的朋友，啊，伊阿珀托斯之子！你还没有忘掉你的欺骗的伎俩！”

　　为了惩罚普罗米修斯的恶作剧，宙斯拒绝给人类为了完成他们的文明所需的最后一物：火。但机敏的伊阿珀托斯的儿子，马上想出办法，补救这个缺陷。他摘取木本茴香的一枝，走到太阳车那里，当它从天上驰过，他将树枝伸到它的火焰里，直到树枝燃烧。他持着这火种降到地上，即刻第一堆丛林的火柱就升到天上。宙斯，这发雷霆者，当他看见火焰从人类中间升起，且火光射得很广很远，这使他的灵魂感到刺痛。

　　现在人类既然已经有火，就不能从他们那里夺去。为抵消火所给予人类的利益，宙斯立刻为他们想出了一种新的灾害。他命令以巧妙著名的火神赫淮斯托斯创造一个美丽少女的形象。雅典娜由于渐渐嫉妒普罗米修斯，对他失去好意，亲自给这个少女穿上灿亮雪白的长袍，使她戴着下垂的面网（少女手持面网，并将它分开），在她的头上戴上鲜花的花冠，束以金发带。这条发带也是赫淮斯托斯的杰作，他为了取悦他的父亲宙斯，就十分精巧地制造它，细致地用各种动物的多彩的形象来装饰它。神祇之使者赫耳墨斯馈赠这迷人的祸水以言语的技能；爱神阿佛洛狄忒则赋予她一切可能的媚态。于是在最使人迷恋的外表下面，宙斯布置了一种眩惑人的灾祸。他称这女子为潘多拉，意即“有着一切天赋的女人”。因为每一个天上的神祇都给了她一些对于人类有害的赠礼。最后他让这女子降落在人、神都在游荡并寻欢取乐的地上。他

宙斯为惩罚普罗米修斯而拒绝把火种给人类，可见宙斯的不容侵犯和高高在上。

此处详细介绍了潘多拉和她的盒子的由来，让读者了解到美丽的潘多拉拿着的盒子里面装的竟然都是对人类有害的东西。

们都十分惊奇于这无比的创造物，因为人类从来还没有看见过这样的女人。同时，这女人去找"后觉者"厄庇墨透斯，他是普罗米修斯的兄弟，为人少有计谋。

普罗米修斯警告他的兄弟不要接受奥林匹斯圣山的统治者的赠礼，立刻把它退回去，恐怕人类会从它那里受到灾祸。厄庇墨透斯忘记了这警告，他十分欢喜地接受这美丽年轻的女人，在吃到苦头之前，看不出有什么祸害。在此以前——感谢普罗米修斯的劝告啊——人类还没有灾祸，也无过分的辛劳，或者长久疾病的苦痛。但这个女人双手捧着一种赠礼来了——一只巨大的密闭着的匣子。她刚刚走到厄庇墨透斯那里，就突然掀开盖子，于是飞出一大群的灾害，迅速地散布到地上。但匣子底上还深藏着唯一美好的东西：希望！由于万神之王的告诫，在它还没有飞出以前，潘多拉就放下盖子，将匣子永久关闭。现在数不清的不同形色的悲惨充满大地、空中和海上。疾病日夜在人类中间徘徊，秘密地，悄悄地；因为宙斯并没有给它们声音。各种不同的热病攻袭着大地，而死神，过去原是那么迟缓地趑趄着步履来到人间，现在却以如飞的步履前进了。

这事完成以后，宙斯转而向普罗米修斯本人复仇。他将这个罪人交给赫淮斯托斯和他的外号叫作强力和暴力的两个仆人克剌托斯和比亚。他吩咐他们将他拖到斯库提亚的荒原。在那里，下临凶险的巉谷，他用强固的铁链将他锁在高加索山的悬崖绝壁上。赫淮斯托斯很勉强地执行他父亲的命令，因为他爱着这泰坦之子，他是他的同类、同辈，也是神祇的后裔，是他的曾祖父乌剌诺斯的子孙。他被逼迫不能不执行残酷的命令，却说着比他残暴的两个仆人所不喜悦的同情的言语。因此普罗米修斯被锁在悬岩绝壁上，笔直地吊着，不能入睡，而且永不能弯曲他的疲惫的两膝。"你将发出多少控

灾难随着潘多拉的盒子的打开开始在人间蔓延，而希望在还没来得及出来时盒子就已经关闭。人间开始变得恐怖和阴森。

趑趄(zīqiè)：想前进又不敢前进。形容疑惧不决，犹豫观望。

诉和悲叹，但一切都没有用，"赫淮斯托斯说，"因为宙斯的意志是不会动摇的；凡新从别人那里夺得权力而据为己有的人都是最狠心的！"

这囚徒的苦痛被判定是永久的，或者至少有三万年。他大声悲吼，并呼叫着风、河川和无物可以隐藏的虚空和万物之母的大地，来为他的苦痛作证，但他的精神仍极坚强。"无论谁，只要他学会承认定数的不可动摇的威力，"他说，"便必须忍受命运女神所判给的痛苦。"宙斯的威胁也没能劝诱他去说明他的不吉的预言，即一种新的婚姻将使诸神之王败坏和毁灭。宙斯是言出必行的。他每天派一只鹫鹰去啄食囚徒的肝脏，但肝脏无论给吃掉多少，随即又复长成。这种痛苦将延续到有人自愿出来替他受罪为止。

就宙斯对他所宣示的判决来说，这事总算出乎泰坦之子的意想更早地来到了。当他被吊在悬崖绝壁上已经有许多悲苦的岁月以后，赫剌克勒斯为寻觅赫斯珀里得斯的金苹果来到了这里。他看见神祇的后裔被锁在高加索山上，正想询问他怎样才可以寻到金苹果，却禁不住同情他的命运，因为他看见鹫鹰正栖止于不幸的普罗米修斯的双膝上。赫剌克勒斯将他的木棒和狮皮放在身后的地上，弯弓搭箭，从苦难的普罗米修斯的肝脏旁射落凶鹫的鸷鸟。然后他松开链锁，解下普罗米修斯，放他自由。但为满足宙斯所规定的条件，他使马人喀戎作了他的替身。喀戎虽也可以要求永生，却愿意为这位泰坦之子付出自己的生命。为了充分履行克洛诺斯之子宙斯的判决，被判决在悬崖绝壁长期受苦的普罗米修斯也永远戴着一只铁环，并镶上一块高加索山的石片，使宙斯能夸耀他的仇人仍然被锁在山上。

此处的描写充分体现了普罗米修斯的英勇和悲壮，他为人类做出的牺牲让人对他无限敬佩。

鹫(jiù)鹰：一种猛禽，毛色深褐，体大雄壮，嘴呈钩状，视力很强，腿部有羽毛，捕食野兔、小羊等。亦称"雕"。

## 情境赏析

本文情节简单，结构也不复杂，但它历来受到人们的重视，被视为古典名作，这主要是因为文中塑造了普罗米修斯这一位爱护人类、不屈服于暴力的光辉形象。

本文主要讲述了普罗米修斯为了解决人类没有火种的困苦，不惜触犯天规，勇敢地盗取天火，从而给人类带来光明和智慧，并与宙斯进行不屈不挠斗争的动人传说，颂扬了普罗米修斯不畏强暴、为民造福，不惜牺牲一切的伟大精神。同时普罗米修斯面对痛苦的折磨坚强不屈，他为人类忍受苦难的光辉、崇高的精神也受到人们的敬仰和赞叹。

## 名家点评

在所有为了人类而遭受痛苦的受难者中，最神圣的一位就是普罗米修斯。

——（德）海德格尔

人类从第一纪的黄金人类，第二纪的白银人类，第三纪的青铜人类，再到第四纪和第五纪的人类，客观上一个世纪的人类比一个世纪的人类更加高贵和公正。然而诗人赫西俄德在谈到他所存在的世纪时却感叹黑铁世纪的罪恶，在他看来，恶人可以任意伤害善人，世界颠倒了黑白是非。他不满于人类之间的相互倾轧，悲观的情绪溢于言表。

神祇创造的第一纪的人类乃是黄金的人类，这时克洛诺斯（即萨图恩）统治天国。他们无忧无虑地生活着，没有劳苦和忧愁，差不多如同神祇一样。他们也不会衰老。他们的手脚仍然有着青年的力量。四肢温软，不生疾病，一生享受盛宴和快乐。神祇们也爱护他们，给他们丰盛的收获和壮美的牧畜。当他们的死期来到，他们就入于无扰的长眠；但是在活着的时候，他们有着许多如意的事物。大地自动地为他们生长出十分丰富的果实。他们的需要都得到满足，大家在和平康乐中幸福地生活。当命运女神判定他们离开大地，他们便成为仁慈的保护神祇，他们在云雾中随处行走，给予赠礼，主持正义，并惩罚罪恶。

其后神祇创造第二纪的人类，白银的人类；这在外貌和精神上都与第一个种族不同。他们的子孙，百年都保持着童年，不会成熟，受着母亲们的照料和溺爱。最后当这样的一个孩子成长到壮年，留给他的已只有短短的一段生命。因为他们不能节制他们的感情，放肆的行动使得这新的人类陷于灾祸。他们粗野而傲慢，互相违戾，不再向神祇的圣坛献祭适当的祭品来表示敬意。宙斯很恼怒于他们对神祇缺乏崇敬，所以他使这个种族从大地上消失。但因为这白银的种族并不是全然没有道德，所以不能不有某种光荣。在他们终止人类生活的时候，他们仍然可以作为魔鬼在地上漫游。

现在天父宙斯创造了第三纪的种族，青铜的人类。这又完全不同于白银时代的人类，残忍而粗暴，习于战争，总是互相杀害。他们损害田里的果实并饮食动物的血肉；他们的顽强的意志如同金刚石一样坚硬。从他们的宽厚的两肩生长出无可抵抗的巨臂。他们穿着青铜的甲，居住青铜的房子，并以青铜的工具操作，因为在那时还没有铁。但他们虽高大可怕，且不断互相战争，却不能抗拒死。当他们离开晴朗而光明的大地之后，他们就下降到地府的黑夜里去。

当这种族也完全灭亡，克洛诺斯之子宙斯创造了第四纪的种族，他们依靠大地上的出产来生活。这些新的人类比以前的人类都更高贵而公正。他们乃是古代所称的半神的英雄们。但最后他们也陷于仇杀和战争，有的在忒拜的城外为俄狄浦斯国王的国土战争，有的为了美丽的海伦乘船到特洛伊原野。当他们在战斗和灾祸中结束了地上的生命，宙斯把天边的、在暗黑的海洋里向着光明的极乐岛分派给他们。在这里他们过着死后宁静而幸福的生活，每年三次，富饶的大地给他们甜蜜果实的丰收。

古代诗人赫西俄德说到人类世纪的传说，他以这样的慨叹结尾："啊，假使我不生在现在的人类的第五纪，让我死得更早，或出生得更晚吧！因为现在正是黑铁的世纪。这时的人类全然是罪恶的。他们日以继夜地工作和忧虑，神祇使他们有愈来愈深的烦恼，但是最大的烦恼却是他们自己给自己带来的。父亲不爱儿子；儿子不爱父亲。宾客憎恨主人，朋友也憎恨朋友。甚至于弟兄们都不赤诚相与如古代一样，父母的白发也得不到尊敬。年老的人不得不听着可耻的言语并忍受打击。啊，无情的人类哟！难道你们忘记了神祇将给予的裁判，敢于辜负高年父母的抚育之恩吗？处处都是强权者得势，人们毁灭他们邻近的城市。守约、良善、公正的人得不到好报，而为恶和硬心肠的渎神者则备受光荣。善和文雅不再被人尊敬。恶人被许可伤害善良，说谎话，赌假咒。这就是这些人之所以这么不幸福的原因。不睦和恶意的嫉妒追袭着他们，并使他们双眉紧锁。直到此时还常来地上的至善和尊严的女神们，如今也悲哀地以白袍遮蒙着她们的美丽的肢体，回到永恒的神祇中去。留给人类的除了悲惨以外没有别的，而这种悲惨且是看不见边际的！"

世界的统治者宙斯为了惩罚国王吕卡翁，不仅使他变成了一只狼，而且，宙斯决定惩罚所有的可耻的人类。他将暴雨降落到地上，洪水淹没了整个世界。就连海神波塞冬也帮着一起破坏房舍和堤坝。几乎所有的人都被冲走，只有普罗米修斯的儿子，还有儿子的妻子，因提前得知洪水的来临，才幸免于难。在正义女神的帮助下，他们重新创造了男人和女人。这也成为解释人类起源的一种说法。

宙斯巡视人间，发现人类已经作恶到了很严重的地步，这让他非常恼火。

在青铜人类的世纪，世界的统治者宙斯听到住在世界上的人类所做的坏事，他决定变形为人降临到人间查看。但无论他到什么地方，他发现事实比传闻要严重得多。

一晚，快到深夜的时候，他来到并不喜欢客人的阿耳卡狄亚国王吕卡翁的大客厅里。这是一个以粗野著名的人。宙斯以神异的先兆和表征证明了自己的神圣的来历，人们都跪下向他膜拜。但吕卡翁嘲笑他们虔诚的祈祷。"让我们看吧，"他说，"究竟我们的这个客人是一位神祇还是一个凡人！"于是他暗自决定在半夜中当客人熟睡的时候将他杀害。

吕卡翁的行为让宙斯再也无法容忍，这直接导致了宙斯要用洪水除掉所有的可耻的人类种族。

最初他杀死摩罗西亚人所送给他的一个可怜的人质，把一部分还温热的肉体扔在滚水里，一部分烧烤在火上，并以此为晚餐献给客人。宙斯看出他所做的和想要做的，从餐桌上跳起来，投掷复仇的火焰于这不义的国王的宫殿。吕卡翁战栗着逃到宫外去。但他的第一声绝望的呼喊就变成了嗥叫。他的皮肤成为粗糙多毛的皮，他的手臂变成前腿。他被变成了一只喝血的狼。

其后宙斯回到奥林匹斯圣山，坐着和诸神商议，决定消灭全部可耻的人类种族。他正想用闪电鞭挞整个大地，却即时住手，因为恐怕天国会被殃及，并烧毁宇宙的枢轴。所以他放下库克罗普斯为他所炼铸的雷电，决心以暴雨降落地上，用洪水淹没人类。即刻，北风和别的一切可使天空明净的风都被锁在埃俄罗斯的岩洞里，只有南风被放出来。于是南风隐藏在漆黑的黑夜里，扇动湿淋淋的翅膀飞到地上。涛浪流自他的白发，雾霭遮盖着他的前额，大水从他的胸脯涌出。他升到天上，将浓云捞到他的大手里，然后把它们挤出来。雷霆轰击，大雨从天而降。大风雨的狂暴蹂躏了庄稼，粉碎了农民的希望。一年的辛苦都白费了。

*此处的描写把当时的情形刻画得逼真形象，同时也表达了宙斯的愤怒和坚决。*

宙斯的兄弟，海神波塞冬也帮助着这破坏的盛举。他把河川都召集来说道："泛滥你们的洪流！吞没房舍和冲破堤坝吧！"它们都听从他的命令。同时他也用他的三尖神叉撞击大地，摇动地层，为洪流开路。河川汹涌在空旷的草原，泛滥在田地，并冲倒小树、庙堂和家宅。如果这里那里仍然隐隐地出现着少数宫殿，巨浪也随时升到屋顶，并将最高的楼塔卷入旋涡。顷刻间，水陆难辨，一切都是大海，无边无际。

*宙斯的做法引来了海神的支援，瞬间工夫，整个世界变成了一片汪洋。*

人类尽所有的力量来救自己。有些人爬上高山，有的人划着船航行在淹没的屋顶上，或者越过自己的葡萄园，让葡萄藤扫着船底。鱼在树枝间挣扎，逃遁的牡鹿和野猪则被涛浪淹没。所有的人都被冲去。那些幸免的也饿死在仅仅生长着杂草和苔藓的荒芜的山上。

*人类的自救不过是无力的挣扎，谁也无法违抗神的旨意。*

在福喀斯的陆地上，仍然有着一座山，它的山峰高出于洪水之上。那是帕耳那索斯山。丢卡利翁，由于受到他的父亲普罗密修斯关于洪水的警告，并为他造下一只小船，现在他和他的妻皮拉乘船浮到这座山上。被创造的男人和女人再

*好人有好报，皮拉和丢卡利翁受到父亲普罗米修斯关于洪水的警告，幸运逃生，而地球上也只剩下他们两个人。*

没有比他们还善良和信神的。当宙斯从天上俯视，看见大地成为无边的海洋，千千万万人中只有两个人剩下来，善良而敬畏神祇。所以他使北风驱逐黑云并分散雾霭。他再一次让大地看见苍天，让苍天看见大地。同时管领海洋的波塞冬也放下三尖神叉使浪涛退去。大海又现出海岸，河川又回到河床。泥污的树梢开始从深水里伸出。其次出现群山，最后平原扩展开来，开阔而干燥，大地复原。

丢卡利翁看看四周，陆地荒废而死寂，如同坟墓一样。看了这些，他不禁落下泪来，他对皮拉说："我的唯一的挚爱的伴侣哟，极目所至，我看不见一个活物。我们两人是大地上仅仅残留下来的人类；其余的都淹没在洪水里了。而我们，也还不能确保生命。每一片云影都使我发抖。即使一切的危险都已过去，仅仅两个孤独的人在荒凉的世界上能做什么呢？啊，我多么希望我的父亲普罗米修斯将创造人类和吹圣灵于泥人的技术教给我呀！"

丢卡利翁的话表现了他面对坟墓一样的死寂时内心的悲哀和难过，以及他对未来的迷茫。

他这么说着，心情寂寞，夫妻二人不觉哭泣起来。于是他们在正义女神忒弥斯的半荒废的圣坛前跪下，向着永生的女神祈祷："告诉我们，女神哪，我们如何再创造消灭了的人类种族。啊，帮助世界重生吧！"

"从我的圣坛离开，"一个声音回答，"蒙着你们的头，解开你们身上的衣服，把你们的母亲的骨骼掷到你们的后面。"

他们长久沉思着这神秘的言语。皮拉最先突破沉默。"饶恕我，伟大的女神，"她说，"如果我战栗着不服从你；因为我踌躇着，不想以投掷母亲的骨骼来冒犯她的阴魂！"

但丢卡利翁的心忽然明亮了，好像闪过一线光明。他用抚慰的话安慰他的妻。"除非我的理解有错误，神祇的命令永不会叫我们做错事的，"他说，"大地便是我们的母亲，她的骨骼便是石头。皮拉哟，要掷到我们身后去的正是石头啊！"

对于忒弥斯的神谕这样的解释他们还十分怀疑。但他们又想，试一试原也无妨。于是他们走到一旁，如被告诉的那样蒙着他们的头，解开他们的衣服，并从肩头上向身后投掷石头。一种奇迹突然出现：石头不再是坚硬易碎。它们变得柔软，巨大，成形。人类的形体显现出来了。起初还不十分清楚，只是颇像艺术家用大理石雕凿成的粗略的轮廓。石头上泥质润湿的部分变成肌肉，结实坚硬的部分变成骨骼，而纹理则变成了人类的筋脉。就这样，在短时间内，由于神祇的相助，男人投掷的石头变成男人，女人投掷的变成女人。

人类并不否认他们的起源。这是一种勤劳刻苦的人民。他们永远不忘记造成他们的物质。

神的旨意充满了神秘。聪明的丢卡利翁领会了神的旨意，并按照其去做，终于让世界上再一次有了许许多多的男人和女人。

## ▌情境赏析▌

本文讲述了宙斯为了惩罚一部分可耻而邪恶的人而不惜将全部人类消灭，但宙斯在看到仅存的善良的皮拉和丢卡利翁时，因其善而放过了他们。

本文主要讲述了皮拉和丢卡利翁夫妻二人如何逃过了宙斯的对整个人类的惩罚，如何重新创造了人类。故事说明善良且敬畏神祇的人总是会受到神祇的眷顾，只要心存善念，抱有信仰，一切的苦难都会成为过去，人们可以生活在神祇的关爱之中。

## ▌名家点评▌

无论是希腊神话里的神，还是希腊传说中的英雄，他们与人的共同特点是他们比人更像人。

——（法）丹纳

**宙斯和伊娥**

　　宙斯爱上了美丽的伊娥，他变成男人来引诱伊娥。这遭到了诸神之母赫拉的嫉妒。为了能够摆脱赫拉的嫉恨，宙斯把伊娥变成了一只母牛，把她当做礼物送给了赫拉。可怜的伊娥被一个百眼怪物——阿耳戈斯看管，没有半点的自由。宙斯无法忍受赫拉对伊娥所做的一切，他召唤他的爱子赫耳墨斯帮他除掉阿耳戈斯，还伊娥自由。为了能够恢复伊娥的人身，宙斯请求赫拉的谅解。伊娥为宙斯生了一个儿子。当他们母子死后，尼罗河的人们把他们当做神来崇拜。

　　珀拉斯戈斯王伊那科斯乃是一古老王朝的嗣君，他有一个美丽的女儿叫伊娥。一次当她在勒耳那草地上为她的父亲牧羊时，奥林匹斯圣山的大神宙斯偶然看到她，心中便对于她燃起了火焰一样的爱慕。他变形为一个男人，走来用甜美的、挑逗的言语引诱她。

　　"那是如何的幸福啊，当一个人有一天可以称呼你为他自己的！但没有人类配爱你，你只适宜于做万神之王的新妇。我便是他，我是宙斯。不，你不要跑开！看看，这正是灼热的中午。和我到左边的树荫中去，它会以它的清凉接待我们。为什么你要在当午的炎热中劳苦呢？你不必害怕进入阴暗的树林，那里野兽们都蹲伏于幽暗的溪谷；因为我手中执掌着天国的神杖，我不是在这里保护你吗？"

　　这女郎逃避了他的诱惑。恐怖使她如飞地奔跑。真的，假使不是他施展他的权力并使整个地区陷于黑暗，她必可以逃脱的。她为云雾包裹着，因为担心而放慢脚步，唯恐被石头绊倒或者失足落水。因此，不幸的伊娥陷入了宙斯的罗网。

宙斯用来诱惑伊娥的挑逗的语言热烈真挚，表现了他对伊娥的喜爱之情。

宙斯的诱惑让伊娥感到恐惧，慌乱之中，她没能逃脱宙斯的罗网。

　　诸神之母赫拉，久已熟知她的丈夫的不忠。因为他常常背着她，对半神和凡人的女儿滥施爱情。她永不约束她的愤怒和嫉妒，始终怀着顽强的疑心监视着宙斯在地上的每一行动。现在她又在注视着她丈夫瞒着她寻欢作乐的地方，她吃惊地看见那地方在晴天也迷蒙着云雾。那不是从河川升起，也不是从地上，也不是由于别的自然的原因。她即刻起了疑心。她寻遍了奥林匹斯圣山，都不见宙斯。"如果我没有弄错，"她恼恨地说，"我的丈夫一定又在做着触犯我的重大的罪过。"

　　因此她离开天上的高空，乘云下降到人间，并吩咐屏障着引诱者及其猎获物的云雾散开。宙斯预先知道她的到来，为了要从她的嫉恨中救出他的情人，他将这伊那科斯的可爱的女儿变为雪白的小母牛。即使这样，这女子看起来仍是很美丽的。赫拉即刻看透她的丈夫的诡计，假意夸赞这头美丽的动物，并询问他这是谁的，从哪里来，它吃什么。由于窘迫和想打断赫拉的问话，宙斯扯谎说这小母牛只不过是地上的生物，没有别的。赫拉假装对于他的答复很满意，但要求他将这美丽的动物送给她作为礼物。现在欺骗遇到欺骗，怎么办呢？<u>假使他答应她的请求，他将失去他的情人；假使他拒绝她，她的酝酿着的疑嫉将如火焰一样地爆发，而她也真的会殛灭这个不幸的女郎。他决定暂时放手，将这光艳照人的生物赠给他的妻子，他想如此一来秘密是隐藏得很好的。</u>

　　赫拉表示很喜欢这赠礼。她在小母牛的脖子上系上一根带子，并得意扬扬地将她牵走，小母牛的心怀着人类的悲哀，在兽皮下面跳跃着。但这女神知道，除非把她的情敌看守得非常牢，否则她是不会放心的。她找到阿瑞斯托耳之子阿耳戈斯，他好像最适宜于做她心想着的差使。因为阿耳戈斯是一个百眼怪物，当他睡眠的时候，每次只闭两只眼，其余的可怜的小母牛被一只有着一百只眼睛的怪物——阿耳戈斯看守着，一刻也没有自由。看到自己变成母牛后的模样，伊娥无比难过。

都睁着，在他的额前脑后如同星星一样发着光，仍然忠实于它们的职守。赫拉将伊娥交给阿耳戈斯，使得宙斯不能再得到这个她从他那里夺去的女郎。被百只眼睛监视着，在漫长的白天里，这小母牛可以在长满青草的山坡上啮草；无论她走到哪里总离不开阿耳戈斯的视线，即使她走到他的身后，也会被他看见。夜间他用极沉重的锁链锁住她的脖颈。她吃着苦草和强韧的树叶，躺在坚硬的光秃秃的地上，饮着污浊的池水。伊娥常常忘记她不再是人类。她要举手祈祷，这才想起她已没有手。她想以甜美的感人的言语向阿耳戈斯祈求，但当她一张口，她便畏缩起来，因为她只能发出犊牛一般的叫声。阿耳戈斯不仅是在一个地方看守她，因为赫拉吩咐他要将她牧放得很远，使宙斯难以找到她。这样，她和她的守护人在各地游荡着，直到一天她发觉来到了她自己的故乡，来到了她幼时常常嬉游的河岸上。现在她第一次看到自己改变了的形状。当那有角的兽头在河水的明镜中注视着她，她在战栗的恐怖中逃避开自己的形象。由于渴望，她走向她的姊妹和她的父亲那里去，但他们都不认识她。真的，伊那科斯抚拍她的光艳照人的身体并喂她从附近小树上摘下来的叶子。但当这小母牛感恩地舔着他的手，用亲吻和人类的眼泪爱抚着他的手时，这老人仍猜不出他所抚慰的是谁，也不知道谁在向他感恩。最后这可怜的女郎想出一个巧妙的主意，因她的思想并不曾随形体有所变化。她开始用她的蹄弯弯曲曲地在沙上写字。她的父亲本来就为这种奇异的动作而吸引，现在立刻明白是他自己的孩子站立在他的面前了。

聪明的伊娥用写字的方式告诉自己的父亲发生了什么。她的这一奇怪的举动让父亲知道原来自己的孩子变成了一头母牛。

"多悲惨呀！"这老人惊呼起来，抱住他的呜咽着的女儿的两角和脖颈。"我走遍全世界寻找你，却发现你是这个样子！唉，现在看见你比不看见你更悲哀！你不说话吗？你不能给我以安慰的话只是作牛叫吗？我以前真傻呀！我把心全用在挑选一个可以匹配你的女婿，现在你却变成了一头牛……"伊那科斯的话还没有说完，阿耳戈斯，这残酷的监护人，就从她的父亲那里把伊娥抢走，牵着她远远走开，另到一块荒凉的牧场。于是他自己爬到山顶上，用那一百只谨慎的眼睛看望着四周，执行着他的职务。

　　现在宙斯不能再忍受对于伊娥的悲恸。他召唤他的爱子赫耳墨斯，命令他诱骗可恨的阿耳戈斯闭上他所有的眼睛。赫耳墨斯将飞鞋绑在脚上，戴上旅行帽，有力的手上握着散布睡眠的神杖。他这样装束着，离开父亲的住屋飞降到地上。他放下他的帽子和飞鞋，只是持着神杖，所以他看起来好像一个执鞭的牧童。他诱使一群野羊跟随着他，来到伊娥在阿耳戈斯永久监视下啃着嫩草的寂寞的草原。赫耳墨斯抽出一种叫绪任克斯的牧笛，开始吹奏乐曲，比人间的牧人所吹奏的更美妙。

　　赫拉的仆人，对于这意外的音乐很喜欢。他从高处的座位上站起，向下呼叫："你是谁呀，最受欢迎的吹笛者哟，请来我这里的岩石上休息。为你的牧群你再找不到比这里更茂盛更葱绿的青草。而那一排茂密的树林也给予牧群以舒适的阴凉。"

　　赫耳墨斯感谢阿耳戈斯，并爬上去坐在他的身边。他们开始谈话。他的话那么生动迷人，所以时光不知不觉地过去，阿耳戈斯的百只眼皮都感到沉重。现在赫耳墨斯吹奏芦笛，希望阿耳戈斯在他的演奏中熟睡。但伊娥的监护人惧怕他的女主人愤怒，不敢松懈。所以他和他的瞌睡斗争，至少要使他的眼睛中的一部分还在睁着。他以最大的努力征服他的瞌睡，又因这芦笛是这样的新奇，所以他询问他这芦笛的来源。

这个动人的故事说明了笛声如此美妙动人的原因所在。

"我很愿意告诉你，假使你能耐心地听下去，"赫耳墨斯说，"在阿耳卡狄亚雪封的山上住着一个著名的山林女仙叫作绪任克斯。树神和牧神都迷恋着她的美丽并热烈地向她求爱，但她一再逃避他们的追逐，因为她恐惧婚姻的束缚。如同束着腰带的狩猎女神阿耳忒弥斯一样，她不愿放弃她的处女生活。但最后当山林大神潘在树林中游行时，他看到了这个女仙。即使他怀着自己的尊严和骄傲，他也仍然不断地向她求爱。但她也拒绝了他，并从没有行径的荒野逃避，直逃到名叫拉冬的一条沙河，它的水深恰恰可以阻止她渡过。她在河岸上焦急万分，哀求她的姊妹山林女仙们同情她，在大神没有追到她以前，使她改变形状。这时他刚刚向她跑来，双手拥抱住她。但使他大吃一惊，他发现他所拥抱的乃是一株芦苇，并不是一个少女。他的深沉的悲叹深入芦苇，声音逐渐变大，引起了如泣如诉的回声。这神奇的曲调总算安慰了失恋的神祇的悲痛。'就这样吧，啊，变形的情人哟，'他在痛苦和快乐中叫唤道，'即使如此我们也将合为一体，永不分开。'于是他砍下各式不同长度的芦苇，用蜡粘接起来，并以美丽的女神的名字命名他的笛子。从此以后我们遂叫牧人的牧笛为绪任克斯……"

赫耳墨斯用故事来迷惑阿耳戈斯，表现出他的机智和聪慧。通过此种方法，他成功地除掉了这个百眼怪兽。

这便是神祇之使者所说的故事。当他说故事的时候他目不转睛地看着阿耳戈斯。故事还没有说完，一只只的眼睛便依次闭上，直到最后他深深地睡着了，一百只眼睛的光芒消失了。现在赫耳墨斯停止吹奏牧笛。他以他的神杖轻触闭上的百只眼睛，使它们的睡眠更深沉。最后他迅速地抽出藏在牧人革囊中的镰刀，在最靠近怪物头的地方砍断他下垂的脖颈，那怪物的头和身体滚下山去，喷溅的鲜血染红了山上的岩石。

现在伊娥自由了。即使她仍然是母牛的形体，但她可以无拘束地奔跑。但赫拉的慧眼发现了下界所发生的一切。她要寻找一种东西来折磨她的情敌，碰巧抓到牛蝇。这昆虫把伊娥叮得几乎发狂，并追逐她从她自己的故乡至世界各地：到斯库提亚，到高加索，到阿玛宗部落，到铿墨里亚海峡，到迈俄提斯海，并由此逃到亚细亚。经过长期艰难的行程，她来到埃及。在尼罗河岸上，她前脚跪下，昂着头，在默默的哀怨中仰望着天上的宙斯。他看到她，激起怜悯，即刻到赫拉那里，拥抱她，请求她怜悯这个可怜的女郎。他说明她没有诱惑他趋于不义，并指着下界的河川发誓（因为神祇常是这样发誓的），以后他将永远放弃对于她的爱情。当他正在恳求她时，赫拉从澄明的天空也听到小母牛的悲鸣，她心软了，许可宙斯恢复伊娥的原形。

宙斯忙着来到尼罗河边，用手抚摩着小母牛的背，即刻出现了一种奇异的变化：牛毛从她的身上消失，牛角也隐去，她的眼睛缩小，牛嘴变成人唇，两肩和两手出现，四蹄也突然消失，小母牛的身上的一切都没有留存，除了她的美丽的白色。伊娥从地上站起来，容光焕发。在尼罗河岸上，她为宙斯生了一个儿子厄帕福斯。因人们都尊敬她，这个神奇地得了救的人，如同女神一样。她统治那地方很多年。但即使是这样，赫拉的愤怒仍然使她不得安宁。她鼓动野蛮的枯瑞忒斯人偷走她的幼小的儿子厄帕福斯。所以伊娥又在大地上到处漂泊，徒然地寻找着她的儿子。最后宙斯用雷电击灭枯瑞忒斯，她才发现厄帕福斯在埃塞俄比亚的边界，于是她将他带回埃及，并分享她的王位。后来他娶门菲斯为妻，她给他生了一个女儿利彼亚；利比亚那地方，就以她而得名。当母亲和儿子都死去后，尼罗河流域的人们给他们建造神庙，把他们当作神来崇拜——她是伊西斯神，他是阿庇斯神。

可怜的伊娥不得不承受赫拉对她的折磨。伊娥的无助和赫拉的残忍在此处被体现得淋漓尽致。

为使伊娥摆脱折磨，恢复人身，宙斯用拥抱化解赫拉对他的怨恨。而赫拉也因听到了小牛的悲鸣，愿意恢复伊娥的原形。

## 情境赏析

本文讲述的是宙斯爱上了美丽的伊娥，却遭到了天后赫拉的嫉恨，为了能够摆脱赫拉的嫉恨，宙斯把伊娥变成了一只母牛，并把它送给了赫拉，赫拉一直折磨伊娥，最终宙斯无法忍受赫拉对伊娥所做的一切，他发誓将永远放弃对伊娥的爱情，最后赫拉同意恢复伊娥的人身。

文中天后赫拉以怨妇和报复心极强等满是缺点的凡人女子的形象出现，她好用权势，残酷无情，嫉妒成性，她因妒生恨，却又无法管束宙斯，只好把丈夫对自己的不忠诚统统怪罪、报复到他的情人身上。人性中的缺点暴露无遗。

## 名家点评

希腊神话是在漫长的历史时期内逐渐形成的，神的性格和职责以及故事情节都有发展变化。可以说古希腊神话是整个西方文学的源头，后世几乎所有的作家都曾从古老的神话中汲取养分。

——（苏）高尔基

为了向人间证明自己是太阳神福玻斯·阿波罗的儿子，法厄同请求父亲允许自己驾驶一整天的太阳车。太阳神后悔自己不该轻易向儿子承诺，可是为时已晚。福玻斯希望能够劝阻法厄同，可是他丝毫没有动摇要驾驶太阳车的信念，太阳神只好把法厄同领到太阳车前。坐上太阳车，当其行驶到空中时，法厄同无法控制奔驰着的马匹，最终太阳车坠落到了人间。所有的国家和人类都化为了灰烬。法厄同自己也着了火，从车上跌落到了厄里达诺斯河。

太阳神的宫殿，支以发光的圆柱，镶着灿烂的黄金和火红的宝石在天上耸立着。飞檐是炫目的象牙；在宽阔的银质的门扇上浮雕着传说和神奇的故事。太阳神福玻斯·阿波罗的儿子法厄同来到这华丽的地方寻找他的父亲。他不敢走得太近，在离开稍远的地方站着，因为他不能忍受那煜耀的闪光。

福玻斯穿着紫袍，坐在饰以无比美丽的翡翠的宝座上。在他的左右，依指定的次序分排站立着他的扈从人员：日神，月神，年神，世纪神和四季神；年轻的春神戴着饰以鲜花的发带，夏神戴着黄金谷穗的花冠，秋神面容如醉，冬神则鬓发雪白如同冰雪。慧眼的福玻斯在他们当中立刻看到正在默默惊奇于他周围的荣耀的这个青年。"你为什么要到这里来？"他询问他，"什么使你到你父亲的宫殿来呢，我的爱儿？"

"啊，父亲。"法厄同回答，"因为大地上的人们都嘲弄我，并诽谤我的母亲克吕墨涅。他们说我自称天国的子孙，而实际不过是一个十分平凡的、不知名的人类的儿子而已。所以我来请求你给我一些表征足以向人间证明我的确是你的儿子。"

福玻斯收敛围绕着头颅的神光，吩咐他向前走近。于是他爱怜地拥抱着他并对他说："我的儿子，你的母亲克吕墨涅已将真情告诉你，我永远不会在世人面前否认你是我的儿子。为了要永远消除你的怀疑，你向我要求一件礼物吧。我指着斯堤克斯河发誓，你的愿望将得到满足，无论那是什么。"

法厄同好容易等他父亲说完，立刻喊道："那么让我的最狂妄的梦想实现吧，让我有一整天驾驶着太阳车吧！"

太阳神的发光的脸突然因忧惧而阴暗。三番五次他摇着他的闪着金光的头。"啊，儿子哟，你诱致我说了轻率的话。但愿我能收回我的诺言吧！因为你要求的东西是超过你的力量的。你很年轻，你是人类，但你所要求的却是神祇的事，且不是全体神祇所能做的事。因为只有我能做你那么热心地想尝试的事。只有我能站立在从空中驶过便喷射着火花的灼热的车轴上。我的车必须经过陡峻的路。即使是在清晨，在它们精力旺盛的时候，马匹都难攀登，路程的中点在天之绝顶。我告诉你，在这样的高处，我站立在车子上，我也常常因恐惧而震动。我的头发晕，当我俯视在我下面的那么遥远的海洋和陆地。最后路程又陡转而下，需要准确的手紧握着缰绳。甚至于在平静的海面上等待着我的海的女神忒提斯也十分恐惧，怕我会从天上摔下来。还有别的危险要想到，你必须记住天在不停地转动，这种驾驶须得抗得住它的大回转的速度。即使我给你我的车，你如何能克服这些困难呢？不，我的亲爱的儿子哟，不要固执我对于你的诺言。趁时间还来得及，你可改正你的愿望。你当可以从我的脸上看出我的焦虑。你只须从我的眼光就可以看到我的心情，做父亲的忧虑是多么沉重啊！挑选天上地下所能给予的任何东西，我指着斯堤克斯河发誓，它将是你的——怎么你伸出你的手臂拥抱着我呢？唉，还是不要要求这最危险的事吧！"

这青年恳求又恳求，且福玻斯·阿波罗毕竟已经说出神圣的誓言，所以只得牵引着儿子的手，领他走到赫淮斯托斯所制作的太阳车那里。车辕、车轴和轮边全是金的；辐条是银的；辔头放射着橄榄石和别的宝石的光辉。当法厄同正在惊叹着这完美的工艺，东方的黎明女神已醒来，并敞开直通到她的紫色寝宫的大门。星星已经很稀疏，在天上的岗位上残留得最久的晨星也已凋落，同时新月的弯角也在发光的天边变得惨白。现在福玻斯命令有翼的时光神祇套上马匹。他们都遵命，将身上闪着光辉的喂饱了仙草的马匹从华丽的马厩牵出来，套上发光的鞍辔。然后父亲用一种神异的膏油涂抹儿子的脸，使他可以抵抗炎热的火焰。他给他戴上日光的金冠，不断叹息并警告他说："孩子，别用鞭子，但要紧握缰绳，因为马匹们会自己飞驰，你要做的是让它们跑得慢些——走一条宽阔而微弯的弧线。不要靠近南极和北极。你将从遗留下的车辙发现道路。不要驶得太慢，恐怕地上着火；也不要太高，恐你烧毁天堂。现在去吧，假使你非去不可！黑夜快要过去了。两手紧握着缰绳，或者——可爱的儿子哟，现在还来得及放弃这种妄想！把车子让给我，使我发光于大地，你在旁边看着吧！"

这孩子几乎没有听见父亲的话，一跳就上了车子，很高兴自己的两手已握住缰绳。他只以点头和微笑感谢忧虑的福玻斯。四只有翼的马匹嘶鸣着，空气因它们的灼热的呼吸而燃烧。同时忒提斯，并不知道她的孙儿的冒险，她敞开她的大门。世界的广阔空间躺在法厄同的眼底，马匹们登上路程并冲破新晓的雾霭。

但不久它们感到它们的负重比往常轻，如同没有载够重量在大海中摇荡着的船舶，车子在空中摇摆乱动，无目的地奔突，就好像是空的一样。当马匹觉到这些，它们离开天上的故道奔驰，并在野性的急躁中互相冲撞。法厄同开始战栗。他不知道朝哪一边拉他的缰绳，不知道自己在什么地方，也不能控制狠命奔驰着的马匹。当他从天顶向下观望，看见陆地那么遥远地展开在下面。他的面颊惨白，他的两膝因恐惧而颤抖。他向后回顾，已经走了这么远；望望前面，更觉辽阔。他心中算计着前方和后方的广阔距离，呆呆地看着天空，不知如何是好。他的无助的双手既不敢放松也不敢拉紧缰绳。他要叫唤马匹，但又不知道它们的名字。他看见许多星座散布在天上，它们的奇异的形状如同许多魔鬼，他的心情因恐惧而麻木。他在绝望中发冷，失落了缰绳，即刻，马匹们脱离轨道，跳到空中的陌生的地方。有时它们飞跑向上，有时它们奔突而下。有时它们向固定的星星冲过去，有时又向着地面倾斜。它们掠过云层，云层就着火并开始冒烟。车子更低更低地向下飞奔，直到车轮触到地上的高山。大地因灼热而震动开裂；生物的液汁都被烧干。突然，一切都开始颤动。草丛枯槁，树叶枯萎而起火。大火也蔓延到平原并烧毁谷物。整个城市冒着黑烟，整个国家和所有的人民都烧成灰烬。山和树林，都被烧毁。据说就在此时埃塞俄比亚人的皮肤变成了黑色。河川都干涸或者倒流。大海凝缩，本来有水的地方现在全成了沙砾。

全世界都着了火，法厄同开始感到不可忍受的炎热和焦灼。他的每一次呼吸都好像从滚热的火炉里流出，而车子也烧灼着他的足心。他为燃烧着的大地投掷出来的火烬和浓烟所苦。黑烟围绕着他，马匹颠簸着他。最后他的头发也着了火，他从车上跌落，并在空中激旋而下，有如在晴空划过的流星。远离开他的家园，广阔的厄里达诺斯河接受他，并埋葬他的震颤着的肢体。

他的父亲，太阳神，眼看着这悲惨的景象，褪去头上的神光，陷于忧愁。据说这一天全世界都没有阳光，只有大火照亮了广阔的田野。

　　欧罗巴是阿革诺耳国王的女儿，她的高贵俏丽使得她在众多的女伴中脱颖而出。克洛诺斯的儿子宙斯被爱神之箭射中，他被欧罗巴的美丽深深打动。宙斯决定化作一只牡牛，去勾引年轻的欧罗巴。牡牛有着粗颈和宽肩，金黄色的身体，亮蓝色眼睛，这一切都深深地吸引着欧罗巴。最后，欧罗巴终于没能抵挡住牡牛的诱惑，爬到了牛背上。牡牛突然从地上跃起，将欧罗巴带到了远方的陆地上。最终欧罗巴成了宙斯在人间的妻子，而这块陆地也被命名为欧罗巴。

**在** 太尔与西顿地方，阿革诺耳国王的女儿欧罗巴，深居于父亲的宫殿。一次，在半夜中，正当人们做着虚幻的、但骨子里总是包含着真实的梦的时候，天神给了欧罗巴一个奇异的梦，那好像两块大陆——亚细亚及其对面的大陆——变成两个女人的样子正斗争着要占有她。女人中的一个有着一种异国人的风度。另一人——而这便是亚细亚——外表和动作都如欧罗巴自己的女同乡一样，温和而热情地要求得到她，说这个可爱的孩子是她诞生并养育的。但是那个外乡的女人将她抱在怀里像一件偷来的宝物一样，并将她带走。梦中最奇怪的是，欧罗巴并没有挣扎也没有企图拒绝她。

　　"和我来吧，小小的情人哟，"这外乡人说，"我将带你到宙斯，即持盾者那里，因为命运女神指定你作为他的情人。"

　　欧罗巴醒来，她的血液涌上面颊，她从床榻上坐起；夜间的梦如同白天的真事一样分明。她呆坐了很久，张大眼睛

梦在神话中常常有着某种含义。文章用一个梦作为故事开头，给读者无限的想象空间。

望着，仍然看见这两个女人在她的眼前。最后她的嘴唇动起来，她在惊惧中问自己："什么样的神祇给我这个梦呢？当我很安全地睡在我父亲的屋子里，什么奇怪的梦诱惑我呢？这陌生的女人是谁呀？看到她，我就产生了一种什么样的新的欲望呀？她如何可爱地向我走来！甚至将我带走的时候，她仍是以一种母亲的慈爱的眼光看顾我。让神祇使我的梦是一个吉兆吧！"

　　清晨时，白天的美丽的阳光使梦中的暗影从欧罗巴的头上消失了。她起来，忙着自己女孩子的日常工作和娱乐。和她同年岁的朋友和伴侣，贵族家庭的女儿们，聚拢在她的周围，陪她散步、歌舞和祀神。她们引导她们的年轻的女主人来到紧靠着海边、开放着许多花朵的草地。在那里，这地方的女郎们都集合来欣赏盛开的花朵和冲击着海岸的浪花。所有的女郎都持着花篮。欧罗巴自己也持着一只金花篮，上面雕刻着神祇生活的灿烂的景致。那是赫淮斯托斯制作的。很久以前，波塞冬，大地之震撼者，当他向利彼亚求爱的时候，将它献给了她。它一代一代地流传下来，直到阿革诺耳承受它作为一种家传的宝物。可爱的欧罗巴摇摆着这更像新娘的饰品而不是日常用品的花篮跑在她的游伴的前头，来到这金碧辉煌的海边的草地上。女郎们散发着快乐的言语和欢笑，每个人都摘取她们心爱的花朵。一人采摘灿烂的水仙花，另一人折取芳香的风信子，第三个又选中美丽的紫罗兰。有些人喜欢百里香，别的又喜欢黄色番红花。她们在草地上这里那里地跑着，但欧罗巴很快就找到她所要寻觅的花朵。她站在她的朋友们中间，比她们高，就如同从水沫所生的爱之女神美惠三女神中间一样。她双手高高地举着一大枝火焰一样的红玫瑰。

　　当她们采集了她们所要的一切，她们蹲下来在柔软的草

*这个奇怪的梦是那么真实，让欧罗巴感到不安和惊惧。此处对她内心活动的细致描写，充分展示了她梦醒之后情绪的起伏。*

*对欧罗巴生活方式的描述让读者详细了解了欧罗巴。女伴们的陪衬更显得她的高贵和与众不同。*

*此处对欧罗巴和女伴们玩耍时的情形的描写生动形象，让读者跟随着作者的眼睛一起感受欧罗巴的美丽脱俗。*

地上开始编制花环，想拿这作为挂在绿树枝上献给这地方的女神们的谢恩的礼物。但她们从精美的工作中得到的欢乐是注定要中断的，因为突然间昨夜的梦所兆示的命运闯进了欧罗巴的无忧无虑的处女的心里。

宙斯，这克洛诺斯之子，为爱神阿佛洛狄忒的金箭所射中。在诸神中只有她可以征服这不可征服的万神之王。因此，宙斯为年轻的欧罗巴的美所动心。但由于畏惧善妒的赫拉愤怒，并且若以他自己的形象出现，很难诱动这纯洁的女郎，他想出一种诡计，变形为一头牡牛。但这不是平凡的牡牛啊！也不是那行走在常见的田野、背负着轭、拖着重载的车的牡牛！它是高贵而华丽的，有着粗颈和宽肩。它的两角细长而美丽，就如人工雕凿的一样，并比无瑕的珠宝还要透明。它的身体是金黄色的，但在前额当中则闪烁着一个新月形的银色标记。燃烧着情欲的亮蓝的眼睛在眼窝里不住地转动。在自己变形以前，宙斯曾把赫耳墨斯召到奥林匹斯圣山（他的心思却一字不提），指示他给他做一件事。"快些，我的孩子，我的命令的忠实的执行者，"他说，"你看见我们下面的陆地吗？向左边看，那是腓尼基。去到那里，把在山坡上吃草的阿革诺耳国王的牧群赶到海边去。"即刻这有翼的神祇听从他父亲的话，飞到西顿的牧场，把阿革诺耳国王的牛群（其中有着变形的宙斯而为赫耳墨斯所不知道）赶到国王的女儿和太尔的女郎们快乐地玩着花环的草地上。牛群散开来，在距离女郎们很远的地方啮着青草。只有神祇化身的美丽的牡牛来到欧罗巴和她的女伴们坐着的葱绿的小山上。它十分美丽地移动着。它的前额并无威胁，发光的眼睛也不可怕。他好像是很和善的。欧罗巴和她的女伴们夸赞这动物的高贵的身体和它的和平的态度。她们要在近处更仔细地看他，轻抚他的光耀的背部。这牡牛好像知道她们的意思，愈走愈近，最

*螳螂捕蝉，黄雀在后。宙斯的心被欧罗巴深深地打动。他开始想尽方法接近她。*

*对牡牛的描述生动形象，让读者仿佛真的看到一头华丽出众、卓尔不凡的牛一样。*

*此处详细地描述了牡牛一点点接近欧罗巴时的一举一动。*

虽然描写的是一头牛的举动，但是作者加入了人的感情，让读者深刻感受到牛的心理变化。

后终于来到欧罗巴的面前。最初她吃了一惊，并瑟缩着后退，但这牛并不移动。它表现得十分驯顺，所以她鼓起勇气走来，将散发着香气的玫瑰花放在它的嘘着泡沫的嘴唇边。它亲密地舐着献给他的花朵，舐着那只给它拭去嘴上的泡沫并开始温柔爱抚地拍着它的美丽的手。渐渐地这生物使女郎更加着迷了。她甚至冒险去吻他的锦缎一样的前额。对于这，它快乐地作着牛鸣，但不是普通的牛鸣，而是如同在高山峡谷中响着回声的吕狄亚人的芦笛的声音。后来他蹲伏在她的脚下，十分爱慕地望着她，并扭转它的头好像向她指点它的宽阔的牛背。

欧罗巴不知道这头牡牛背后的阴谋，轻易地跃上了牛背，最终成为宙斯的俘虏。

现在欧罗巴叫唤着她的女伴们。"走近来呀，"她喊道，"让我们爬上这美丽牡牛的背并骑着他。我想它同时可以坐得下我们四个人。看看它如何的驯良，如何的温柔！和别的牡牛一点儿也不相同！我确信它会思想如同人类一样。它所缺乏的只是不会说话！"她一面说着，一面从她的同伴们的手中取过花环，一一将它们挂在低垂着的牛角上。最后她灵巧地跃上牛背，但别的女郎们则瑟缩退后，踌躇着而且害怕。

牡牛在海中突然加速，这让欧罗巴丝毫没有提防。此处欧罗巴的恐惧之情表现得淋漓尽致。

当这牡牛如是达到了它的要求，就从地上跃起。起初它缓缓地走着，但仍使欧罗巴的女伴们追赶不上。当草原走尽，空旷的海岸伸展在面前，它就加快速度像飞马一样前进。在这女郎还来不及知道发生了什么事情的时候，它就跳到海里，背负着它的俘虏泅泳着离开海岸。她用右手攀着它的一只角，用左手扶着牛背，让自己坐稳。海风吹着她的外衣如同风帆一样。在恐惧中她回头看远离着的海岸，呼叫她的伴侣们——但是无效。海浪拍击着牡牛腹部，她恐怕濡湿而紧缩着她的两脚。这牡牛浮游着如同一只船一样。不久陆地消失，太阳沉落，在夜晚的微光中，她除了浪花和星光以外什么也看不见。第二天一整天，这牡牛在海上游行得更远，但他这么灵巧地分辟着水，所以没有一滴水接触到它的骑者。最后，到晚间，他们到达一块远方的陆地。牡牛跳上岸来，在一棵伞样的树下，它让这女郎从它的背上滑下来。于是它突然消失，在原地却出现了一个美丽得如同天神一样的男子。他告诉她，他是她所来到的这海岛即克瑞忒岛的管领者，并愿意保护她，假使她同意委身于他。在忧愁和寂寞中，欧罗巴给他以她的手，表示同意，宙斯于是达到了他的愿望。

牡牛化作一位美男，告诉欧罗巴事情的真相。终究架不住孤身一人的忧愁和寂寞，欧罗巴服从了宙斯。

欧罗巴从昏迷的长睡中醒来，太阳已高高地升到天上。她独自一人，无助而惶惑，望着她的四周，就好像她希望发现是在自己的家里一样。"父亲，父亲哟，"她在绝望中喊叫。后来她想起一切，她说："我怎敢说'父亲'这两个字呢，我这个不慎失身了的人！什么样的狂热使我失去了处女的爱和真诚？"她又望着她的四周，慢慢地一切事情都回想起来了。"我从哪里来，并在哪里呢？"她说，"由于我的失足，我真是该死。但我真的清醒了吗？我是在悲悼一件真的丑事吗？或者只是一种迷雾一样的梦在搅扰我，当我再闭上眼睛它就会消失了吗？我怎么会自动爬上怪物的背，泅过大海，而不是幸福而又安全地在采摘鲜花呢！"

欧罗巴的自言自语表达了她的焦灼和恐惧，她不仅仅因为被困而感到绝望，而且对自己的所作所为感到懊悔和羞耻。

当她说着，她的手揉着眼睛，就好像要驱除梦魇一样。她睁开眼睛，所看见的仍然是陌生的景物：不熟识的树林和岩石，雪白的潮水冲激着远处的岩石，并流向她从来没有见过的海岸。"啊，现在，但愿将那牡牛交给我吧！"她在愤怒中叫着，"我将劈裂他的身体，并折断他的两角。但这是多么愚蠢的想法呀！我没头没脑不顾羞耻地离开了我的家，所以如今我只有一死！假使神祇们全都丢弃了我，让他们至少遣送一只狮子或一只老虎来吧。或者我的美会引起它们的食欲，我就用不着等候饥饿来凋残我面颊上的花朵了。"

但没有野兽出现。陌生的风景，明媚而幽静地展开在她的面前，太阳也在无云的苍天上照耀着。就好像为复仇女神们所追逐，这女郎一跃而起。"可怜的欧罗巴哟，"她叫着，"你没听见你父亲的声音吗？他虽在远方，但仍然会诅咒你，除非你完结你的可耻的生命。你没看见他指点那棵白杨树吗，在那里你可以用带子自己吊死；或者那陡峻的悬崖，从那里可以投身于狂暴的大海。或者你宁愿成为一个野蛮暴君的妾妇，夜以继日地作他的奴隶，纺织羊毛，啊，你，一个伟大而有权力的国王的女儿！"

欧罗巴的愤恨和懊悔随着时间的推移一点点地加深，她竟然想要结束自己的生命以结束这一切厄运。

她以死的思想苦恼着自己而又没有死的勇气。突然，她听到一种嘲弄的低语，她怕有人窃听，吃惊地向后望着。那里闪射着非凡的光辉，站立着阿佛洛狄忒和在她旁边带着小弓箭的厄洛斯，她的儿子。女神的嘴角上露着微笑。"平静你的愤怒，不要再反抗了，"她说，"你所憎恶的牡牛会走来并伸着他的两角让你折断。在你父亲的宫殿里送给你这梦的便是我。请息怒吧，欧罗巴哟！你被一个神祇带走。你命定要做不可征服的宙斯的人间的妻。你的名字是不朽的，因为从此以后，收容你的这块大陆将被称为欧罗巴。"

女神的安慰平息了欧罗巴的困惑和后悔，女神为欧罗巴指引了一条新的道路。

## 情境赏析

本文讲述了欧罗巴是希腊神话中腓尼基国王的女儿，万神之王宙斯被她的美貌打动，变成了一头健壮的公牛，利用少女的好奇心理将正在海边嬉戏的欧罗巴驮到了希腊的克里特岛，明白了真相后，欧罗巴最终彻底被宙斯征服，做了他的妻子并为他生了三个孩子，而欧罗巴所栖息的大陆最终也以她的名字来命名了。这是希腊神话中最经典的一段故事。

这个故事表现了女子情窦初开时的向往与羞涩，同时又表现了对初尝禁果后的悔恨和害怕。一叶障目，当美好的事物展现在一个不谙世事的女子面前，单纯、美丽而又善良的女子便放开了全部的心理防线，那些传奇的经历和新奇的事物，又将女子引向一个迷恋的不可自拔的深渊。当所有的一切美好褪去之后，自责和害怕全部涌了上来，此时悔之已晚。人不可能完全地分辨真实与表象，但去伪存真是人们不断追求的。

## 名家点评

　　不知道有多少人了解希腊神话，有多少人为此联想到人性，探索人类的灵魂深处，思考我们生活的错综复杂的世界。

——鲁迅

欧罗巴的哥哥卡德摩斯因为找不到妹妹不敢回故乡。按照太阳神的指引，他带着随从来到一片绿色牧场。在寻找随从时，卡德摩斯发现了在一片从未被开采过的树林中盘踞的毒龙和仆人们的尸体。为给同伴们报仇，卡德摩斯与毒龙展开了一场恶战，最后将其钉在了树上。从天而降的雅典娜命他把巨龙的毒牙种进土壤，长出全副武装的战士。他们自相残杀，最后只剩下五人，卡德摩斯和他们一起建立了忒拜城。

卡德摩斯是欧罗巴的哥哥，腓尼基王阿革诺耳的儿子。在宙斯变形为牡牛带走欧罗巴以后，阿革诺耳派遣卡德摩斯和他的兄弟们去寻觅她，告诉他们，除非他们找到她，否则不许回来。很久很久，卡德摩斯徒然地漫游在世界上，不能找到为宙斯的诡计所骗去的他的妹妹。他恐怕他的父亲发怒，不敢回归故乡，因此，请求福玻斯·阿波罗赐给神谕，告诉他应当在什么地方度过他的晚年。但太阳神回答："在一片荒寂的草原，你将发现一头从没有背负过轭的牛犊。跟随着它，当它躺在草地上休息的时候，在那地方你将建立城市并叫它为忒拜。"

卡德摩斯刚刚离开阿波罗赐给他神谕的卡斯塔利亚圣泉，来到一片绿色的牧场，就看见一头牛犊，脖子上没有背负过轭的痕迹。他对福玻斯默默地祈祷，缓缓地跟随着这牛犊走去。它涉过刻菲索斯的浅滩，走了一大段路，然后停下来，它的两角指着青天，并高声鸣叫。然后回头望着卡德摩斯和他的随从，最后终于躺在绿草深软的草地上。

满怀着感谢，卡德摩斯自己伏卧下去，亲吻这异国的土地。然后他准备向宙斯献祭，并遣仆人四处寻求可作灌礼用的清泉。在那地方，有着一座从来没有经过采伐的古老树林。林中根茎盘错，岩石横跨深谷，正潺潺地流着清澈的泉水。洞穴里面隐伏着一条毒龙。很远就看见它的紫色的龙冠闪光；它的眼睛煜耀如同火焰；它的身体庞大而有毒；它的排着三层利齿的口中，闪烁着三叉的舌头。当腓尼基人到树林里用水罐汲水，毒龙就从岩洞中伸出青蓝的头并发出可怕的嘘声。腓尼基人的水罐从手中滑落，血液冻结在脉管中。毒龙把它的鳞甲的身躯盘成一堆，高昂着头，狰狞下视。最后则突然冲向腓尼基人，或用毒牙咬死，或用蜷缠勒杀，或用口中流出的毒涎或恶臭将他们毒毙。

卡德摩斯想不出什么事留住了他的仆人。最后他来寻找他们。他的紧身服是他从狮身上剥下的一张狮皮，他的武器是一支矛和一支标枪，而比这更好更坚强的则是他的勇敢的心。一进到树林里，他看见一大堆尸体——他的死去的仆人们；也看见得胜的、盘踞在尸体上面的仇敌。它的肚子膨胀着，正舐食着牺牲者的鲜血。

"唉，我的可怜的朋友们哟，"卡德摩斯叫着，"或者我替你们复仇，或者我和你们死在一起！"说着就拾起一块大圆石向毒龙投去。这样巨大的石块是会使岩壁都震颤的，但毒龙却一动也不动。它的黝黑的厚皮和坚硬的鳞甲保护着它如同铁甲一样。现在卡德摩斯投掷他的标枪，这次结果比较好，枪尖一直深入到怪物的脏腑。它为创痛所激怒，回过头来咬碎标枪，但枪头却坚牢地刺在身上。它又挨了一剑，这使它更加暴怒，它张着巨口，毒颚里喷吐着白沫。他如一支箭一样地冲来，但胸部却碰在树干上。卡德摩斯闪过它的进攻，束紧身上的狮皮，用枪头刺到毒龙的口里，让它的毒牙在枪头上消耗它的力量。这怪物口吐鲜血，染红了它周围的草地。但伤势不重，还能躲避攻击。最后卡德摩斯一剑刺去，贯穿毒龙的脖颈，并刺入橡树，因此毒龙被钉在树身上。橡树被压弯，并被龙尾鞭打得呜咽起来。

卡德摩斯长久地凝视着这被杀死的毒龙。后来他移开视线向四方眺望。他看见从天上下降的帕拉斯·雅典娜，命令他掀起泥土，播种巨龙的毒牙，这是一个未来种族的种子。他听从女神的话，在地上挖一条长而宽的沟，种下龙牙。即刻土块凸起，先露出枪尖，其次带着鸟毛的盔，其次两肩、胸脯、四肢，最后一个全副武装的武士从泥土里站起来。同时在许多地方都发生同样的情形。所以就在这腓尼基人的眼前，生长出一整队的武装的战士。

他十分惊愕，并准备着和新的敌人战争。但一个从泥土所生的人叫唤他："不要动手反对我们！不要干涉我们兄弟之间的冲突！"他一面说，一面抽出利剑杀翻另一个武士，同时自己又被别人的标枪掷中。而投射标枪的人也同时受伤倒地，完结他刚刚得到的生命。所以一整队人都在恶战中互相厮杀，不久差不多全都躺在地上，在死的痛楚中挣扎，而地母却在饮着她所生的仅有着刹那生命的儿子们的血液。最后剩下的仅有五个人。其中的一人后来被称为厄喀翁的，最先依照雅典娜的吩咐放下武器，建议和平。别的人都跟随着他那样做。

从腓尼基来的异乡人卡德摩斯就同泥土所生的五个战士建立了如阿波罗所说的城市，并依从神的命令，叫它为忒拜城。

酒神巴克科斯带给朋友的是慈爱和友好，但是带给那些不承认他是神祇的人却是灾难。彭透斯是忒拜的国王，他不顾盲预言家忒瑞西阿斯的警告，执意要迫害酒神巴克科斯和他的信徒。这一做法惹恼了巴克科斯，他决定惩罚彭透斯。因为彭透斯的母亲和姊妹们也都是巴克科斯的追随者，巴克科斯运用神的力量，借用彭透斯母亲和姊妹们的手，将彭透斯撕了个粉碎。他终于报复了污蔑他的人。

在忒拜，卡德摩斯的孙子即宙斯与塞墨勒的儿子酒神巴克科斯，或者又叫狄俄倪索斯，是在一种神异的状态中诞生的。这果实之神，葡萄的发现者，被养育于印度，但不久就离开庇护和保育他的女仙们，旅行到各地，传播他的新教理，教人民怎样种植令人喜悦的葡萄藤，并吩咐人们建立神龛来供奉他。他给予朋友们的慈爱是伟大的，但他同样给予那些不承认他是神祇的人们巨大的灾祸。他的名声已经传到希腊并传到他所诞生的城市。

那时，忒拜在彭透斯的统治之下。他的王国是卡德摩斯传给他的。他是泥土所生的厄喀翁与酒神的母亲的妹妹阿高厄所生的儿子。这忒拜的国王侮慢神祇特别是他的亲属狄俄倪索斯。所以当巴克科斯和他狂热的信徒来到并显示自己是一位神时，彭透斯却漠视年老的盲预言家忒瑞西阿斯的警告。他听到忒拜的男人、女人和孩子们都追随着赞美这新的神祇，他开始迫害他们。

"你们发什么疯？"他问道，"你们忒拜人，你们是毒龙的子孙，你们不临阵退缩，也不畏惧刀剑，现在你们却愿向一群白手的傻子和女人投降吗？而你们腓尼基人哟，你们从海外来，并建立了一座城池，供奉你们的古代的神祇，你们忘记了你们的英雄祖先吗？你们能忍受一个徒手的孩子，一个弱者，发上涂着药，头上戴着葡萄藤花冠，穿着金紫的长袍而不是铠甲，甚至于不能驾驭马匹，在战争和对敌中一无可取的人来征服忒拜吗？但愿你们神志清楚，不受人迷惑。我不久将强迫巴克科斯承认他自己是人，如同我——他的堂兄弟一样，宙斯并不是他的父亲，所有那些教仪和虚礼都是骗子发明的。"

于是他转向他的仆人们，命令他们捕捉这新的疯狂的教主，无论在哪里碰到他，就将他用链子锁上带到城里来。

彭透斯的朋友和亲戚们对于他的傲慢的言语都很吃惊。他的祖父卡德摩斯虽已老迈但仍然活着，也摇着他的皤皤白发的头，表示反对。但一切的劝告和诤言只会增加彭透斯的暴怒，他淹没所有阻拦在他路上的石头，如同决堤的汹涌的河流一样。

同时他的仆人们也回来了，他们的脸上都染着鲜血。"狄俄倪索斯在哪里呀？"彭透斯向他们大声喊叫。

"我们什么地方都找不到他，"他们回答，"但我们带来一个他的信徒。他好像跟从他还没有多久。"

彭透斯用愤怒的眼光观察他的俘虏喝道："你这该死的东西！你必须立刻被处死，作为向其余的人的警告。你叫什么名字？你的父母是谁？你是从哪里来的？并告诉我你们为什么要扮演这种愚蠢的新奇的教仪？"

犯人回答，他的声音平静而坦然，"我的名字叫阿科忒斯，迈俄尼亚是我的家乡。我的父母都是普通人。我的父亲没有留给我田地，也没有牧群。所有他教我的乃是怎样持竿钓鱼，因为这技术是他唯一的宝物。不久我也学会了怎样驶船，并认识星星和星座，知道风向，并知道哪里是最良好的口岸。我成为一个航海人了。一次，正向着得罗斯航行，我们到达一处不知名的海岸，并在那里下锚。我从船上跳下，走上润湿的沙滩，并离开同伴，独自一人在岸上过夜。第二天大清早起来，我爬上一座小山要看看风向。同时，我的同伴们也离开了船舶；在我回去的时候，我遇到他们拖着一个从空阔的海岸上捉到的青年。这孩子如同女郎一样美丽，他是酒醉昏沉并且蹒跚地走着。当我更逼近观察他，我觉得他的脸和他的动作显出他不是凡人。'我不知道什么神隐藏在这个青年的心里，'我向水手们说，'但我可以确定他是天神。'于是我转向这个青年：'无论你是谁，'我说，'我请求你对我们有好意并保佑我们工作顺利。饶恕那些将你带走的人吧！'

"'这是多么愚蠢哪！'人们中的一个叫起来，'别向他作祈祷！'于是别的人都笑起来。因为利欲熏心，他们捉住这个青年不放，并将他拖上船去。我怎样反对也无效。众人中有一个最年轻且最顽强的，他是在堤瑞尼亚城犯杀人案逃亡出来的人，他抓着我的衣领将我从船上丢出去。假使不是我的脚勾住船索，我真的会被淹死。这时，青年一直躺在甲板上，像是睡熟了。突然，或者是被吵闹惊醒，青年站了起来，很清醒地走到水手们那里。'这是怎么回事啊？'他喊道，'告诉我，什么命运使我到了这里，你们要带我到什么地方去呀？'

"'别怕，孩子，'众人中的一个假装安慰他说，'告诉我们你想到达的口岸，无论是哪里我们都会将你送到岸上。'

"'那么将你们的船开到那克索斯岛去吧，'青年回答，'因为那里便是我的家乡。'

"他们指着诸神发誓，一定照他所说的做。于是叫我扯起风帆。那克索斯在我们的右边，当我相应地变动风帆时，他们向我眨眼并低声说：'你到哪里去，你这傻子！你疯了吗？向左边走哇！'

"我诧异而且怀疑。'让别人来吧，'我说着走到一旁去。

"'好像我们的航行真少不了你似的！'一个粗暴的人嘲弄地叫着，同时就坐在我的位置上执掌着风帆。他将船头掉过来，背着那克索斯的方向前进。这时这年轻的神祇站在船尾并眺望着大海。他的嘴角挂着轻蔑的微笑，好像他才发觉水手们的鲁莽的欺诈似的。最后他假装哭泣，说道：'唉，这并不是你们所答应的海岸哪！这不是我要到的地方啊！你们以为成人可以欺负小孩吗？'但那些不信神的水手嘲笑着他和我的眼泪，并摇荡着桨，飞速地前进。只是忽然船舶停止在大海中，一动也不动，就好像搁浅了一样。他们用篙子拨着浪，扯上所有的帆，加倍用力摇桨都没有用。船桨被葡萄藤缠着，藤蔓攀上桅杆并向上生长，成为伞盖，并在所有的帆上挂满成熟的葡萄。狄俄倪索斯自己——那便是他呀！则在神圣的光辉中笔直地站着。他的前额束着叶子做成的发带，手中执着缠绕葡萄藤花环的神杖。在他的周围，在一种神奇的异象中，虎、豹和山猫都趴在甲板上，一种芳香的酒在船上如同水一样地流过。水手们都失神而恐惧地回避着他。有一个人刚要叫，但发现他的嘴已变成鱼的嘴。别的人看了这样子还来不及惊惧地叫出声音，他们也发生同样的情形。他们的身体缩小，皮肤坚硬并变成淡蓝色的鱼鳞。他们的脊骨弯曲，两臂缩成鱼鳍，两足变成鱼尾。所有的人都变成了鱼，并跳到海中，随着浪涛上下地游动着。在二十人中我是唯一剩下的人。我四肢战栗着，想到下一秒钟我也要失去我的人形。但因为我没有伤害过他，所以狄俄倪索斯和蔼地对我说话。'别害怕，'他说，'将我送到那克索斯去。'当我们到达那克索斯岛，他传授我在他的圣坛前供奉的教仪。"

"我们已不耐烦再听下去了，"彭透斯国王叫着，"抓住他！"他命令他的扈从们，"使他受千种苦刑，并将他拘押在地牢里！"他的扈从们遵命，给这个水手戴上枷锁并将他囚禁在地牢里。但一只不可见的手却将他放走了。

这事件表示他对于狄俄倪索斯的信徒开始迫害。彭透斯的母亲阿高厄和他的姊妹们都参加了这异教神祇的教仪。他派人去捕捉她们，并将所有的巴克科斯的信徒都禁锢在城中的监狱里。但没有人力的帮助，他们也仍然都逃脱了。监狱的门大开，他们冲出来到树林中去。他们都怀着巴克科斯信徒的狂热。同时带着一队武装战士奉命去捕捉酒神本人的仆人也十分惶惑地转来。因为狄俄倪索斯微笑地伸手就缚，毫不反抗。现在他站在彭透斯国王的面前，他的年轻的光辉四射的美使国王也禁不住惊奇。但彭透斯固执地坚持自己的错误，仍然要将他作为一个恶汉，一个敢于僭拟神祇的妄人来处理。他给他的俘虏戴上锁链，将其囚禁在宫殿后面和马厩在一起的黑房子里。但由于酒神的一句话，大地震动，墙壁倒塌，他的锁链也松开了。他毫发无损，甚至更优雅地又出现在他的崇拜者的眼前。

来来往往的报信的人，不断地告诉彭透斯王大队的狂热的女人在树林中所作的奇迹，而这正是他的母亲和姊妹们所率领着的。她们只要用她们的神杖敲击着岩石，明洁的泉水或芳香的酒便从光秃的石头上汩汩地流出。在酒神的神杖的点触之下，溪水也可以变成牛奶，枯树也可以滴着香蜜。"啊，国王哟，"一个报信的人说，"假使你自己在那里，亲眼看到你所讥嘲着的神祇，你自己必会俯伏在他的足下，你的口中必会说出赞扬他的颂辞。"

但这一切只不过使彭透斯更增仇恨。他命令他的骑兵和步兵，驱散大群的女人。这时，狄俄倪索斯自动转来，并走到彭透斯王的面前。他答应彭透斯将他的信徒们都带走，假使彭透斯穿上女人的衣裳，因为恐怕她们看见他是一个还未入教的男人会将他撕成粉碎。彭透斯十分勉强而且怀疑地接受了这个提议。最后他跟随着酒神走到城外，他已中了狄俄倪索斯的魔法。他好像看见两个太阳，两个忒拜城，而每一座城门都是双重的。在他看来狄俄倪索斯好像一匹牡牛，一匹头上有着奇伟的角的野兽。他祈求要一根神杖，拿到手以后，他就在狂热和兴奋中走开了。

这样，他们来到一幽深的峡谷，充满泉水和松杉的浓荫，那里巴克科斯的女信徒们都聚拢来，或者唱圣诗赞美她们的神祇，或者用新的葡萄藤缠绕她们的神杖，但彭透斯或者由于眼睛被蒙蔽，或者由于他的领导者使他走着迂回的路，所以他看不见拥挤着的女人们。现在酒神举起手——一种奇迹出现了——那手直伸到最高松树的顶端，然后他将它向下弯曲，就好像弯曲一枝柳条一样。最后他让彭透斯坐在最高的树枝上，并渐渐地让树枝直立，恢复原来的位置。奇怪的是彭透斯并不坠落，突然他的全身都被看见。所有的巴克科斯的信徒都能看见他，而他却看不见他们。现在狄俄倪索斯向峡谷中叫唤着，他的声音是这样的高昂而清晰："看哪，那嘲笑我们神圣教仪的人！看他而且惩罚他呀！"

空气是宁静的。没有一片树叶颤动，没有丝毫生物的声音。信徒们抬起头来，当她们第二次听到召唤的声音，她们的眼睛里闪着狂怒的火光。她们知道那是她们的教主的声音，就飞快地跑着如同鸽子一样。在神圣的狂欢中，她们涉渡泛滥的河流，丛林也让她们通过。最后她们十分接近，可以看清楚她们的国王和迫害者现在被挂在最高的松枝上。她们先是投掷石头和从树上折下的树枝和她们的神杖，但不能达到他所在的松针茂密的高处。后来又用橡树的硬木棒掘着松树周围的泥土，直到树根露出，彭透斯悲哀地叫着，和树身一起倒下。酒神在他的母亲阿高厄的眼皮上画了符咒，所以她认不清她的儿子，如今由她来示意刑罚开始。这时恐惧使彭透斯恢复知觉。"啊，不是你吗，母亲哪！请不要由你来惩罚你的亲生的儿子的过错呀！"他叫唤着，并伸出两臂抱着她的脖子，"你不认识你自己的儿子，你在厄喀翁的屋子里生下来的你自己的彭透斯吗?"但巴克科斯的狂热的女信士，却口吐白沫并睁大眼睛望着他。她所看见的并不是她的儿子，而是一只凶悍的狮子。她抓着他的右肩，撕掉他的右臂。他的姊妹们又扭断他的左臂。同时全体暴怒的女人也拥上来，每人都撕去他的身体的一部分，使得他完全肢解了。阿高厄满是血污的两手捧着他的头，并将它安置在她的神杖上，仍然相信着那是一个狮子的头，并胜利地持着它通过喀泰戎的森林。

这便是狄俄倪索斯神对于侮蔑他的神圣教仪的人的报复。

珀耳修斯长大成人后开始了冒险的旅程。在继父的鼓励下，他要去割下墨杜萨的头颅。返程途中，他杀死了凶猛的妖怪，救下了国王刻甫斯的女儿安德洛墨达。在他与安德洛墨达的婚宴上，菲纽斯准备强行夺走新娘。一场恶战爆发，珀耳修斯的同伴伤亡惨重，菲纽斯和其随从看了墨杜萨的头颅都化作了石人。珀耳修斯的外公最终没有逃过死在外孙手里的命运，这让珀耳修斯懊悔不已。最后，他卖掉了所继承的王国，也终于得到了复仇女神的谅解。

种神谕告诉阿耳戈斯国王阿克里西俄斯说他的孙子会将他逐出王位并谋害他的生命。因此他将他的女儿达那厄和她与宙斯所生的儿子珀耳修斯都装进一只箱子投到大海里。宙斯引导着这只箱子穿过大风浪，最后，潮水将它运送到塞里福斯岛。这岛是狄克堤斯和波吕得克忒斯两兄弟所统治的国土。当时狄克堤斯正在捕鱼，这只箱子浮出水面，他将它拖到岸上。他和他的哥哥都热爱着达那厄和她的孩子。波吕得克忒斯娶她为妻并用心抚育宙斯的儿子珀耳修斯。

当他长大成人，他的继父鼓舞他出去冒险，并从事一些可以使他得到荣誉的探险。这青年很是愿意。他们决定让他去寻访墨杜萨，割下她的可怕的头，并将它带到塞里福斯的国王这里来。

珀耳修斯出发从事他的探险，神祇引导他到达众怪之父福耳库斯所居住的遥远的地方。在那里珀耳修斯遇到了福耳库斯的三个女儿：格赖埃。她们一生下来就长着白发，且在她们之间只有一眼一牙，三个人轮流使用着。珀耳修斯夺去她们的牙和眼。当她们要求归还她们的无价之宝时，他提出一个条件：要她们告诉他到女仙那里去的道路。

这些女仙是会魔法的，有着几件可赞美的宝物：一双飞鞋，一只革囊，一顶狗皮盔。无论谁佩戴它们，便可以飞到他想去的地方，并可看见他所想见的任何人而自己不会被人看见。福耳库斯的三个女儿告诉他到女仙们那里去的路，所以他归还了她们的牙和眼。到了女仙那里，珀耳修斯找到他所要求的宝物。他将革囊挂在肩膀上，将飞鞋绑扎在脚上，将狗皮盔戴在头上。赫耳墨斯甚至借给他青铜盾。他配备着这些，飞到大海中福耳库斯的另外的三个女儿——戈耳工们所居住的地方。只有名叫墨杜萨的第三个女儿是肉身，所以珀耳修斯奉命来割取她的头颅。他发现戈耳工们都在熟睡。她们都没有皮肤，却有着龙的鳞甲；没有头发，头上却盘缠着许多毒蛇。她们的牙如同野猪的獠牙，她们的手全是金属的，并有着可以御风而行的金翅膀。珀耳修斯知道任何人看见她们便会立刻变为石头，所以他背向这熟睡的人们站着，只从发光的盾牌里看出她们的三个头的形象，并认出墨杜萨来。雅典娜指点他怎样下手，所以他平安无事地割下了这个怪物的头。

但这事刚刚做完，一只飞马珀伽索斯立即从她的身体里跃出。随着又跃出巨人克律萨俄耳。二者都是波塞冬的儿子。珀耳修斯将墨杜萨的头装在革囊里，仍如来时一样往回飞奔。但如今墨杜萨的两个姐姐醒了，从床上起来。她们看见被杀死的妹妹的尸体，即刻飞到空中追逐凶犯。但女仙的狗皮盔使珀耳修斯不会被人看见，所以她们看不见他。他在空中飞行时，大风吹荡着他，使得他像浮云一样左右摇摆，他的革囊也摇摆着，所以墨杜萨的头颅渗出的血液，滴落在利比亚沙漠的荒野，遂变成各种颜色的毒蛇。从此以后，利比亚地区特多蝮蛇和毒虫之害。珀耳修斯仍然向西飞行，直到阿特拉斯国王的国土才停下来休息。

这国王有一个结着金果的小树林，派了一条巨龙在上空看守着。戈耳工的征服者要求在这里住一夜，但得不到允许。阿特拉斯国王恐怕自己的宝物被偷，所以将他逐出宫殿。这使珀耳修斯很愤怒，他说："因为你拒绝了我的请求，我倒要送给你一件礼物呢！"于是他从革囊里取出墨杜萨的头颅，将它向着那国王举起来，国王即刻变成了石头，或者说得更确切一点儿，他的巨大身躯变成了一座山。他的须发变成广阔的森林。他的双肩、两手和骨头变成山脊，他的头变成高入云层的山峰。现在珀耳修斯又将飞鞋绑在脚上，革囊挂在身旁，狗皮盔戴在头上，飞腾到空中。

在他的旅途中，他来到刻甫斯在执掌权力的埃塞俄比亚的海岸。这里他看见一个女子被锁在突出于大海中的悬崖上。假使不是在空中飘拂着她的头发，在眼中滴着她的眼泪，他会以为她是一尊大理石的雕像呢。他为她的美丽所陶醉，几乎忘记扇动他的翅膀。"告诉我，"他请求她，"你这应以灿烂的珠宝来装饰的美人，为什么被锁在这里呢？告诉我你的家乡。告诉我你的名字。"

起初她沉默而羞涩，害怕同一个陌生人说话。假使她能移动，她一定会用双手遮蒙着脸。但为了使这青年不要以为她有着必须隐瞒的罪过，所以最后她回答说，"我是安德洛墨达，埃塞俄比亚的国王刻甫斯的女儿。我的母亲向海洋的女仙，即涅柔斯的女儿们夸耀，说她比她们更美丽。这触怒了涅柔斯的女儿们。她们的朋友海神，涌起一片洪流，泛滥大地。随着洪水，来了一个逢物便吞的妖怪。神谕宣示：如果将我——国王的女儿掷给恶怪作食品，这灾患就能避免。我的父亲被人民逼迫着要拯救他们，在悲痛中将我锁在这悬崖上。"

她刚刚说完，波涛就哗的一声分开，从海洋深处出来一个妖怪，宽宽的胸膛平铺在水面上。这女郎吓得尖声喊叫，她的父母也忙着走来，满怀着悲痛，她的母亲感觉到这是由于她的过错，更加倍地痛苦。他们拥抱着他们的女儿，但除了哭泣和悲痛以外还有什么法子呢。

于是珀耳修斯说："要哭总是有时间的。但行动的机会却很快就消逝了！我是珀耳修斯，宙斯和达那厄的儿子。神的翅膀使我能在空中飞行，墨杜萨已死在我的宝剑下。假使这个女郎是自由的，并可以在许多人之中选择她的配偶，我也并不是配不上她的。但像她现在这个样子，我却要向她求婚，并愿意搭救她。"这时，欣喜、幸运的父母不仅把女儿许给他，并以他们自己的王国作为她的妆奁。

当他们正在互相谈论，这妖怪却如扯满风帆的船舶一样地游了过来，距离悬崖只有一投石的距离了。青年用脚一蹬，腾空而起。妖怪看见他在海上的影子，就飞速地向影子追逐，意识到有一个敌人要骗取它的猎获物。
珀耳修斯从天空俯冲下来，如同一只鹫鹰落在这妖怪的背上，并以杀戮墨
杜萨的宝剑刺入它的后背，直到只剩刀柄在外。他抽出刀子来，这有鳞甲
的妖怪就跃到空中，忽而潜入水底，并四向奔突，就好像被一群猎犬追逐
着的野猪一样。珀耳修斯一再向这怪物刺击，直到黑血从它的喉管喷涌而
出。但他的翅膀濡湿，他不敢再依靠他的水淋淋的羽毛。幸而他发现一根
尖端还露在水面的帆柱，他左手抓着它，支持住自己，右手持着宝剑，一
次、两次、三次、四次地刺杀着怪物的肚子。海浪将它的巨大尸体运走，
不久它也就从海面消失了。珀耳修斯跳到岸上，爬上悬崖，解开女郎的锁
链。她怀着感谢和爱欢迎他。他带她到正庆幸着她得救的父母那里，金殿
的宫门也大大地启开，来迎接这个新郎。

　　但结婚的盛宴未终，正在极欢乐的时候，宫廷中突然充满扰攘。国王
刻甫斯的弟弟菲纽斯，过去曾向他的侄女安德洛墨达求过婚，只是在她遭
到危难的时候却舍弃了她。现在他带着一支武装队伍，来重申对于她的要
求。他挥舞着他的长矛闯入结婚的礼堂，并对珀耳修斯高声叫骂，以至于
使他很吃惊地听着。"我来找抢去我的未婚妻的贼人复仇！任你的翅膀，你
的父亲宙斯，都不能使你逃脱！"他一面说着，一面瞄准着矛头。

　　刻甫斯站起来，叫唤着他的兄弟："你发疯了！"他说，"什么东西驱使你
干这种坏事？并不是珀耳修斯抢去了你的未婚妻。当我们被迫同意让她牺牲
的时候，你舍弃了她。作为一个叔父或者一个情人，你袖手旁观，看着她被
绑走而不援救。你自己为什么不从悬崖上去夺取她呢？现在你至少应当让她
归于那个正当地赢得了她，并以保全我的女儿而安慰了我的晚年的人。"

　　菲纽斯不作回答。他的凶恶的眼光一会儿望着他的哥哥，一会儿望着
他的情敌，好像在暗暗揣度着应该先从谁下手。但踌躇了一会儿之后，他
在暴怒中用全力向珀耳修斯投出他的矛。只是投不准，矛头扎进床榻的垫
子里。现在珀耳修斯已经跳了起来，向菲纽斯进来的那扇大门投出他的矛。
假使不是他闪在祭坛后面躲开了，那必然会刺穿他的胸脯。但它毕竟刺中
了他的一个同伴的前额，所以全部扈从的武士都拥上来，短兵相接地和参

加婚礼的宾客们搏斗。他们格斗得很久，但因闯入者与宾客之间众寡悬殊，珀耳修斯终于发觉自己被菲纽斯及其武士围困着。箭镞在空中飞射如同暴风雨中的冰雹。珀耳修斯背靠着一根柱子，利用这有利的据点招架敌人，阻止他们前进，并杀死很多的武士。但他们人数太多了，当他知道单凭勇气已经没有用，他不得不依靠最后的手段。"是你们逼我这样做的，"他喊道，"我的过去的仇敌将帮助我了！请这里所有的友人都回过头去！"于是他将挂在肩上革囊里的墨杜萨的头颅取出，向最逼近的攻击者举起。这人略一瞥视，就轻蔑地大笑。"去，让你的魔法去作弄别人去吧。"他叫道。但当他刚一举手投矛，却变成石头，他的手仍然举在空中。别的人也逐一遭到这同样的命运。最后只剩下两百个人了，珀耳修斯高举墨杜萨的头，使大家都可以立刻看见，于是两百个人都立刻变成了岩石。直到此时菲纽斯才悔恨他的不义的战争。他的左右除了石像外已一无所剩。他叫唤他的朋友们，但没有一人回答。他用怀疑的手指轻触着离他最近的人们的肉体，但它们已变成大理石！最后他陷入恐惧中，他的挑战变得狼狈不堪。"饶我一命吧！"他祈求说，"新妇和王国都给你！"但由于悲痛着他的新朋友们的死，珀耳修斯是很难和解的。"贼徒哟，"他回答，"我将为你建立一个永久的纪念碑在我的岳父的宫殿里。"菲纽斯虽然企图逃避，但终于被迫看到那可怕的头颅。他的眼睛里边的眼泪冻结成为石头，他怯懦地站在那里，两手下垂着，完全是一种奴仆的卑贱的样子。

　　现在珀耳修斯可以将他心爱的安德洛墨达带回家了。悠长的光辉的日子等待着他。他还找到了他的母亲达那厄。但他仍不能避免给他祖父阿克里西俄斯带来灾难。阿克里西俄斯因为恐惧神谕，逃亡到异地，到了珀拉斯戈斯的国王那里。在这里他出席一个节日的赛会。这时，珀耳修斯正向着亚耳戈斯航行，路过这里，也参加比赛，却不幸在掷铁饼时打死了阿克里西俄斯。后来他知道他所做的事，并知道了他所杀害的是谁，他深深地悲悼死者，将他安葬在城外，并卖出他所继承的王国。现在嫉恨的复仇女神才终止对于他的迫害。安德洛墨达为他生育了许多美丽的儿子，他们一直保持着父亲的荣名。

公主克瑞乌萨和太阳神阿波罗生了个儿子。由于害怕父亲，克瑞乌萨把孩子放在岩洞里。阿波罗让人把孩子放在他在得尔福的神庙里。转眼间，孩子长大成人，其母亲也再嫁了他人。作为惩罚，阿波罗让克瑞乌萨一直没有再生子。若干年后，在克瑞乌萨和丈夫克苏托斯去得尔福神庙求子时，埋藏了许久的秘密终于暴露。在女祭司的帮助下，凭借曾经跟随着伊翁的信物，克瑞乌萨认出伊翁就是自己遗失的儿子。幸福的一家人回到雅典，开始了新的生活。

故事首先交代重要人物。读者看到这里不禁会担心这孩子往后的命运。通过这样一个开头，读者在不知不觉中被带入故事情节。

**雅**典国王厄瑞克透斯有一个美丽的女儿叫克瑞乌萨。她隐瞒着她的父母，成为阿波罗的新妇，并为他生了一个儿子。由于畏惧父亲的愤怒，她将这孩子藏在一只篮子里，放置在她和太阳神秘密幽会的岩洞。她希望神祇们会可怜这孩子。为使这新生的孩子有一些身份证明，她给他带上一根她做姑娘时所戴过的由许多小金龙连成的项链。阿波罗的慧眼看到了他的儿子的诞生，既不愿辜负他的情人，也没有放弃对这孩子的营救。因此，他找到他的兄弟赫耳墨斯，神祇们的使者，因为他是一位对天上和人间都很熟悉的中间人，所以他到人间不会引起人们的注意。

虽然是神，可是看到自己儿子的遭遇，阿波罗不愿放弃。作者通过阿波罗的话，让读者感受到父子之间的那种深厚的舐犊之情。

"亲爱的兄弟，"福玻斯说，"有一个人，雅典国王的女儿，为我生了一个儿子；因为畏惧她的父亲，所以将他藏在岩洞里。帮助我援救我的孩子吧！你将发现他在一只篮子里并用麻布包裹着。将它带到我的得尔福神庙，放在神庙的门槛上。其余的事便交给我。因为他是我自己的儿子，我会看顾他的。"

于是赫耳墨斯，这有翼的神祇，飞到雅典，在阿波罗所描述的隐蔽处找到了这孩子，并用柳条篮子将他带到得尔福来，放置在神庙的门槛上，并略掀开盖子，使他容易被人看见。他在夜里做完这事。第二天清早太阳升起，得尔福的女祭司走向神庙，看见这孩子熟睡在篮子里，她认为这是私生子，正要把他从神圣的门槛上丢出去，这时神祇却使她充满对于他的孩子的怜悯。所以她慈爱地将他抱起来，并自己抚育他。这孩子在他父亲的神坛前嬉戏而不知道谁是他的父母。他长得高大而且美好，得尔福的人民都把他当作神庙的小卫士，如今就叫他管理献给神祇的珍贵的祭品。他在福玻斯·阿波罗的神庙内过着尊贵的生活。

在所有这些年月中，克瑞乌萨得不到一点儿神祇丈夫的消息。她禁不住设想他已忘记了她和她的儿子。这时，雅典人开始和邻国欧玻亚岛的人民进行最惨烈的战争。最后欧玻亚人失败了，大部分由于从阿开亚来的一个外乡人带给雅典特别有效的援助。这个外乡人便是克苏托斯，宙斯之子埃俄罗斯的儿子。他要求和克瑞乌萨结婚，作为他的援助的报酬。他的要求被答应了。但那好像是太阳神惩罚他的情人与别人结婚，所以她一直没有孩子。若干年后，她想起到得尔福神堂去求子，而这正合阿波罗的意思。

公主和她的丈夫被一小群仆人伴随着出发到得尔福去。就在他们到达神庙的时候，阿波罗的儿子跨过门槛，依照着惯例以桂枝打扫院子。他看见这个向神庙走来的贵妇人，她一进神殿就啜泣起来。她的庄严的态度使他很惊讶，他冒昧地询问她悲痛的原因。

"我不奇怪，"她叹了一口气回答道，"我的悲痛引起了你的注意。因为我的可悲的命运很可以从我的脸上看得出来。"

"我并不想干预你的伤心事，"这青年说，"但是，假使你

作者在此处交代得尔福的女祭司收养了孩子，这为以后孩子的母亲能与他相认作好了铺垫。

太阳神阿波罗对情人念念不忘，借着让她去得尔福神堂求子的机会，让她与自己的儿子相见。

都说母子连心，这句话在这里得到了应验。冥冥之中母子情深的力量指引着孩子关注母亲。

啜(chuò)泣：啜，哭泣时抽噎的样子。啜泣，抽噎哭泣。

愿意，请告诉我你是谁，是从哪里来的。"

"我是克瑞乌萨，"公主回答，"我的父亲是厄瑞克透斯，雅典是我的故乡。"

这青年在兴奋中叫起来："多么体面的地方啊！你所出生的家族又多么的有名望！那是真的吗——我们在图画上，见过——你的曾祖父厄里克托尼俄斯是像一棵树苗一样从土里长出来的，雅典娜女神将这泥土所生的孩子放置在匣子里，使两只巨龙看守着，并将它带给刻克洛普斯的女儿们去保护，但她们禁不住自己的好奇心，打开匣子，看见幼儿，便突然发了疯，自己从碉堡的岩石上跳下来摔死了？"

克瑞乌萨默默点头，因为她的祖先们的故事使她想起已失去的孩子的命运。但他站立在她的面前，仍继续着他的天真的询问："并且也请告诉我，尊贵的公主哟，"他问道，"那也是真的吗，因为遵照神谕，你的父亲厄瑞克透斯为了战胜敌人而牺牲他的女儿，即你的姐妹们？假使这是真的，为什么独你一人还活着？"

"那时我刚刚生下来，"克瑞乌萨说，"我还躺在我母亲的怀里。"

"后来大地劈裂，并吞食了你的父亲厄瑞克透斯吗？"这青年又追问着，"波塞冬真的用他的三尖叉杀害了他，他的坟墓就在我所供奉的阿波罗所最喜欢的岩洞附近吗？"

"啊，外乡人哟，别提起那岩洞！"克瑞乌萨很悲痛地打断他的话，"那正是发生背信弃义和重大错误的场所。"她沉默了一会儿，然后恢复镇静。她以为这个青年不过是神庙的卫士而已，所以她告诉他，她是王子克苏托斯的妻子，她同他到得尔福来，祈求神祇赐给她一个儿子。"福玻斯·阿波罗，"她叹息着说，"明白我没有儿子的原因。只有他能帮助我。"

"你真的没有孩子吗?"这青年悲哀地问。

"没有,"克瑞乌萨说,"我嫉妒你的母亲有你这么一个美丽的儿子。"

"我的母亲我一无所知,也不知道我的父亲。"这青年伤心地回答,"我从没有在我母亲的怀里躺过,也不知道我是怎样到这里来的。我的养母——这神庙里的女祭司所告诉我的只不过是她曾可怜我,将我抚养成人。从我记事的时候起我就住在这庙里。我是神祇的仆人。"

这公主一面听着,一面沉思,但她的思想模糊不清,没有定形。"我知道一个女人,她的命运很像你的母亲,"她说,"也就是为了她的缘故,我来这里祈求神谕。你是神的仆人,趁她的丈夫还没有来,我将明白告诉你她的秘密。他伴送着她到这里来,但因为要听听特洛福尼俄斯的神谕,他停留在路上。这女人宣称在她和现在这个丈夫结婚以前,她是福玻斯·阿波罗的妻子,并为福玻斯生了一个儿子。她将这个儿子放在某处地方,从此以后就不知道他是死是活。为此,我代我的这个朋友来问问究竟她的儿子还活着或者是死去已久。"

"这是多少年前的事情?"这青年问道。

"假使这孩子还活着,"克瑞乌萨说,"他正是你这么大的年纪。"

"啊,我自己的命运和你的朋友的多相像啊!"这青年悲愁地叫起来,"她在寻访她的儿子,而我在寻访我的母亲。但她的事情发生在很远的地方,我们彼此又不相识。不过你别希望神祇会给你符合你心愿的回答。因为你用你朋友的名义控诉他的不义,而神祇是不会自己认错的。"

"停一停!"克瑞乌萨说,"我所说的那个女人的丈夫现在来了。忘却我所告诉你的吧,也许我太口快太坦白了。"

世界上最让人感到痛苦的事情,莫过于当孩子就站在母亲面前,他们却没有认出彼此。

这么多年来,克瑞乌萨始终对自己的儿子念念不忘。隐瞒了真实姓名,她隐隐约约地把从前发生的事情告诉了自己的儿子。

克瑞乌萨见丈夫来了,及时停止了谈话。也意识到自己是不是说得太多了。

克苏托斯欣快地向他的妻子走来。"克瑞乌萨哟!"他叫唤她,"特洛福俄尼斯已给予我吉利的消息。我不会不带着一个孩子回去的!但这跟你在一起的是谁?这个年轻的祭司是谁?"

这青年很有礼貌地走向王子,并告诉他,他只不过是阿波罗的仆人,而那些命运所挑中的得尔福男子中最高贵的人却在圣殿的最里层,他们正坐在女祭司准备从那里宣示神谕的三脚圣坛的周围哩。王子听到这儿,就吩咐克瑞乌萨以祈求者所必须持着的花枝装饰自己,在那露天底下周围饰以桂叶花环的神坛前祈求阿波罗的吉利的神谕。他自己连忙退到神龛后面。那青年则仍然在前庭守护着。不久之后,青年听见大门启闭的砰然的响声,接着又看见克苏托斯满心快乐地跑出来。他急切地用两臂拥抱着这个青年,叫唤他"儿子",叫了又叫,要求他也拥抱他并热烈地向他亲吻,直到阿波罗的这个年轻仆人认为他发了疯,用青年人的膂力将他推在一旁。但克苏托斯对于他的拒绝不以为然。"神已向我启示,"他固执地说,"神谕宣示我,我出来遇见的第一个人便是我的儿子——一种神祇的赐予。为什么会这样,我不知道,因为我的妻从没有替我生过一个孩子。但我相信神灵。如果他愿意,请他揭露这秘密吧。"

现在这青年不再反对了,且自己也感到快乐。但是他还有所不能满足。因为当他亲吻并拥抱他的父亲时,他悲叹道:"啊,亲爱的母亲哟,你在哪里呢?什么时候我可以看见你的慈爱的面孔呢?"此外,他也十分担心那个没有生过孩子的克苏托斯夫人——他想自己是从没有见过她的——会对这意外的义子说些什么话?雅典城会怎样接待他这个并非他父亲合法子嗣的人呢?但克苏托斯嘱咐他勇敢些,并答应不拿他作为儿子而是作为一个客人来介绍给他的妻子和他的人民。于是他给他起了一个名字伊翁,意即步行者,因为当他把他当

*(左侧批注)* 克苏托斯的所作所为让青年感到意外和震惊,原来这一切都是神的旨意,是太阳神阿波罗给这对分别了很多年的母子相认的机会,而当事人却都蒙在鼓里。

作儿子拥抱在怀里的时候，他正在神庙的前庭漫步。

同时，克瑞乌萨伏在阿波罗的圣坛前祈祷，动也不动。但她的至诚的祈祷被她的仆人打断了，他们跑来悲哀地叫着："不幸的女主人哟！你的丈夫在快乐，但你却永远得不到一个孩子，抱在手里或偎在怀中吃奶。阿波罗赐给他一个儿子，一个长大成人了的儿子，可能是多少年以前一个天晓得的姘妇替他生的，克苏托斯从神庙里走出来的时候遇到了他。现在做父亲的将要喜爱他发现的儿子，而你将如同寡妇一样地独守空房。"

这可怜的公主，她的心灵一定给神祇搅糊涂了，竟未能看穿这样一个浅显的秘密。她在沉默中思忖着她的悲惨的命运。过了一会儿，她才询问这个好像已经是她的义子的人的名字和人品。

"他是神庙的年轻的卫士，就是你和他说话的那个人。"她的仆人们回答，"他的父亲命名他为伊翁。我们不知道他的母亲是谁。现在你的丈夫已经去狄俄倪索斯的圣坛为他的儿子作秘密的祭献。不久那里将举行一个庄严的宴会。他威胁我们不许将这事告诉你，否则就要处死。但由于对于你的爱护，我们违抗了他的命令。请不要说出这是我们告诉你的！"

现在一个老仆人，他全心效忠于厄瑞克透斯的家族并十分敬爱他的女主人，离开众人，开始咒骂克苏托斯王子，称他为无义的奸夫。他的狂热，使他甚至要消灭这个私生子，以免他会非法地来要求厄瑞克透斯的继承权。克瑞乌萨想着自己已被以前的情人和丈夫遗弃。在迷惑和悲愁之中，也同意这老仆人的阴谋，并向他明言她和太阳神的关系。

克苏托斯和伊翁离开神庙之后，他带他到帕尔那索斯山的双峰，那里得尔福的人民经常来朝礼狄俄倪索斯，他们认为他和太阳神同等神圣，并用狂欢的盛会来赞美他。在王子

作为母亲的克瑞乌萨对发生的事情一无所知，这也使她和丈夫之间产生了误会。

克苏托斯对仆人们的威胁更让克瑞乌萨确定这个孩子是他与别的女人的私生子，误会进一步加深了。

老仆人的出现让矛盾更加激化，克瑞乌萨一时间也开始变得迷惑了。

此处对盛会场面的描写突出体现了克苏托斯对伊翁的重视和喜爱。

灌酒于地，感谢自己得到儿子之后，这青年由于伴随着的仆人的帮助，在露天底下立了一个巨大而华丽的帐篷，上面盖以从阿波罗神庙带来的织得很精美的花毡。里面安置长桌，桌上摆满盛着丰富而精致的食品的银盘和斟满美酒的金杯。克苏托斯派遣使者到得尔福城，邀请所有的人民来参与他的盛宴。不久巨大的帐篷里充满头戴花冠的宾客。他们在快乐和光辉中饮宴，但当快要终席的时候，出现一个以奇怪的姿态使宾客哗笑的老人，他来为宾客们敬酒。克苏托斯知道他是克瑞乌萨的老仆人，赞美他的辛勤和忠诚，也就不去管他。老仆人走到酒桌旁边侍候宾客。临到终席，音乐演奏起来，他吩咐侍童们从餐桌上取去小杯而摆上金银的大杯于宾客们的面前。他自己拿了一只最美丽的，斟满最高贵的美酒，好像他要向他的年轻的主人致敬似的，却秘密地掺上了致死的毒药。当他走到伊翁面前并向地上洒了几滴酒作为灌礼时，一个站得很近的仆人却不经心地说了一句不吉利的话。在神庙的神圣的教仪中长大成人的伊翁知道这是一种不祥的预兆，就把所有的酒倒掉，并要求换一个杯子斟上新酒，然后用这杯新酒庄严地举行灌礼。全体宾客们也随着这么做。正在这时候一群养育在阿波罗神庙且为神祇所保护的圣鸽，飞到天幕中来。它们看见地上的酒四处流溢，都飞下去伸嘴呷饮。别的鸽子都无恙，但呷饮伊翁倒掉的第一杯酒的鸽子，刚一沾嘴就拍着翅膀，摇摆着抽搐而死。这使宾客们都大吃一惊。

多亏伊翁从小在神庙中长大，他的细心也救了自己一命。

至此伊翁从他的座位上站起，愤怒地甩掉长袍，握紧拳头叫道："想谋杀我的是谁？说呀，老人，因为你正是帮凶的人。是你在酒中掺毒，并把杯子递给我的呀！"他抓紧老人不放。这老人失去保障，害怕了，他承认他的罪恶却委过于克瑞乌萨。于是伊翁，这个被阿波罗的神谕许为克苏托斯的儿子的人，离开帐篷，所有的人都在惶惑中拥挤在他的身后。

矛盾在此刻完全爆发。明明是老人出的主意，可是当事情败露时，他却把责任推卸到克瑞乌萨头上，无形之中使母子之间产生了隔阂和矛盾。

在露天之下，在得尔福贵族们的环绕中，他高举双手宣示："神圣的大地哟！你见证这厄瑞克透斯家的异国的女人要毒杀我呀！"

"用石头打死她，用石头打死她！"众人异口同声地叫嚷，并跟随伊翁去寻觅克瑞乌萨。克苏托斯被那可怕的揭发弄得昏头昏脑，不知自己要怎么做，也随着其余的人走去。

克瑞乌萨正在阿波罗圣坛等候她的不顾死活的阴谋的结果，但结果正和她所希望的相反。远处的扰攘的声音使她从沉思中站立起来。喧声渐渐逼近，一个比她丈夫身边的仆人更忠实于她的侍者从暴怒的群众中抢先跑来，告诉她阴谋已被发觉，得尔福的人民决心要杀害她。"紧靠着圣坛吧，"她的女仆们再三劝告她，"假使这神圣的地方不能从凶手们手里挽救你，那么至少他们所犯的流血的罪恶也是无可救赎的。"

同时，暴怒的得尔福人由伊翁率领着越来越近，在到达庙门之前，她已听到随风传来的那个青年的愤怒的言语。"神保佑我！"他叫道，"因为这桩没有实现的犯罪原来是要使我摆脱那个含着敌意的继母。她在哪里呀？这有着毒牙的蝮蛇，两眼闪射着死之火焰的毒蛇在哪里呀？让我们从最高的悬崖把这女凶犯扔下去吧！"拥挤在他周围的群众呼叫着响应他。

当他们到达圣坛，伊翁就抓住这个女人，那正是他的母亲，但对于他好像是他的死敌一样；他想拖着她离开那作为屏障的圣坛。但阿波罗不愿儿子杀害母亲。他的神意将克瑞乌萨所计划的阴谋和对于她应有的责罚暗示给他的女祭司，使她的心灵颖悟，所以她突然明白了一切所发生的事情，并知道她的养子伊翁正是阿波罗与克瑞乌萨的儿子，而不是她自己在隐晦的预言中所宣示的克苏托斯的儿子。她离开三脚圣坛，取出她从前在庙门口找到的在其中发现新生婴儿的那只篮子和她小心谨慎地保存着的信物。她拿着这些东西，急

阿波罗给女祭司以暗示，为的是不让母子相残。多亏女祭司还保存着当初捡到小婴儿时篮子里的信物，这为克瑞乌萨能够认出自己的儿子提供了很好的线索。

忙走到克瑞乌萨正在和伊翁拼死挣扎着的圣坛。伊翁看到这女祭司，即刻放手，敬谨地向她走来。"欢迎你，亲爱的母亲，"他说，"虽然你不是生我的人，但我必须这样称呼你。你听到我刚刚逃脱的这恶毒的阴谋吗？当我刚刚得到一个父亲，我的凶恶的继母就计划要毒死我。现在请告诉我如何做吧，我一定服从你的命令。"

女祭司举起一只手指警告他说："伊翁，保持你净洁的双手，出发到雅典去吧。"

伊翁沉思一会儿，反抗说："杀死仇敌的人不是不算有血污的吗？"

"在听完我的话之前，不要杀害她，"女祭司威严地说，"你没看见我手中的这只篮子吗？没看见在陈旧的枝条上我所缠绕着的新的花环吗？你过去曾被遗弃在这里面；我从中取出你并抚育了你。"

伊翁惊异地望着她。"母亲，这事你从来没有告诉过我，"他说，"你为什么将这秘密保持得这样久呢？"

"因为神祇要你在这样长的岁月中侍奉他，"她回答，"现在他给了你一个父亲，并让你到雅典去。"

"但这篮子对我有什么用呢？"伊翁问道。

"那里面有包裹过你的麻布，亲爱的孩子，"女祭司说。

"麻布吗？"伊翁叫起来，"怎么，那是一种信物，可以引导我找到我的生母啊！"

女祭司将篮子给他，他很热心地伸手进去取出那折叠着的麻布。当他含泪的两眼看着这宝贵的纪念物时，克瑞乌萨已渐渐地恢复镇静。一看到这篮子，她就明白了全部真情。她从圣坛冲出，快乐地叫了一声"儿啊！"就将伊翁紧抱在自己的怀里。

伊翁带着新的怀疑用力挣脱她的拥抱，以为这只不过是

克瑞乌萨终于明白了，原来伊翁就是自己的亲生儿子。这一刻的快乐是任凭什么都无法匹敌的。

另一种阴谋。但克瑞乌萨放开他，后退一步说："这麻布将证实我的话。快打开这麻布看。你将发现我要对你述说的信物。上面的刺绣，是多年以前当我还是女儿的时候自己绣的。在当中你可以看见周围缠绕着毒蛇的戈耳工的头，如同在雅典娜的盾牌上所看见的。"

伊翁迟疑地打开麻布，但突然欢喜地叫了起来："啊，全能的宙斯啊，这是墨杜萨，而这便是那些毒蛇呀！"

"还不止于此，"克瑞乌萨说，"那里面必然还有一根用许多小龙连成的项链，是黄金铸造的，用来纪念看守厄里克托尼俄斯的箱子的巨龙。"

伊翁在篮子里面搜寻，愉快地微笑着，取出项链。

"而最后的信物，"克瑞乌萨说，"是我戴在我新生的儿子头上的不凋的橄榄叶的花环，那是从雅典的第一株橄榄树上采摘下来的。"

伊翁将手伸到篮子底，取出新鲜葱绿的橄榄叶的花环。"母亲，母亲哪！"他在哽咽中哭泣起来，并拥抱着克瑞乌萨，连连亲吻她的面颊。最后他松开手，打听克苏托斯，他的父亲的情况。于是克瑞乌萨向他说出了他的出生的秘密，说他就是他在神庙中虔信地侍奉了这么多年的阿波罗神的儿子。现在他明白了过去那些事情的秘密和克瑞乌萨的误会，高兴地原谅了她对于她所不知道的人的图谋。克苏托斯也拥抱伊翁，拿他当作他的义子和一种神赐的礼物来接待他。三人都到庙里感谢阿波罗的神恩。女祭司坐在三脚坛上，预言伊翁将是一个光荣的种族的祖先，为了纪念他，这个种族将被称为伊娥尼亚人。对于克苏托斯，她预言克瑞乌萨会替他生一个儿子，即多洛斯，他将是世界知名的多里亚人的祖先。满怀着快乐和希望，克苏托斯和克瑞乌萨带着回来了的儿子出发到雅典去，所有得尔福的人民都出来夹道欢送。

麻布、小金龙项链、橄榄叶花环，这些信物让克瑞乌萨坚信伊翁就是自己朝思暮想的儿子。

母子团圆，他们之间的误会也在信物面前烟消云散，一家三口怀着对阿波罗的感谢之情回到雅典，开始了新的快乐生活。

夹道：许多人排列在道路的两边。

## ▌情境赏析▐

本文讲述了一对失散的母子重新相认的曲折过程。悲剧的主人公克瑞乌萨从她亲身的体验看出了神明的荒唐，她受了欺侮也没有什么地方可以去控诉，几十年来她怀着对神明既怨且怕的心理，老来无子使她对那被弃的孩子产生了愧疚和思念，她想要从福玻斯那里得到一个秘密的神示，看她的那个儿子到底是活着还是死了？她知道如果她的孩子还活着也有伊翁这么大了，但她根本没有想到她和伊翁有什么关系。因此当她的丈夫认伊翁作儿子时，她猜测伊翁是克苏托斯的私生子后便起了杀心，伊翁在得知是克瑞乌萨对自己起了杀念，便兴师动众地不问真相前去报复。幸而有福玻斯在暗中护佑，她没能毒死伊翁，伊翁也没能杀死她。反而让他们母子在极其危险的境况下相认了。

这个悲剧的故事终于获得大团圆的结局。在这里既揭露了神们的荒唐，也歌颂了他们为保护人类所作的努力。人性本善还是人性本恶？不论在神话当中还是在现实社会，人性的真善美与假恶丑都是一样的，神性也即人性。每当人们翻然悔悟时，所有的恶行都会被神祇原谅，神是宽容的，也是严厉的。所以当人们心起恶念时，是否可以考虑一下后果。

## ▌名家点评▐

人的天性中具有正义是最美好的；拥有健康的生命是最好的；但最甜美的却是能够得到他每天所渴望的东西。

——（法）莫泊桑

卓越的雕刻家和建筑家代达罗斯总能创作出令人惊叹的作品，但他心胸狭窄，极度自负。他因无法容忍外甥比自己更优秀，杀害了那个有着极高天赋的孩子。在逃亡途中，原本想同儿子伊卡洛斯从空中逃走，不幸的是儿子意外坠海身亡。自此以后，尽管代达罗斯获得了无数的成就，得到科卡洛斯国王的礼遇，可是儿子的死始终让他无法释怀，最终在西西里抑郁而终。

雅典的代达罗斯是墨提翁的儿子，厄瑞克透斯的曾孙，也是一个属于厄瑞克提得斯家族的人。他是一个建筑家和雕刻家，是当代最伟大的艺术家。他的作品被世界各地的人赞美，看过他的雕像的人都说它们是活的、会动的、会看东西的；说那不单是相像，而且有了生命。因为过去的大师们，只是使石像闭着眼睛，双手连接在身旁，无力地下垂着，但他第一次使他的大理石像睁开眼睛，伸着双手，并迈开两脚好像走路一样。但这个完美的艺人却善妒而自负，正如他具有天赋一样，这些天生的缺陷诱使他为恶，且使他陷于悲惨。

塔罗斯是他的姊姊的儿子，向他学习技术，而天分却比他这个先生高。当塔罗斯还是儿童的时候，就发明了陶工辘轳，并由于模仿动物器官而成为大家所惊叹的锯子的发明者，因为有一次他杀死了一条蛇，发现可以用它的颚骨切割一块薄木片。即刻，他在金属片上刻出一列的锯齿，制成一种比蛇的颚骨更锐利的东西。他又连接两根金属横档，一固定，一转动，由此制成最初的旋转车床。他还设计了别的灵巧的用具，而这一切都没有他舅父的帮助。他这样出名，以致代达罗斯开始怕他的学生会超过自己。满怀着妒嫉，他秘密地杀害了这个孩子，将他从雅典的卫城上扔了下去。

但有人看见他在为被杀的人挖掘坟墓，虽然他撒谎说埋掉的是一条毒蛇，但他仍被控谋杀，并由阿瑞俄帕戈斯法庭判他有罪。

但他逃脱了，流亡至阿提刻。后来又逃到克瑞忒，在那里，弥诺斯国王保护他，尊他为上宾并称他为一个杰出的艺术家。他委任代达罗斯替牛首人身的恶怪弥诺陶洛斯建造一所住宅。这位艺术家用尽心思建造了一所迷宫，其中的迂回曲折，使进到里面的任何人都会被迷惑得晕头转向。无数的柱子盘绕在一起，如同佛律癸亚的迈安德洛斯河的迂回的河水一样，像是在倒流，又回折到它的源头。当它建造完成以后，代达罗斯自己走进去，也几乎在迷津中找不到大门出来。在迷宫当中住着的弥诺陶洛斯，每九年吞食七个童男七个童女，这些童男童女是根据古老的规定，由雅典进贡给克瑞忒王的。

虽然享受着赞美和优待，代达罗斯渐渐感到长久从故乡放逐，流落孤岛，且不为弥诺斯所信任的痛苦。他想方设法逃脱。在长久思考之后，他欢快地叫起来："让弥诺斯从海上陆上都封锁我吧，但我还有空中啊！即使他这样伟大而有权力，但在空中他是无能为力的，我将从空中逃出去！"

他一说完就开始行动。代达罗斯运用他的想象力来驾驭自然。他将鸟羽依一定的次序排列，最初是最短的，其次是长的，依次而下如同自己生长的一样。在中间他束以麻线，在末端则浇以蜜蜡。最后把它们弯成弧形，看起来完全如同鸟翼一样。

代达罗斯有一个儿子叫伊卡洛斯。这孩子看着他父亲工作，也热心地参加工作。有时伸手去按住被风吹动的羽毛，有时用拇指与食指揉捏黄色的蜜蜡。代达罗斯放任他并看着这孩子笨拙的动作微笑。当一切都完成，他将这翼缚在身上，取得平衡，然后飞到空中，轻便得如同鸟雀一样。他降到地上之后，他又训练他的幼子伊卡洛斯，他已为他制造了一对较小的羽翼。"亲爱的孩子，要永远在中间飞行，"他说，"假使飞得太低，你的翼会触到海水，羽翼湿透了，你就会落到大海里。飞得太高，你的羽毛会因接近太阳而着火。所以要飞在大海与太阳的中间，并紧紧跟随我的身后。"他一面警告他，一面将羽翼缚在他的双肩上。但老人的手指战栗着，忧虑的眼泪滴落在他的手上。然后他双手拥抱这个孩子，亲吻他——最后的一次。

　　现在两人都鼓翼上升。父亲飞在前头，如同带领着初出巢的幼雏的老鸟一样。他机敏而小心地扇动着他的羽翼，使他的孩子可以照着做，并时时回看他跟随得怎样。起初一切都很顺利。他们经过左边的萨摩斯岛，又掠过得罗斯和帕洛斯。他们看见别的一些海岸都向后退去并且消失，这时伊卡洛斯由于飞行的轻便变得更加大胆，越出了父亲的航线，怀着青年人的勇气飞到高空中去。但可怕的责罚也来得飞快而且确实。太阳强烈的温度融化了黏合着羽毛的蜜蜡。伊卡洛斯还没有觉察到，他的羽翼业已分解，并从肩上坠落。这不幸的孩子企图以两只光手臂努力飞行，但不能浮起，他从空中倒栽下来。他正要叫唤他的父亲援救，但还没有张开嘴，澄碧的海浪已将他吞没。这事发生得很快。待代达罗斯回过头来，如同他时常做的那样，却看不见他的儿子了。"伊卡洛斯，伊卡洛斯啊，"他在空中叫唤着，"在空中，我在何处可以找到你呢？"最后他担忧了，搜寻的眼光向下探视，看到羽毛漂浮在水上。他降下来，将他的羽翼放在一边，伤心地在海岸上走来走去，直到海浪将孩子的尸体投掷到沙滩上。现在谋害塔罗斯的罪行得到了报应。怀着悲痛，代达罗斯继续旅行到西西里。这岛上的统治者是科卡罗斯国王，他和克瑞忒的弥诺斯一样殷勤地接待代达罗斯。这位艺术家的工作使人们惊奇而欢喜。多少年来，那地方的名胜之一仍是他所建造的人工湖泊，从那里有一条宽阔的河流直通附近的大海。在高岩上一块只有很少几株树可以生长，并陡峻得无法进攻的地方，他建造了一座城堡，通到那里的羊肠小道是那般窄小弯曲，只用三四个人就足够防守。科卡罗斯国王选择这不易到达的要塞存放他的珍宝。代达罗斯在西西里岛上完成的第三件工程乃是一个深幽的地洞。这里，他以一种巧妙的设计引来地下火的热气，使普通冷湿的岩洞舒适得如同暖室一样，人待在里面会渐渐地出汗，却不会觉得太热。他也扩充了厄律克斯半岛上的阿佛洛狄忒的神庙，并献给这位女神一个黄金的蜂房，那些六角形的小蜂窝制造得那么精巧，看起来就像蜜蜂们自己筑成的一样。

　　但现在弥诺斯王知道他逃亡在西西里岛，决定派一队人来追捕他。他装备了一支大舰队，从克瑞忒航行到阿格里根同。他的军队在这里上岸，并遣使于科卡罗斯，要求他归还这个逃亡者。科卡罗斯被这异国暴君的要求所激怒，他盘算着怎样可以毁灭他。他假装同意他的要求，答应一切照办，并请他赴会商量。弥诺斯来到，受到了豪华的款待。他们准备好热水浴来解除他旅途的疲劳。但当他进入浴缸之后，科卡罗斯命人加足火力，直到他的贵宾煮死在滚水里。西西里王将他的尸体交给克瑞忒人，解释说弥诺斯王是在沐浴时失足落入热水之中的。因此，他的从人以一种盛大的葬仪将弥诺斯埋葬于阿格里根同附近，并在他的墓旁建造了一座阿佛洛狄忒的神庙。

　　代达罗斯仍然留居于西西里岛，享受当地主人的不倦的礼遇。他引来许多著名的大师，并在那里成为一个雕刻学校的创办人。但自从他的儿子伊卡洛斯死后，他便再没有感到快乐过。他的劳动使他所托庇的地方庄严灿烂，但他自己却进入了忧伤烦恼的晚年。最终他死于西西里，并被安葬在那里。

　　为重新获得王位，伊阿宋决定满足珀利阿斯的要求，帮他取回被誉为无价之宝的金羊毛。带着阿耳戈英雄们，乘着大船，伊阿宋开始了夺宝征程。一路行来，阿耳戈的英雄们不仅经历了无数次的艰险磨难，他们还将面对种种诱惑。在美狄亚的帮助下，伊阿宋和阿耳戈的英雄们终于拿到了金羊毛，为此，美狄亚不仅背叛了自己的父亲，而且杀害了自己的弟弟。不幸的是，伊阿宋并没有因此继承王位，他和美狄亚因他的背叛，最后落了个妻离子散、家破人亡的结果。

## 伊阿宋和珀利阿斯

　　伊阿宋是克瑞透斯之子埃宋的儿子。克瑞透斯在忒萨利亚的海港上建立了城池和伊娥尔科斯王国，并将它传给他的儿子埃宋。但克瑞透斯的幼子珀利阿斯篡夺了王位。埃宋死后，他的儿子伊阿宋逃依喀戎。喀戎是一个半人半马的人物，他曾教育许多孩子成为最伟大的英雄；他给伊阿宋适宜于做一个英雄的训练。

　　在珀利阿斯晚年的时候，为一种奇异的神谕所苦恼，那神谕警告他提防一个穿着一只鞋子的人。珀利阿斯怎样也猜不透这些话的意义。这时，被喀戎教育了二十年的伊阿宋却偷偷地回到他的故乡伊娥尔科斯，向珀利阿斯要求王位的继承权。

　　如同古代英雄的风范一样，他持着两根矛，一是刺的，一是投的。旅行衣上扎着豹皮，长发披在肩上。在路途上，他经过一条宽阔的河，那里有一个老妇人请求他帮助她渡过河去。那便是天后赫拉，是珀利阿斯王的敌人。伊阿宋因为她的伪装认不出她来，只是怜悯地双手高举着她涉过那条河。但在半道，他的一只鞋子陷在淤泥中。他就穿着一只鞋子来到伊娥尔科斯的市场上，他的叔父珀利阿斯为群众包围着，正在那里庄严地祭献海神波塞冬。人们都惊奇于伊阿宋的高大美丽，以为是太阳神阿波罗或战神阿瑞斯突然出现。正在祭献的国王也注意到这个外乡人，并惊慌地看到他只穿着一只鞋子。当祀神的仪式完结，他向这个青年走来，装作若无其事的样子，问他的名字和他的故乡。

伊阿宋虽然语调平和，却大无畏地回答他是埃宋的儿子，曾经被养育在喀戎的山洞里，现在来访问父亲的旧居。狡黠的珀利阿斯殷勤地听着，并隐藏着自己的惊慌。他派人引导他的侄儿到宫殿中，伊阿宋以渴慕的眼睛望着他幼年时候居住的殿堂和宫室。接连五天，伊阿宋的朋友和亲属们以欢乐的饮宴庆祝他的归来。第六天，他们离开为宾客们临时建立起来的帐篷，走到珀利阿斯国王的面前。伊阿宋很温和有礼貌地对他的叔叔说："啊，国王哟，你知道，我是合法的王室的儿子，你所占有的一切都是属于我的。但我仍留给你以所有的牛群和羊群，所有你从我的父母那里夺得的土地。我什么也不要，只要我父亲所有的王位和王杖。"

珀利阿斯很快地盘算着。他的回答是恳切的。"我愿意满足你的要求，"他说，"但你必须答应我的要求，并替我做一件事情，那是你们青年人所能胜任的，但我太衰老，没有这力量了。很久以来，佛里克索斯的阴魂总是在我的梦中显现，他要求我带给他的灵魂以平静，旅行到科尔喀斯的埃厄忒斯国王那里，取来那里的金羊毛。这种寻求的光荣将是你的，当你带着你的荣耀的金羊毛归来，你将得到王国和王杖。"

## 阿耳戈英雄们航海的动机和出发的情形

关于金羊毛的故事是这样的：玻俄提亚国王阿塔玛斯的儿子佛里克索斯受到他的继母，他父亲的宠妾伊诺的虐待。他的生母涅斐勒要搭救他，得到他的姐姐赫勒的帮助将他拐走。她使她的两个孩子骑在有翼的公羊背上；这公羊的毛是纯金的，是她从神祇赫耳墨斯得到的一种赠品。两姐弟骑着这神异的生物，腾空而行，经过多少的陆地和大海。后来姐姐头晕，坠海而死，那地方遂以她得名，称为赫勒海，或赫勒斯蓬托斯。佛里克索斯则安全地到达黑海沿岸的科尔喀斯地区。在这里，埃厄忒斯国王很热心地款待了他，并以他的一个女儿许配于他。佛里克索斯宰杀公羊祭献宙斯，因他曾庇护他逃遁；并将金羊毛赠给埃厄忒斯国王。埃厄忒斯又将它转献给战神阿瑞斯，他将它钉在人们献给他的树林里的一棵树上，并让毒龙看守着。因为神谕曾告诉他，说他的生命全靠他能否保有这金羊毛。

全世界都认为这金羊毛乃是无价之宝。很久以来希腊也听到了关于金羊毛的传说。许多英雄和王子都希望得到它，所以珀利阿斯利用关于这奇异宝物的梦来鼓舞他的侄儿伊阿宋的想法并没有错。伊阿宋也真的非常愿意去。但他没有看出他的叔父的计策是要他死于这次的冒险，却以神圣的诺言答应完成这次的探险。

希腊著名的英雄们都被邀请来参加这英勇的盛举。在珀利翁山下，在雅典娜的指导下，希腊最优良的造船者用在海水里不会腐朽的木料造成一艘华丽的大船。它可以容纳五十个桨手，并取造船者阿耳戈斯的名字而命名为"阿耳戈"。这是希腊人敢于行驶在大海上的第一艘大船。船首用多多那的神异橡树上的一块木料造成，这是女神雅典娜的赠品。船的两侧装饰着极富丽的雕刻。但这船仍然很轻，所以英雄们可以将它扛在肩上接连行走十二天。

当大船全部造成，英雄们聚拢来，拈阄认定各人在船上的位置。伊阿宋担任全体探险队的指挥。提费斯担任掌舵；林叩斯，这锐眼的人，则为领航人。船首坐着威严的赫剌克勒斯，船尾则是阿喀琉斯的父亲珀琉斯和大埃阿斯的父亲忒拉蒙。其余的水手中有宙斯的两个儿子卡斯托尔和波吕丢刻斯，涅斯托尔的父亲涅琉斯，忠贞的阿尔刻提斯的丈夫阿德墨托斯，曾经杀戮卡吕冬野猪的墨勒阿革洛斯，美妙的歌手俄耳甫斯，帕特洛克罗斯的父亲墨诺提俄斯，后来做了雅典国王的忒修斯和他的朋友庇里托俄斯，赫剌克勒斯的年轻的朋友许拉斯，波塞冬的儿子欧斐摩斯以及小埃阿斯的父亲俄琉斯。伊阿宋把他的船献给波塞冬。在出发以前所有的英雄也向他和其余的海上的神祇献祭和祈祷。

当所有的人都已就位，他们就拔锚开船。五十个摇桨的人摇桨前进。

五十只桨出入海面，发出和谐的声音。乘风破浪，不久伊娥尔科斯港已遥远地落在后面。俄尔甫斯弹着竖琴，唱着优美动人的歌曲，鼓舞英雄们前进。他们愉快地驶过多少海角和岛屿。第二天起了一阵暴风雨将他们吹送到楞诺斯岛的港岸。

## 阿耳戈英雄们在楞诺斯岛

在楞诺斯岛上，仅仅一年以前，这里的女人们都杀死了她们的丈夫，也就是这岛上所有的男子。因为他们曾从特剌刻带来许多宠姬，所以爱神激起他们的妻子们的嫉妒和愤怒。只有希波吕忒救出了她的父亲托阿斯国王，将他藏在箱子里投掷在大海上。从此以后，楞诺斯岛的女人们便经常害怕特剌刻人即她们的情敌的亲属们会来攻袭，所以对于海上总是怀着戒心。现在当她们看见"阿耳戈"靠近海岸，她们就全副武装，冲出城门，拥到海岸上，如同阿玛宗女人国的军队一样。这些英雄看到海岸上拥挤着武装的女人，而没有一个男子，都十分惊奇。他们用小船派遣一个使者到这奇异的团体里去。她们带他去见她们的未婚的女皇希波吕忒，他很有礼貌地传达"阿耳戈"英雄们的要求，要在此地暂住。女皇在城中的闹市召集她的女人们，并自己坐在她父亲的大理石的宝座上。在她的旁边是挂着拐杖的年老的保姆，两边各坐着四个极美丽的金发女郎。当她向群众报告"阿耳戈"英雄们的和平的要求时，她站起来说："亲爱的姊妹们，我们已做下一件重大错事，我们在暴怒中消灭了我们的男人。我们不应当拒绝那些愿意和我们做朋友的人们。另一方面，我们也必须注意，不让他们知道我们所做过的事。因此我的意见是要把食品、酒以及外乡人所需要的其他东西送到他们的船上去，以这种礼遇来保障我们的安全。"

女皇又坐下来。现在年老的保姆很费力地抬起她那垂下的头说："用一切方法送给外乡人礼品，这是很对的。但不要忘记万一特剌刻人来了又怎么办。即使有一个慈悲的神祇将他们挡住，但这对于你们算是安全吗？像我这样的老妇人本来可以不必担心。在困难来到和物资耗尽以前，我们就会死的。但你们年轻的怎样生活呢？是不是牛群都可以自己负着轭，自己在田地里耕田呢？当夏天过去，是不是它们都可以代替你们收获呢？因为你们自己都不愿意做这些和其他繁重的工作呀！我劝你们不要踢开送上门来的，你们所需要的保护。将你们的土地和财富交给这些尊贵的外乡人，并让他们来管理你们的美丽的城吧。"

这劝告，所有楞诺斯的女人都很赞同。女皇派遣一个坐在她旁边的女郎随着来使到船上向阿耳戈英雄们报告大会上的决定，所有英雄听了都很高兴。他们全不怀疑，以为希波吕忒是在父亲死后和平地继承他的王位的。伊阿宋将雅典娜赠给他的紫色斗篷披在肩上，向城中大踏步走来，辉煌得像一颗星星一样。当他走进城门，女人们都大声欢呼拥出来欢迎他，并对这位客人感到满意。但他，由于礼貌和高贵的出身，仍然两目看着地上，忙着走进宫殿。女仆们为他敞开大门。曾到船里来过的那位年轻的女郎领他走到女皇的住室。在这里，他在一只华丽的椅子上和她对坐着。希波吕忒低垂着雪白的眼皮，处女的面颊上也泛着红晕。她羞涩地用恭维的言语和他说话："外乡人哪，为什么你们迟疑着不进我们的城门呢？在这城中没有可以使你们畏惧的男子。我们的丈夫对我们失信。他们和他们在战争中抢劫来的特刺刻女人们移居到他们的妾妇的故乡去了，并带去了他们的儿子和男仆，而我们却无助地被遗弃在这里！所以假使你高兴，就来做我们的人民吧。而且，假使你愿意，你就代替我的父亲托阿斯来管理你的男人们和我们。这地方必然使你们欢喜，它是这一带海洋上最富足的岛屿。你是首先来的人，请回去告诉你的同伴们我的提议吧。"

这便是她讲的话，关于男人被杀的事她却没有说出。伊阿宋回答："啊，女皇，我们怀着感谢的心情接受你在我们困难的时候所给予我们的帮助。在我把你的提议告诉我的同伴之后，我就立刻回到城里来。但请仍然保留你的王杖和岛屿吧！并不是我拒绝它，而是因为在遥远的地方，危险和战争正等待着我。"

他和女皇握别，回到海边。女人们即刻用快车载着许多的礼品跟着来了。现在她们要劝那些已经听到伊阿宋的传达的英雄都进城去并住在她们家里是很容易的。伊阿宋就住在宫里，其他的人这里那里地分开住着，只有赫剌克勒斯厌恶与女人在一起，仍然和几个伙伴留在船上。现在城中到处都汹涌着饮宴和跳舞的人群。献祭的香烟直升到天上，因为城里的主人和她们的宾客都在敬奉这岛屿的保护神赫淮斯托斯和他的妻子阿佛洛狄忒。行期一天一天地拖延。假使不是赫剌克勒斯从船上走来，瞒着女人们把他们聚拢来，这些英雄真的要和他们的美丽的情人流连忘返了。

"你们都是些坏蛋！"他对他们说，"在你们的故乡你们不是有着足够的女人吗？难道你们都是为了妻室才到这里来的？你们愿意像农人一样耕种楞诺斯的田地吗？当然喽！神祇会替我们取得金羊毛放在我们的脚边的！我们各自回乡也许会更好一些。让伊阿宋娶了希波吕忒，在楞诺斯岛繁殖子孙，从此听着别的英雄创立丰功伟绩吧。"

没有人敢抬起眼睛来看他或反对他。他们离开众人，预备出发。但楞诺斯的女人们猜到了他们的意图，就拿祈求和悲诉来纠缠他们，如同嗡嚷的蜂群一样。但最后，她们终于屈服于男人们的决定。希波吕忒，满含着眼泪，离开众人，握着伊阿宋的手说："去吧，愿神祇给你和你的同伴们所想着的金羊毛！如果你还愿意回来，这岛和我父亲的王杖仍然等待着你。但我十分清楚，你们是不打算归来的。至少，想念着我吧，当你去到远方的时候。"

伊阿宋满怀着对于她的美与善的赞美之情离开了女皇。他第一个回到船上，别的人也跟随着他归来。他们解缆，并摇动大桨，不久赫勒斯蓬托斯就落到遥远的后面。

## 阿耳戈英雄们在多利俄涅人的国土

从特剌刻来的大风，将船吹向佛律癸亚的海岸，在那里，本地生的巨人们，一种野性的蛮人，与和平的多利俄涅人共同生活于库最科斯国王的岛上。这些巨人都有六臂，宽肩上各生一臂，前胸后胸又各生两臂。多利俄涅人是海神的子孙，海神保护着他们，使他们不受可怕的邻人的侵犯。他们的国王是虔诚的库最科斯。当这条船和船上英雄们的消息传到岛上，他和他的全体人民都出来迎接，并款待他们，请他们在城里的海港停船。因为很久以前就有一种神谕告诫过国王要用好言好语接待神异的英雄们，尤其是不要和他们冲突。所以他供给他们丰富的葡萄酒，并宰杀了许多牲口。他还是一个青年，才开始出胡子呢。他的刚结婚不久的年轻的妻，正在宫殿里等待着他。但由于服从神谕，所以他留下来和宾客们饮宴。于是他们告诉他旅行的目的，他也指点他们应走的路途。

第二天清早，他们爬上一座高山，以便亲自察看这岛在海上的位置。这时巨人们从各方面涌出来，用巨大的石块封堵港口。但阿耳戈船留在海港里，由仍然不愿离开船舶的赫刺克勒斯守护着。当他看见巨人们开始捣乱，他就用箭射死他们好多人。现在别的英雄们回来，用矛和弓箭大肆射杀巨人，他们如同被砍倒的树林一样躺在狭隘的港口里，有些头和胸在海里而腿伸在沙上，有些四肢浸在水里，头和胸却在岸上，他们全都命定要作鱼和鸟的食物。

当这些英雄胜利地结束这场战争之后，他们扬帆拔锚，又向大海出发。但在夜里风向变了，暴风雨迎头袭来，使他们不得不靠近陆地下了锚。这地方仍然是慷慨好客的多利俄涅人的岛屿，但阿耳戈英雄们以为到了佛律癸亚的海岸。他们过去的东道主被登陆的嘈杂声惊醒，认不清这些就是仅仅在一天以前还和他们快乐地饮宴的朋友。他们走出来挑战，一场不幸的战争发生了。伊阿宋用矛刺进国王的胸脯，但双方都不知道彼此是什么人。最后多利俄涅人被迫逃入城内，闭门不出。到第二天早晨，双方才知道彼此误会了。

伊阿宋，阿耳戈英雄们的领袖，和所有的英雄，当他们看到和善的库最科斯国王躺在血泊中时，都满怀着悲伤。接连三天，英雄们和多利俄涅人悲悼着死者。他们扯下头发，并以竞技和举行葬仪的饮宴来向死者致敬。最后英雄们又向旅途出发。但克利忒，已死的国王的妻子，因为现在已没有丈夫，不能忍受孤寂，自缢而死。

## 赫刺克勒斯被留下

在暴风雨中航行一程之后，英雄们在比堤尼亚的海湾登陆，这里是喀俄斯的城市。生活在这里的密西亚人殷勤地招待他们，堆聚干柴为他们生火取暖，以树叶为他们铺床，虽然时已入夜，也供应他们很丰富的酒食。

赫剌克勒斯看不起一切舒服的生活，所以让同伴们坐着饮宴，独自一人到森林中去削制一支更好的桨，预备第二天使用。不久他发现一棵松树，好像正是他所需要的，树枝不太密，就都像一株细瘦的白杨。他放下弓箭，脱下所披的狮皮，将木棒也放在地上，然后双手抱着树身，将树连根拔起，根上仍粘着泥土，所以看去好像是暴风雨吹倒的一样。

现在他的年轻的朋友许拉斯也离开了宴席。他拿着青铜罐去汲取清水，预备给他的主人和朋友归来时饮用。在反对德律俄珀斯的一次远征中，赫剌克勒斯因争吵杀死了这孩子的父亲，却领着许拉斯和他在一起，抚育他，作为他的仆人和朋友。当这美丽的青年走到泉水边，圆月正发出灿烂的光辉。他持着罐伏在水边，泉中的水仙看见了他，迷于他的美丽，因而用左手拥抱着他，右手握着他的手臂，将他拖下水去。另一个名叫波吕斐摩斯的英雄正在离泉水不远的地方等候着赫剌克勒斯，听到这青年呼救的声音，但找不到他。恰在这时赫剌克勒斯从树林里出来。"我必须第一个告诉你这可悲的消息吗？"波吕斐摩斯向他喊道，"你的许拉斯去取泉水却不见回来。想必是强盗将他抢走，或者是遇到了野兽。我自己听到他绝望的呼喊。"赫剌克勒斯听到这儿，额上冒出汗珠，血液在脉管中沸腾着。他愤怒地投下松树，就好像被牛蝇叮着离开牛群和牧人的牧牛一样，穿过密林奔跑到泉水边，悲哀地叫唤着。

晨星在高峰上闪耀着，一阵顺风吹起。舵工拟利用顺风，所以催促英雄们上船。他们在模糊的晨光中愉快地航行，等到发现还有两个人——波吕斐摩斯和赫剌克勒斯被遗留在后面时，已经是太晚了。究竟应不应该不顾他们的迷失的朋友继续航行，这个问题引起了一场暴风雨般的争论。伊阿宋什么话也不说。他沉默地坐着，忧虑咬啮着他的心。但忒拉蒙却忍不住暴怒。"你怎么能安静地坐在那里呢？"他向他们的领袖叫喊，"我想你是怕赫剌克勒斯的本领比你强！但我何必多说废话！即使同伴们都和你一致，我个人还是要转回去寻找我们所遗弃的人的。"

他一面说，一面就抓住掌舵者提费斯的衣领，假使不是玻瑞阿斯的两个儿子仄忒斯和卡拉伊斯抓着他的手臂并用愤怒的言语阻止他，他真的会逼迫将船又开回密西亚人的地方去。当他们正在相互争吵的时候，海神格劳克斯却用强大的手拉着船尾，向航行的人叫道："啊，英雄们，别争吵啊！你们不要违反宙斯的意志带着无畏的赫剌克勒斯和你们一起到埃厄忒斯的地方去，命运给了他别的工作。一个被爱情的箭射中的女仙偷去了许拉斯，赫剌克勒斯为了依恋他，所以留在后面。"

说完这话，格劳克斯就没入海中，黑浪在他头上打旋。忒拉蒙感到羞愧，走到伊阿宋面前，握着他的手说："别怀恨，伊阿宋。忧虑使我糊涂了，所以我说出了粗话。让我的过错随风吹去，我们仍旧和好如初吧。"

伊阿宋也高兴和解。于是他们乘着清新的海风，航行在海上。波吕斐摩斯留居于密西亚人中，并为他们建立一座城池。赫剌克勒斯则继续去宙斯要他去的地方。

## 波吕丢刻斯与柏布律西亚人的国王

第二天早晨，太阳上升时，他们在伸入大海的一个半岛附近下锚。在这里，阿密科斯——未开化的柏布律西亚人的国王，有着他的畜栏和房屋。他对于外乡人有一条苛刻的法律：没有和他赛过拳的人不许离开他的领土。用这个办法，他已经断送了许多邻人。这次，当船刚刚到达的时候，他也走上前去，用嘲弄的语调向摇桨的人们挑衅。"听着，你们海上的流浪汉，"他对他们说，"有一事你们必须知道：没有一个外乡人可以离开我的国土而不和我赛拳。挑选你们中的最能干的汉子到我那边去，否则就要判处你们死刑。"

现在阿耳戈英雄们之中有一个希腊最好的拳手波吕丢刻斯，即勒达的儿子。激于国王的挑衅，他对国王说："别和我们啰唆吧。我们已准备服从你的法律，而我就是你的对手。"

柏布律西亚国王看着这个勇士，他的眼睛在眼窝里转动着，就如同受伤的狮子看着它的攻击者一样。但年轻的波吕丢刻斯却如同天上的星星一样的宁静，他挥动着他的两手，看看它们是否由于长久摇桨已经变得不灵活。

　　当英雄们都离开船，两个拳手面对面站好位置。国王的一个奴隶丢下两副赛拳的皮套在地上。"选择你所喜欢的一副吧，"阿密科斯说，"我不愿有拈阄分配的麻烦。不久你自己的经验就会告诉你我是一个最好的硝皮匠，可以用血把面颊染成黑色。"

　　波吕丢刻斯冷静地微笑着，拿起离他最近的皮套，并让朋友们帮助他套在双手上，柏布律西亚王也同样做。现在比赛开始了。有如巨浪冲击小船，使舵工难于招架，国王向这希腊人袭击使他没有喘息的机会。但灵巧的波吕丢刻斯总是躲过袭击，没有受伤。不久他发现对手的弱点，给了他不少没法躲开的突击。但国王也绝不放过可乘之机，于是随着拳击声，颚骨震动，牙齿咯吱咯吱地响着，直到两人都气喘吁吁，才站开来休息，并擦去水流一般的汗滴。第二次刚刚交手，阿密科斯就击打对方的头，但只打中了肩膀，同时波吕丢刻斯却乘机击中他的耳根，将他的头骨打碎，他在痛楚中倒地。

　　阿耳戈英雄们欢呼着，但柏布律西亚人则持着棍棒和矛帮助他们的国王来攻击波吕丢刻斯。英雄们也拔刀加入战斗。结果柏布律西亚人被迫逃遁，躲到城里去。英雄们因此拥入畜栏，捉到许多牲口，得到丰富的战利品。他们就在岸上过夜，包扎他们的创口，并祭献神祇，通宵饮宴。从系船的月桂树上，他们折下桂枝，编成花冠戴在头上。俄耳甫斯弹着竖琴，大家唱赞美诗。当他们歌颂着波吕丢刻斯——宙斯的儿子的胜利时，海岸也好像在静静的欢乐中倾听着。

## 菲纽斯和美人鸟

　　黎明终止他们的饮宴，他们继续着他们的旅程。经过更多的冒险，他们来到比堤尼亚的对岸下锚，英雄阿革诺耳的儿子菲纽斯住在这里。他为很大的不幸所苦恼。他因为滥用了阿波罗所给予他的预言的本领，到了晚年，成为瞎子，而那些可怕的妖妇似的鹫鸟，即美人鸟，不让他安静地饮食。它们尽其所能地抢劫，而且将留下的饮食极力加以污损，使他不能沾唇。菲纽斯的唯一的安慰是宙斯的一个神谕，即当玻瑞阿斯的儿子们和希腊的水手到来，他就可以安静地饮食。所以当这老人听说阿耳戈船来到，他就离开他的住所。他饿得只剩下一副骨头，仅仅是一个影子了。他衰弱得两腿颤抖，用手杖支持他的摇晃的步履。当他来到阿耳戈英雄们跟前时，他已经精疲力竭地倒在地上。他们围绕着这个不幸的老人，看到他的样子都十分惊愕。当他缓过气来，听到他们的声音，他向他们祈求说："啊，高贵的英雄们！假使你们真的是神谕所预言的那些人，那么，请救援我吧！因为复仇的女神们不但使我双目失明，还让这些可怕的恶鸟来抢劫我的食物。你们不是援救外乡人，因为我是一个希腊人——阿革诺耳的儿子菲纽斯。过去我是特剌刻的国王，玻瑞阿斯的儿子们就是我在那个地方的妻子克勒俄帕特拉的弟弟，他们必定参加了你们的探险，注定要来援救我的。"

听到这话，玻瑞阿斯的儿子仄忒斯就投身于国王怀中，并许可他，在他兄弟们的帮助下，他必定为他驱除这些凶恶的怪鸟。于是他们为他预备饮食，但国王还没有碰到食物，美人鸟就如同一阵风暴一样从云中降下，贪馋地落在盘子上。英雄们叫着、吼着，它们动也不动，仍然留着，直到吞食完最后的余屑。最后它们飞到空中，留下一阵可怕的恶臭。玻瑞阿斯的两个儿子仄忒斯与卡拉伊斯拔剑追逐它们，但因为美人鸟飞得比迅疾的西风还快。这时，宙斯借给他们以必需的双翼和不疲的毅力。玻瑞阿斯的两个儿子愈追愈近，有几次几乎可以碰到这些怪物。最后他们更加逼近，可以杀死它们了，但宙斯的使者伊里斯忽然出现，并招呼两个英雄："玻瑞阿斯的儿子们，"她说，"宙斯遣来的美人鸟不能用刀剑杀死。但我可指着斯堤克斯发誓，这些怪鸟将永不再扰害阿革诺耳的儿子了。"仄忒斯和卡拉伊斯遂停止追逐，回到船里。

同时，希腊的英雄们正忙着为年老的菲纽斯预备圣餐，宴请饥饿的老人。他贪馋地食着洁净而丰富的食品，就好像在梦中得到满足一样。到夜晚，当他们期待着玻瑞阿斯的两个儿子归来的时候，菲纽斯国王为了感谢他们的好意给他们说了一个预言。

"最初，"他说，"你们将去到欧克塞诺斯海峡湾中的撞岩，那是两座陡峻的岩石的岛屿，在大海中没有根基，只是浮在水面上。有时海流将它们聚拢起来，有时潮水又将它们分开。假使你们不愿被挤成粉末，那么，你们要飞快地用力从它们当中驶过，如同鸽子飞过一样。经过那里之后，你们将去到玛里安底尼，那里的地狱入口很是有名。你们将经过许多别的岛屿、河川、海岸，阿玛宗女人国和前额上流着汗从地里挖掘铁矿的卡吕柏斯人的地方。最后你们将到科尔喀斯海岸，宽阔的法细斯河从那里倾泻入海。你们将看见高耸着的埃厄忒斯王的堡垒，就在那里，不眠的巨龙看守着悬挂在橡树最高枝上的金羊毛。"

他们听着这老人的话，都禁不住战栗。他们正要问他别的问题，玻瑞阿斯的两个儿子却已归来，带来可爱的伊里斯的口信，使菲纽斯国王十分欢喜。

# 撞　　岩

充满感谢和惜别之情，菲纽斯分别了他的恩人们。现在他们又向着新的冒险的旅途出发。接连四十天，一阵西北风阻挠着他们的航行，直到祭献和祈祷了所有的十二神祇之后，才又加速前进。他们正在平静、迅速地航行着，忽然听到轰雷般的崩裂的巨响。这是撞岩在互相撞击时发出的吼声混合了海岸上的巨大的回声和汹涌的海浪的呼啸所形成的。舵工提费斯站在舵柄处用心观察着。年轻的欧斐摩斯从他的位置上站起，右手掌上托着一只鸽子，因为菲纽斯曾经说过，假使一只鸽子毫不畏缩地从岩石中间飞过，他们就可以冒险前进。欧斐摩斯放鸽子飞起，大家都怀着迫切的期望翘首观望。它正在飞过去，但岩石已互相靠近，海水在狭窄的海峡中汹涌沸腾。海空都吼叫着，岩石拢合，截断了鸽子的尾羽，不过它还是安全地通过了，因此提费斯就高声鼓舞摇桨的人们。这时岩石分开了，岩石中间的海浪正吸引着船舶随着海流前进。死亡威胁着他们。一阵巨浪向前冲来，景象是如此可怕以致他们瑟缩后退。于是提费斯下令停止摇桨。涌起的海浪冲到船底，将船举得比正在合拢的岩石还高。他们使劲儿摇桨，桨片都好像要折断一样。现在一阵旋涡又使他们降落到悬岩中间，假使不是雅典娜——阿耳戈英雄们的保护神在冥冥中用大力推送着他们的船舶前进，他们真的会被压成粉末了。如今船舶脱险，只有船尾受到轻微的擦伤。

当英雄们重见太阳和空旷的大海，他们不再恐惧，自由自在地呼吸了，觉得自己是从地狱里逃出来似的。"这不是由于我们自己的力量！"提费斯叫起来，"在我的后面我觉得雅典娜的神圣的手用强力推送船舶通过这撞岩。现在我们已无所惧怕，因为菲纽斯曾经说过，我们通过这次危险之后，前途就会顺利了。"

但伊阿宋悲哀地摇着头说："我的善良的提费斯啊，我让珀利阿斯把这件工作硬派给我，这倒使神祇们为难了。倒不如当时我给他杀死。现在我必须在悲叹和绝望中度过我的白昼和黑夜，那不是为我自己，而是为着你们的生命和幸福，我得时时想着怎样才能免除你们的危险，使你们都安全地回到故乡去。"伊阿宋说这话只是试试同伴们的心，但他们都热心地向他欢呼，愿意追随着他们的可爱的领袖前进，绝没有其他的想法。

## 新的风险

英雄们继续前进。提费斯，他们的忠实的舵工，却病死了。他们将他埋葬在异地的海岸上。他们挑选同伴中对于掌舵技艺很娴熟的人安开俄斯代替他的位置，但安开俄斯对于这艰难的工作推辞了很久。最后赫拉给了他信心和勇气，于是他走上了舵手的岗位，和提费斯一样熟练地指挥船舶前进。在他指挥之下的第十二天，他们张挂了所有的帆向着大海航行，不久就来到卡利科洛斯河的河口。

这里，在靠近海岸的一座小丘陵上，他们看见英雄斯忒涅罗斯的坟墓。他曾经和赫剌克勒斯进攻阿玛宗人，中了一箭，阵亡在这里。他们正要继续出发，斯忒涅罗斯的阴魂，被珀耳塞福涅从地狱里放出，出现在他们的眼前，并以渴望的眼光看着他的同乡人。他站立在丘陵的顶上，头上戴着有四根红色鸟毛的战盔，看起来正像他出征时所穿的装束。他只是出现了一小会儿，便随即沉没在无底凄凉的地狱里。英雄们都扶着桨，对于这鬼魂的出现很惊奇。除了预言家摩普索期以外，人们都不明白这鬼魂要求什么。他劝他的伙伴们为使死者的灵魂得到平安，应为他举行一次奠酒礼。于是他们落帆，将船停住，围在墓前，灌酒于地，并且杀羊，将它焚化。

　　然后又向前进，不久，来到与世界任何河川都不相同的忒耳摩冬河的河口。因为它发源于远处的高山，以后则分为九十六条支流，奔流入海，它们在入海处充塞拥挤，像些蜿蜒的蝮蛇一样。

　　在河口最宽的地方住着阿玛宗人。这是女人国，乃是战神阿瑞斯的后裔，所以喜爱战争。假使阿耳戈英雄们在此处登陆，无疑地，他们必与这里的女人有一场流血恶战，因这些女人正可以和最勇敢的男子匹敌。他们没有聚居一城，乃是分为许多部落，散居四乡。一阵顺风从西方吹来，使得阿耳戈英雄们远离了这奇异的种族。

　　经过一天一夜的航行，正如菲纽斯所预言的，他们到达卡吕柏斯方。这里的人民不耕种土地，不栽种果木树，也不在湿润的草地上繁殖牧畜。他们唯一的职业乃是在坚硬的土地里掘出矿石和铁，以此交换食品。他们看不见晨光，也没有快乐，每天在漆黑的地窖和浓烟中工作。

　　阿耳戈英雄们还遇到许多别的民族。一次，当他们到达名为阿瑞提亚或阿瑞斯的岛屿，一只本地的鸟鼓翼向他们飞来。当它正飞临船上，它抖擞它的两翼，落下一根尖锐的翎管，它射入俄琉斯的肩膀，使他痛楚得丢开手中的桨。他的同伴们惊异地看着这只怪鸟。和他坐得最近的人则为他拔出鸟毛，并包裹创伤。即刻，第二只鸟又出现了，但克吕提俄斯已持弓等待，一箭射去，鸟即应弦落在船里。

　　"离岛屿不远了，"航海最有经验的安菲达玛斯说，"提防这些鸟啊。可能它们是很多的，假使我们登陆，我们当没有这么多箭射杀它们。让我们想些方法来驱逐它们。我们都戴上我们的飘扬着鸟毛的盔，并轮流摇桨，其余的人则以闪亮的矛和盾遮挡着船，然后我们大声吼叫。当怪鸟听到我们的声音，并看见摇动的羽毛，锋锐的矛和闪光的盾，它们将吓得飞开。"

　　这计策使英雄们很高兴，他们都仔细地照着做。当他们接近岛屿时，没有看见一个生物。但当他们更加逼近，并响动着戈矛时，无数的鸟从岸上飞来，乌云一样地盖在船上。如同人之关闭窗户来抵御冰雹，这些英雄都用盾牌遮着自己，所以那些尖锐的翎管落下来并没有伤害他们。这些名为斯廷法利得斯的可怕的鸟，这时才远远地飞到海的对岸去。阿耳戈英雄们就照着预言家菲纽斯王的话，在岛上登陆。

这里他们遇见意外的朋友和伴侣。当他们沿着海岸走了没几步，他们遇到衣衫褴褛，看上去好像穷得一无所有的四个青年。其中的一个向他们走来。"不论你们是谁，"他喊道，"请帮助沉船的可怜的人吧！给我们衣服穿！给我们食物充饥！"

伊阿宋答应给他们帮助，并问他们的姓名和出身。"你们一定已经听说过阿塔玛斯的儿子佛里克索斯，"这青年回答，"他带着金羊毛到科尔喀斯。埃厄忒斯王使他和他的长公主结婚。我们便是他的儿子们，我的名字叫阿耳戈斯。我们的父亲佛里克索斯不久以前才死去。为遵从他的临死的遗嘱，我们航行去取他遗留在俄耳科墨诺斯城的宝物。"

英雄们都非常欢喜，伊阿宋待这几个青年如同亲属，因为他的祖父克瑞透斯正是阿塔玛斯的兄弟。这些孩子继续叙述他们的船怎样破碎，他们怎样附着一块船板到达这无人的岛上。但当英雄们将自己的计划告诉他们，并要他们参加他们的探求时，他们却禁不住惶恐起来。"我们的外祖父埃厄忒斯是一个最残酷的人，"他们解释说，"据说他是阿波罗的儿子，所以他有着非凡的力量。科尔喀斯的无数的种族都在他的统治之下，并由一只可怕的巨龙看守着金羊毛。"

英雄们中的几个人听到这言语，都变了脸色。但珀琉斯站起来说："别以为我们一定会被科尔喀斯王击败，因为我们也是神祇的子孙！假使他不肯自动地送给我们金羊毛，我们便用武力夺取。"

接着举行宴会，在宴会中，他们又互相讨论这件事。第二天早晨，佛里克索斯的儿子们都穿着新衣，精神焕发地来到船上，阿耳戈船继续着它的航程。经过一天一夜，他们看见高加索的高峰隐隐约约地出现在海面上。黄昏时，他们听到高空中鸟类疾飞的声音。那正是飞去啄食普罗米修斯的肝脏的鸷鹰。它在船上的高空中飞翔着，但它的大翼扇动得这样猛烈，甚至扇起一阵大风，吹满了船帆。不久他们就听到普罗米修斯的呻吟声，因为巨鹰正在啄食着他的肝脏。后来呻吟的声音沉寂下去，他们又见到巨大的鹫鹰从高空中飞回去。

就在当晚，他们到达目的地，即法细斯河的河口。他们轻捷地爬上桅杆，卸下绳索。然后从宽广的河面摇桨溯流而上，河水好像在巨大船舶之前向后倒退。在他们的左边乃是高耸的高加索山和科尔喀斯的都城库塔。在右边则是广阔的草原和阿瑞斯的圣林。在那里，一只锐眼炯灼、不眠不睡的毒龙，看守着悬挂在最高橡树枝上的金羊毛。现在伊阿宋向船边走上几步，手中高举着盛满葡萄酒的金杯，洒酒于地，祭奠河川和大地母亲，祭奠这个国家的神祇以及所有死在途中的英雄们。他请求所有的神祇给他慈爱的援助，并为他们看顾系船的船缆，他们就要停泊了。

"现在我们平安地来到了科尔喀斯，"掌舵者说，"我们不能不先决定究竟是有礼貌地去见埃厄忒斯，还是用别的办法来达到我们的目的。"

"明天再说吧！"疲劳的英雄们都叫起来。伊阿宋吩咐在阴凉的港湾里下了锚。于是他们都躺下来熟睡。但睡的时间并不长久，因为不一会儿黎明的阳光就把他们照醒了。

## 伊阿宋在埃厄忒斯的宫殿里

第二天早晨，英雄们互相讨论，伊阿宋站起来说："我的尊贵的同伴们，假使你们听我的劝告，最好你们都持着武器留在船上，同时我、佛里克索斯的四个儿子，还有你们中的两人，则到埃厄忒斯王的宫殿去。首先，我要很有礼貌地谒见他，婉言劝他给我们金羊毛。我相信他依仗着他的强力，将会拒绝我的要求。但这样，我们可以从他那里知道我们必须怎样做。谁能保证我们的说辞不会使他高兴呢？上一次他接待并保护从后母那里逃出的无辜的佛里克索斯，不也是说辞的力量吗？"

年轻的英雄们都赞成伊阿宋的计划。于是他手中持着杖，和佛里克索斯的儿子们及他的同伴忒拉蒙、奥革阿斯离开船舶。他们进入满栽着柳树的田野，这是有名的喀耳刻田野。在这里，他们看到许多用链子吊着的尸体，很是恐怖。但这不是罪犯也不是被谋杀的外乡人。科尔喀斯的风俗乃是将死去的男人用生牛皮包裹着，吊在离城很远的树上，让肉体被风吹干。埋葬或火葬被认为是亵渎的，但为了让泥土也不无所得，他们就将女人埋葬。

科尔喀斯有很多居民。为了要保护伊阿宋和他的同伴们不被居民和埃厄忒斯王怀疑，阿耳戈英雄们的保护神赫拉降下一层云雾遮蒙着城市，直到他们到达宫殿，这云雾才消失。他们在宫殿外面停下来，看着宫殿的厚墙、高大的宫门和巨大的柱子，都十分惊愕。整个建筑用凸出的石头墙围着，墙上有一排三角形的缺口。他们沉默地走过前院的门口，看到上面长满了葡萄藤的广阔的亭子和四股长流的喷泉：一股涌出牛奶，一股涌出葡萄酒，一股是芳香的清油，一股则是冬温夏寒的泉水。这是火神赫淮斯托斯为国王精工设计的，他还为他制造了口中喷火的青铜神牛和坚固的铁犁。过去，埃厄忒斯的父亲太阳神，曾从一次与巨人的战争中救出了赫淮斯托斯，将他载在太阳车里逃跑，所以赫淮斯托斯以这些神奇的制作，来感谢他的先人的恩德。

他们由前院走到中院的柱廊，这柱廊从左右分开来，通到许多宫室和林荫通道。相对着，便是宫殿的两翼，一边住着埃厄忒斯自己，一边住着他的儿子阿布绪耳托斯。其余的房子则住着仆人们和国王的两个女儿卡尔喀俄珀和美狄亚。美狄亚是幼女，不常见面，因为她是地狱女神赫卡忒神庙的女祭司，差不多所有的时光都在庙里度过。但这早晨，希腊人的保护神赫拉却使她有一种愿望，留在宫殿里。当她正要到她的姊姊的宫室里去时，突然，她看见希腊的英雄们。她一见他们就高声叫喊，因此卡尔喀俄珀和所有侍女们都忙着出来。她也快乐地失声呼叫，并举手感谢上天，因她看出四个青年英雄是她自己的儿子。他们紧紧地拥抱着他们的母亲，好一会儿，五个人又哭又笑，因为他们重新团聚了。

## 美狄亚和埃厄忒斯

最后埃厄忒斯和他的妻子厄伊底伊亚听到欢喜和悲泣的声音，引起好奇心，也走出来。立刻整个前院都充满欢腾。这边，奴隶们正在为新来的宾客宰杀牡牛；那边，别的奴隶在劈柴生火，还有一些人在用大鼎烧水，没有一个人不是在为国王服役。但所有的人都没有看见爱神厄洛斯飞翔在空中。他从他的箭袋抽出一支苦痛的箭，降落地上，蹲在伊阿宋后面，张弓射中美狄亚。没有人看见箭在空中飞过，甚至她自己也没有，但它在她的心中如火焰一样地燃烧起来。她不时深深地抽着气，就好像心痛的人一样，然后又偷看年少英俊、神采焕发的伊阿宋一眼。她不能再想别的事，心中充满了甜蜜的苦痛。她的脸上白一阵又红一阵。

在所有这样快乐的迷惘中，没有人观察到她的心事。仆人们捧来了食物。阿耳戈英雄们在劳累的摇桨之后，已沐浴更衣，坐下来享受丰盛而精美的饮食。在饮宴中埃厄忒斯国王的外孙告诉他，他们所遭到的不幸，然后国王低声询问这些外乡人的情况。

"我并不隐瞒你，外祖父哟，"阿耳戈斯低声说，"这些人到这里来是向你要我的父亲佛里克索斯的金羊毛。有一个国王蓄意骗取他们的财产，并将他们逐出他们的国土，派遣他们做这种冒险的探求，希望他们逃不脱宙斯的愤怒和佛里克索斯的报复。帕拉斯·雅典娜帮助他们建造他们的船，那不同于科尔喀斯人所用的船。让我告诉你，我们——你的外孙的船是最可怜的，所以一阵风来，就碎成碎片。但这些外乡人的船这么坚固结实，所以能抵抗暴风雨，同时他们自己也不断地摇着桨。全希腊的英雄们都集合在这船上。"最后他告诉埃厄忒斯他们中最高贵者的名字和伊阿宋的家世。

国王听到这儿，心中恐惧，但也十分恨他的外孙们。他以为这些外乡人是他们引到他的宫廷里来的。他的两眼在浓眉下面怒视着。他大声说："滚开！你们这些渎神者和骗子哟！你们不是来取金羊毛，乃是来夺取我的王杖和王位！假使你们不是我席上的宾客，我真的要割掉你们的舌头，剁掉你们的双手，只留着你们的两只狗腿跑回去。"

与国王坐得最近的埃阿科斯的儿子忒拉蒙，听了这些心中沸腾着愤怒，忍不住要从座位上站起来，想回骂比埃厄忒斯还激烈的话。但伊阿宋却推开他，并温和地回答："请息怒吧，埃厄忒斯王。我们来到你的城里，进入你的王宫，并不是要抢劫你。谁愿意在危险的海上经过这么远的航程来夺取别人的财产呢？是命运和一个暴君的命令迫使我下这个决心的。给予我们所要求的吧！给我们金羊毛，所有的希腊人都会称赞你！并且，我们将立即报答你的好意。假使什么地方发生战争，或者你想征服邻国的人民，那么以我们为你的盟友，我们将为你而战斗！"

当伊阿宋说着这些话和埃厄忒斯和解，埃厄忒斯却在盘算究竟即刻杀死他们，还是先试一试他们的力量。细想一会儿，好像第二个办法比较合适，所以他比较镇定地回答："外乡人，为什么这样怯懦呀！真的，只要你们是神祇的子孙，或者出身并不比我低下，并向往着别人的财产，那么去取金羊毛吧。我对于勇敢的汉子并不吝啬。但你们必须首先做我自己经常作的一种劳作，因为那会是很危险的。我有两只神牛在阿瑞斯草地上啮草。它们有着铜蹄，鼻孔喷出火焰。我用它们来耕种贫瘠的田地。当土块掀起以后，我在垄沟里种下的并不是农业女神得墨忒耳的黄金的谷粒，而是一种可怕的毒龙的牙齿。收获的是人，他们从四面八方向我拥来，但我以枪矛刺杀他们。我天明驾驶神牛耕种，晚间收获后躺下休息。如果你能在当天完成这样的工作，啊，领袖哟，你便可以带着金羊毛回去见你们的国王。否则是不行的，因为无能的人应该对能干的人让步，这才是公正的。"

伊阿宋坐在位子上，沉默而犹豫，因为他还不敢冒昧答应这种恐怖的劳作。但他振作起精神回答："这工作是沉重的，国王哟，但我愿意做，即使我因此死亡。总之一个人的遭遇不会比死更坏。我将服从送我到这里来的命运。"

"好吧，"国王说，"现在去告诉你的同伴们。但要注意！除非你们预备完成我所说的这种功业，否则就让我来做，并离开我的国土！"

## 阿耳戈斯的劝告

伊阿宋和他所带来的两个英雄从座位上站起来。佛里克索斯的儿子中只是阿耳戈斯跟在他的后面，阿耳戈斯并示意他的弟兄们仍然留在那里，其余的人都离开宫殿。伊阿宋显得庄严而美丽。美狄亚的目光从面网中注视他，迷惘地注意着他的每一个动作。

当她一个人独处内室，她总是簌簌流泪。"为什么我会让忧愁攻心呢？"她问着自己，"这个英雄和我有什么相干呢？无论他是所有半神半人的英雄中之最伟大者或最渺小者——让他死去，假使他是命该如此。但是，唉，但愿他能逃脱毁灭！啊！赫卡忒，可尊敬的女神哟，让他回家去吧！如果他注定要被神牛战败的话，也让他在没有遇见它们以前，知道至少我对于他的可怕的命运是很担心的。"

美狄亚正在这样自寻苦恼，英雄们却走在回到船中的路上。阿耳戈斯对伊阿宋说："也许你会拒绝我的劝告，但我仍然要对你说。我知道一个女子会调制一种神异的药剂，那是地狱女神赫卡忒教给她的。假使我们能争取到她的援助，我敢断定你这件工作必可胜利。假使你同意，我将去试探她，获得她的好感。"

"去吧，"伊阿宋说，"我不阻止你。但是如果我们得依靠女人才能回家，那是很可悲的！"

谈着话，他们已经来到阿耳戈船上。伊阿宋告诉同伴们他所遇到的难题，和他所作的诺言。好一会儿他的朋友们坐在那里默默无言地互相望着。最后珀琉斯站起来说："假使你相信你能做你所允诺的事，那你自己准备好。假使你不能完全确信可以得胜，那么，离开吧，也不要寻求别人的帮助，因为除了死，他们还会有什么别的结局呢？"

听到这话，忒拉蒙和别的四个青年人都跳了起来，他们一想到这是一种艰难的冒险，就充满了兴奋和快乐。但阿耳戈斯使他们安静下来，他说："我知道一个擅长魔法的人。她是我母亲的妹妹。让我去找我的母亲，劝她争取这个女子来参加我们的计划。只有到了那个时候，讨论伊阿宋所答应执行的工作才会是有用的。"

他刚刚说完这话，天上就显现出一种预兆。一只被鸷鹰追逐的鸽子，逃来躲在伊阿宋的衣襟里，紧追在后面的鸷鹰则落在船尾的甲板上。这时英雄们中的一人想起菲纽斯曾经预言过，在他们回去时阿佛洛狄忒会帮助他们。因此所有的人，除了阿法柔斯的儿子伊达斯，没有不赞成阿耳戈斯的意见的。只有他暴躁地站起来说：“天哪，我们来到这里是为了当女人的宠儿的吗？我们依靠阿佛洛狄忒而不依靠阿瑞斯吗？是不是看到鸷鹰和鸽子就可以使我们免于战争？好的，那么忘却战争，依仗欺骗、柔弱的女人来获得光荣吧！”他愤怒地说着，这时许多英雄都赞成他，并嘟哝着不同意伊阿宋的计划。但伊阿宋仍然决定接受阿耳戈斯的意见。船靠岸停泊，英雄们等待着他们派出去的使者的归来。

同时埃厄忒斯王也在宫殿外面把科尔喀斯人召集起来。他告诉他的人民外乡人的到来，他们的要求和他在心里为他们安排好的结局。当领袖一旦被神牛杀死，他将砍伐整个一片树林的树木来焚烧船舶和所有的水手。他还要为他的外孙们设计一种可怕的处罚，因为他们引导这些冒险者来到他的国土。当这边正在安排时，阿耳戈斯已找到他的母亲，并请她征求她妹妹的援助。卡尔喀俄珀十分怜悯这些外乡人，但不敢触怒父亲。现在她的儿子的请求正合她的意思，所以她答应援助他们。

美狄亚躺在床上不能安睡，为焦虑的梦境纷扰着。她好像看见伊阿宋预备和神牛决斗，只是那不是为着金羊毛的缘故，而是要将她作为妻子带回到故乡。在她的梦中，制伏神牛的是她自己，但她的父母失约，不给伊阿宋金羊毛。因为应当由他而不是她来驾驭神牛。在这一点上，他的父亲与外乡人发生了激烈的争论，双方都推举她做公断人。但在梦中，她的公断却偏袒着外乡人！他的父母在暴怒和悲愤中大叫——而美狄亚也就醒了。

梦后产生的那种心情，使她不能不去找她的姊姊。只是由于羞愧和犹豫，她在前庭徘徊了很久。有三次她走上前去，但三次都退回来，结果还是伏在自己的床榻上啜泣起来。她的一个可靠的年轻的侍女，看到她在那里悲伤流泪，很同情她，将这事报告给卡尔喀俄珀。侍女走到她那里，她正坐在她的几个儿子中间，讨论着如何可以说服美狄亚。她听到报告就连忙到她妹妹这里，看见她双手蒙着脸，哽咽着。“亲爱的妹妹，你是怎么了？”她极关切地询问，“你心里悲愁些什么？是不是神祇使你患病？是不是父亲对你辱骂我和我的孩子们？啊，但愿我远离我的父母的住所，另到一个地方，在那里科尔喀斯的名字，永远也不再提起！”

## 美狄亚答应援助阿耳戈英雄们

美狄亚因她姊姊的询问而赤红着脸，羞愧使她沉默。有时话已来到唇边，又吞咽到肚里去。最后，爱情终于使她鼓起勇气，她巧妙地说道："卡尔喀俄珀，我心里痛楚，是为着你的孩子们。我恐怕我的父亲将他们和外乡人一道杀害。一个焦虑的梦给了我这些预感，但我祈祷着神祇阻止它们实现。"

这话使卡尔喀俄珀很吃惊。"我到你这里来也正是为这件事，"她说，"我请求你援助我们反抗我们的父亲。假使你拒绝，那么被杀害的儿子们和我，即使到地狱里也会如同复仇的女神一样出来作祟，使你不安。"她抱着美狄亚的双膝，将头伏在她的衣裾上，两姊妹都哭泣起来。

最后美狄亚说："姊姊，为什么要提到复仇女神呢？我敢指着天地发誓，任何能够救你孩子的事，只要我能做，我都乐意去做。"

"那么，好的，"卡尔喀俄珀进一步说，"为了我的孩子们的缘故，请给这外乡人一些魔药，使他能从和神牛的可怕的战斗中保全生命。因为他派遣我的孩子阿耳戈斯来请求你的援助。"

美狄亚快乐得心跳起来，可爱的脸上泛着红晕，发光的眼睛也因晕眩而突然黯淡。她急切地说："卡尔喀俄珀，假使我不将你和你的孩子们的生命看得比我自己的还重要，我明天便看不见太阳！因为，正如母亲常和我说的，当我还是婴儿的时候，你不是把我和他们一起哺育的吗？因此我不仅以一种姊妹之情爱你，而且以一种女儿之情爱你。明天清早我就到赫卡忒的神庙去，为外乡人取来可以驯服神牛的魔药。"卡尔喀俄珀离开妹妹的寝室，并告诉儿子们这个可庆幸的消息。

一整夜美狄亚同自己斗争着。"我许诺得太过分了吧？"她心里说，"我应当为一个外乡人做这些事吗？为了使这个计策成功，我就同他单独见面并接触吗？是啊！我将援救他的生命！让他去他所想去的地方。但他胜利之日就是我的死期。一根绳或一杯毒药将解脱我所厌恨的生命。但是恶毒的流言不是要在科尔喀斯全境攻击我吗？他们不会低声谤毁我有辱门庭以一死殉外乡人的爱情吗?"她一面在心里纠缠着这些问题，一面取来盛着致死的和还魂的药物的小匣。她将它放在膝上，已经揭开盖子正要服毒，突然想到所有的生命的甜美，所有的快乐和所有的伴侣们。太阳也好像比以前更美丽。于是她因死之恐惧而颤抖，将匣子放在地上。这时，伊阿宋的保护神赫拉已经改变了她的心情。她等不到天明就配制好所许诺的魔药，并带着它到她正在热爱着的英雄那里去。

# 伊阿宋和美狄亚

阿耳戈斯忙着将可喜的信息带到船上。天破晓，美狄亚就从床榻上起来，梳扎好由于悲愁而披散到面颊上的她的金黄的美发，并洗去泪痕，涂上名贵的香膏。她穿上用弯曲的金钩扣紧的美丽的长袍，罩着雪白的面纱。一切的悲哀都已消失。她蹑着脚走出大厅，并吩咐她的十二个侍女为她套上经常载着她到赫卡忒神庙去的骡车。当一切都准备停当，美狄亚从匣子里取出一种叫普罗米修斯之油的膏油，无论谁只须在祈祷地狱女神之后，身上涂抹这种膏油，在当天就不会受到刀伤或火伤，却能击败任何敌人。这种膏油是用一种树根的黑汁做成的，树根在高加索山坡的草地上，吸着从普罗米修斯的肝脏渗滴出来的血液。美狄亚自己取了这种植物的黑汁，盛在介壳里，将它作为稀有的万应的魔药收藏起来。

套好骡车，两个侍女和她们的女主人坐了上去。女主人自己执缰绳和鞭子，驱车出城。其余的侍女则步行跟随在后面。一路上，人民都恭敬地站在一旁，让国王的公主通过。当她横过广阔的田野，到达神庙时，她轻捷地跳下车来，巧妙地哄骗侍女们说:

"我想我犯下了大错，没有远远避开来到我们国内的这些外乡人。现在，我的姊姊和她的儿子阿耳戈斯要求我接受他们的领袖的礼物，并用魔术使他不会受到伤害。我假装允诺，并约他到这神庙里来让我独自一人和他见面。他来到时，我将接受他的礼物，留到后来我们大家平分，却给他一种致死的药。现在你们都散去，以免引起他的怀疑，因为我曾经告诉他我是独自一人接见他的。"

　　侍女们听到她的计策都很欢喜。她们都退到神庙里去的时候，阿耳戈斯和他的朋友伊阿宋带着预言家摩普索斯出发上路。今天赫拉使伊阿宋变得这样美丽，以致从来没有一个人甚至神之子孙会比得上他。她赋予他一切美好的特点。无论何时，他的两个同伴从旁边看他，也惊奇于他的神采——就好像那是一颗化为人形的星星一样。同时美狄亚和侍女们在神庙里等待他，尽管她们用唱歌来缩短时间，但因她们的女主人心里想着如此不同的事，没有一支歌能引起她长久的兴趣。她并不看着侍女们，只是渴望地注视着庙门外大道的那边。每一步履声，每一阵微风的响动，都使她焦急地抬起头来。

　　不久，伊阿宋进到神庙，高大美丽，就如同海上升起的天狼星一样。美狄亚觉到心房突突地跳动。眼前的世界变黑了，热血涌到她的面颊上。她的侍女们都离开了她。好一会儿，这个英雄和国王的女儿面对面无言地望着他们好像在山头上深深扎下了根的两棵互相挨近的笔直的橡树，周围宁静得没有一丝风声。但忽然一阵暴风雨来到，所有枝干上的叶子都在颤抖、震动、摇摆。他们两人也正是这样，由于爱的感触，突然热情活泼地交谈起来。

　　伊阿宋最先打破沉默。"为什么你要怕我呢？现在只我独自一人和你在一起。"他问她，"我并不像别的男子一样自负，从来不，甚至在我自己的家里。别踌躇，问你心中所要问，说你心中所要说的话吧。只是要记住我们是在一个神圣的地方，在这里说谎便是渎神。因此，不要以空言欺骗我。我来请求你给我你答应你姊姊给我的那种神药。迫切的需要使我不能不请求你的援助。随你要求你所喜欢的报酬吧。要知道你的援助将免除我的同伴们的母亲与妻子的焦灼的忧虑，她们也许已经在我们故乡的海岸上悲悼我们了；而你的不朽的荣名也将传遍希腊全境。"

　　这女郎让他说完。她低沉着眼皮，嘴角泛着隐约的微笑。她的心沉醉于他的赞美之中。她抬头看着他，言语涌到唇边。她恨不得立刻说出一切心事，但爱情使她的舌头变得迟滞，所以她只是从芬芳的包巾里取出小匣子。他很欢喜地即刻从她的手上接过，假使他向她要求灵魂，她也是愿意给予的，因为厄洛斯已经在伊阿宋的金色头发上燃烧起热爱的火焰，她已经沉迷于它们的光辉和气息。她的心灵就好像玫瑰花上的露珠在朝阳照耀下开始发热一样。两人都垂下眼睛，然后又相向而视，睫毛下闪着爱慕的眼光。过了很长时间，用了最大的努力，她才开始回答。

"听着，我将告诉你必须怎么做。在我的父亲给你可怕的毒龙的牙齿要你播种之后，你便独自一人在河水里沐浴，穿上黑袍，并挖掘一个圆形土坑。在坑里堆上柴草，杀一只小羊羔，将它烧成灰烬。于是问赫卡忒献祭蜜的奠礼，从你的杯里倾洒蜜汁，并离开火葬场。听见步履声、听见犬吠声都不要回头，否则献祭不会生效。第二天的清晨，用这神异的膏油涂抹你自己。它会给你以巨大的威力和不可思议的膂力。你将感觉到你不仅能与人类甚至也能与神祇匹敌。你也必须涂油于你的矛、你的剑和你的盾，那便不会有任何人类的金属武器或神牛喷出的火焰可以伤害你或抗拒你了。这些只能在当天有效，但我还给你别的援助。当你已驾驭那些硕大的神牛，耕犁了土地，而种下去的毒龙的种子也已得到收成的时候，你就投掷一巨石于这些泥土所生的人当中。他们便会如狗之争食面包皮那样为争这石头而战，当他们正在自相残杀，你便可冲进去杀死他们。然后你就可以从科尔喀斯毫无阻拦地取走金羊毛，并到——是的——到你所喜欢的任何地方去。"

她一面说，一面想到这高贵的英雄就要航海远去，她的眼泪忍不住簌簌地流到面颊上。她悲伤地说下去，并用手拉着他，因为她的悲痛已使她忘形了。"当你到家，请不要忘记美狄亚的名字。你远去之后，我也将想念着你。现在告诉我你要乘着美丽的船回去的那地方的名称吧。"

女郎说着话，伊阿宋已被不可控制的爱征服。他急切地说："尊贵的公主哟！假使我得到活命，每时每刻我都不会忘记你。我的家是海摩尼亚地方的伊娥尔科斯，在那里，普罗米修斯的儿子丢卡利翁建筑了许多城市和庙宇。在那个地方，甚至于你们的国家都不大知名。"

"那么你是生长在希腊了，"女郎说，"或者那里的人比这里的可亲近些。别告诉他们你在科尔喀斯的遭遇，并请在你孤独的时候想念我吧。至于我，当此间任何人都忘记了你，我还是会想念你的。但是假使你忘记我——啊，但愿那时有一阵风会带着一只鸟从伊娥尔科斯飞到我这里来，通过它，我可以使你想起你曾由于我的援助而逃脱。啊，但愿那时我自己会在你的屋子里，亲身使你想念起我来。"她忍不住啜泣起来。

"让风去吹，让鸟去飞吧，"伊阿宋回答，"这都是闲谈。但假使你自己去到希腊并到我的家里去，所有的男人和女人将如何地尊敬你，甚至崇拜你如同女神一样啊，因为由于你，他们的儿子、兄弟和丈夫们才逃脱了死亡，并平安而健全地回到故乡。而你，你将是我的，我一个人的，我们相爱一直到死。"

听到这话，她已感到销魂，但同时也隐约地感觉到离开自己的故乡的可怕。不过一种强力已驱使她渴望着希腊，因为赫拉已将这种渴望安置在她的心里。这女神希望美狄亚离开科尔喀斯到伊娥尔科斯去，带给珀利阿斯以毁灭。

同时，侍女们等待着女主人，沉默而且焦灼，因为回家的时间早已过了。假使不是比较精细的伊阿宋提醒她，因为快乐地谈心，她自己真的要忘记回家了。当然，即使是伊阿宋，也还是很晚才想起来。"该是分别的时候了，"他终于说，"恐怕日落黄昏我们仍在这里，别人会疑心我们。让我们在这里再会面吧。"

## 伊阿宋如命驾驭神牛

他们在这种情形中分别。伊阿宋回到船里，看见同伴们，心中充满快乐。美狄亚去看她的侍女们，她们连忙向她走来。但她没有留意到她们的焦灼，因为她的灵魂好像在云雾里一样。她轻快地坐上了车，赶着骡子回了宫殿。卡尔喀俄珀充满对于儿子们的焦虑，已经期待她很久。她低垂着头坐在一条凳子上，眼里含着泪。她正在想着她是陷落在恶魔的网罗里。

同时伊阿宋也告诉他的朋友们，这女郎如何地给他一种神异的油膏，并拿出来给他们看，大家都欢喜。只有伊达斯咬牙切齿地坐在一旁。第二天早晨，他们派两个人到埃厄忒斯国王那里去取龙牙。那正是卡德摩斯在忒拜所杀死的毒龙的牙齿。埃厄忒斯很放心地交给他们，因为他相信伊阿宋即使能驾驭神牛，也将不能在战斗中逃出活命。在这天的夜间，伊阿宋沐浴，并祭献赫卡忒神，一切如美狄亚所吩咐。女神听到她的祈祷，从地下的洞府中走出，她的可怕的头上缠绕着扭结的毒蛇和燃烧的树枝。脚边奔跑着地府的恶狗，并在她的周围狂吠。她的步履使田野颤抖，法细斯河的女神们也在恐怖中悲号。甚至于当伊阿宋预备回船的时候，心里也很恐惧。但他听从他情人的话，并不回头。这时光辉的黎明女神用紫色曙光染红了高加索山的雪峰。

于是埃厄忒斯穿上他的铁甲，那是阿瑞斯在佛勒格刺战地上从巨人弥玛斯那里夺来的。他头上戴着四羽的金盔，手中持着四层牛皮的大盾。那盾除他自己及赫剌克勒斯以外，无人可以举起。他的儿子也牵来快马，套上战车。他乘在车上，执着缰绳，在城中如飞一样地驰过，人们都拥挤着跟随在后面。即使他只是去做一个旁观者，他也愿意全副武装，就好像他自己临阵一样。

伊阿宋照着美狄亚的指示，用神异的油膏涂抹他的枪、他的盾和他的剑。他的伴侣们围成一个圈，每人都与他的枪较量着，但都不能损伤它，甚至不能使它弯曲，它在他的坚牢的手里如同石头一样。这使阿法柔斯的儿子伊达斯很恼怒，他瞄准枪头底下的柄狠狠一击。但他的剑被挡回来如同铁锤打在铁砧上一样。这使得青年们欢呼雀跃，认为胜利是可以预期的。现在伊阿宋开始在身上涂抹油膏了。神异的力贯彻到四肢，双手筋脉贲张，他渴望着战斗。如同临阵以前的战马一样，昂头竖耳，嘶叫着，马蹄踢踏着尘土，这埃宋的儿子已经准备出战，不安地顿着两脚，并挥舞着手中的盾和枪。

英雄们摇桨送他们的领袖到阿瑞斯田野，在那里，埃厄忒斯王和科尔喀斯人正期待着他们。国王坐在河岸上，他的人民则散布在高加索山的突出的山麓。船停好了，伊阿宋持着盾和枪跳到岸上，随即接受一顶金光闪闪的满是锐齿的战盔。他佩着剑前进，如同阿瑞斯或阿波罗一样威严。他向田地四周环视，很快就发现放在地上的轭、犁和犁头，一切都是铁铸的。他仔细地观察了这些工具，就将枪头扎在结实的枪柄上，并放下战盔。然后他执盾前进，寻求神牛的足迹。但这些被关闭在地洞里的神牛，走了出

来，突然从另一方面向他冲来。它们口中喷着火，全身围绕着烟雾。伊阿
宋的同伴们看见这些怪物都恐惧得发抖，但他自己却张开两腿站着，执盾
等待着它们的突击，就如同被海浪冲击着的岩石一样。当它们向他奔来，
昂着角，向他冲击，并没有使他后退。他好像在一所巨大的冶炼厂里，当
风箱扇起来时，忽而火光熊熊，忽而无声无息。现在这些神牛也咆哮着，
一再向他冲击，喷着火，火光阵阵地在这英雄的周围闪耀着，如同闪电一
样。但神药却使他不曾受伤。最后他执着牛角，全力拖曳着它，到铁轭所
在的地方，并踢着它的铜蹄，使它跪下。另一只向他冲来，他也同样地制
伏了它。现在，虽然火焰舐击他，他丢开他的盾，双手紧执着跪在地下的
两只神牛。即使是埃厄忒斯也不禁惊叹他的神力。最后，如他们事先商量
好的，卡斯托耳和波吕丢刻斯给他铁轭，他以准确而敏捷的两手将它驾上
它们的脖子。最后他将铁犁套上。现在这双生的弟兄飞快地跳开，因他们
不像伊阿宋一样可以免于火焚。伊阿宋又拾起盾，将它背在背上。然后他
拿起盛着龙齿的战盔，执着枪，将它当作鞭子，抽击着暴怒的神牛拽犁前
进。耕者和耕牛的神力在地下犁出很深的垄沟，巨大的土块在垄沟里粉碎。
伊阿宋以坚定的大踏步在翻起的泥土里种下龙齿，并小心地回头看着是否
毒龙的子孙已经长出并追击着他。神牛则踏着铜蹄前进。

　　当一天仅仅过了三分之二，到了晴朗的午后，约有四亩大的全部田地
业已耕完。现在他取下牛轭，用他的武器威胁着神牛，它们就在恐惧中逃
遁回去。伊阿宋自己则回到船里，因为垄沟里还没有长出生命。

　　他的同伴们包围着他，大声欢呼，但他沉默着，只是用战盔饮着河水，
浇熄如火一样的焦渴。他觉得心中和两腿又充满雄赳赳的战意，有如野猪
磨牙期待着猎人一样。如今田里的庄稼已长成。整个的阿瑞斯田野都闪灿
着盾牌、长枪和战盔，光辉夺目。伊阿宋想起美狄亚的话。他拾取一块巨
大的圆石。四个强有力的人都搬不动它，伊阿宋却不费力地拿着它，远远
地向着泥土所生的战士们掷去。他胆大心细，屈膝跪在地上，用盾牌遮盖
着自己。科尔喀斯人大声呼叫，声震天地，犹如冲激岩石的巨浪，埃厄忒
斯王也在不可掩饰的惊慌中注意着这奇异的投掷。那泥土所生的人们却如

猛狗一样互相撕咬，每个人愤怒着互相杀戮，各为长枪刺杀，像被旋风连根拔起的松杉或橡树一样倒在地上。当战斗达到最火热的时候，伊阿宋却如流星一样飞突在他们中间，像是神祇显示的一种异兆。他拔出宝剑，忽左忽右地刺杀着，将已经长出的砍倒，将刚露出肩头的如同割草一样地削平，将跑来参加战争的人砍去脑袋。田垄中血流成河。死伤狼藉。有些甚至于像播种时那样深地沉没到泥土里去。

埃厄忒斯王心中大怒。他没有说一句话，离开海岸回到城里去，只是想着如何收拾伊阿宋并给他致命的伤害。这些事发生在白天。现在已是黑夜，伊阿宋在疲劳后得到休息，朋友们都欢喜地包围着他。

## 美狄亚取得金羊毛

一整夜，埃厄忒斯王和人民中的长老在宫中商议，如何以智力击败阿耳戈英雄们。因为他十分明白，白天所发生的事情没有他女儿的帮助是不会成功的。神后赫拉看到，威胁着伊阿宋的危险使美狄亚心中充满疑惧，好像在森林深处听到猎犬吠声的小鹿一样地发抖。她预感到她的父亲发觉了她的秘密，并害怕她的侍女们也知道这隐情。她禁不住眼泪如雨一样地夺眶而出，耳中也轰轰作响。她披着头发，如守丧的人一样。假使不是命运女神还别有用意，这时她真的会服毒自杀。她已经举起毒杯，赫拉却鼓舞起她的勇气，并使她转念，所以她又将毒药倾注到瓶子里去。她恢复了镇定，决心逃跑。她亲吻她的床榻和门柱，最后一次抚摩她的住室的墙壁，并从头上剪下一绺头发放在床上，留给她的母亲作为纪念。

"别了，亲爱的母亲哟，"她哽咽着说，"别了，卡尔喀俄珀和宫中所有的人们！啊，外乡人哟，你与其来到科尔喀斯，不如事先在大海里溺死！"

于是她离开她所珍爱的家庭，如同俘虏之逃脱囚禁着他的阴暗的牢狱。她低声念着咒语，宫廷的大门就自动敞开。她赤脚沿着小路奔跑，左手拉着面网遮盖面颊，右手却提着拖在地上的长袍的衣裾。看守人没有认出她。不久她跑出城外，并从一条少有人知的小道到达神庙。因为在采集树根和药草调制膏油和药剂的时候，她已经知道所有田野和树林中的小道。用清光普照着大地的月亮女神塞勒涅看见她奔逃，微笑着说："别的人也是为爱情而痛苦，如同我之对于我的美丽的恩底弥翁一样。你常常以你的魔法从天上驱逐我，现在你自己也遭受对于伊阿宋的苦恼！好的，随你去吧，但别想着你的聪明会使你逃脱这一切苦痛中最甚的苦痛。"

塞勒涅自言自语地说着，美狄亚却飞快地逃跑。现在她转向海岸走去，那里，阿耳戈英雄们整夜焚烧着大火炬来庆祝伊阿宋的胜利，现在大火炬的火光引导着她前进。当她到达船对岸，她喊着她姊姊的最小的儿子佛戎提斯，而他与伊阿宋听得出她的声音，所以她三次呼唤，他们也三次回答她。英雄们听到而且见到了她，起初很惊异，但后来就摇船来迎接她。船还没有泊定，伊阿宋就一跃上岸，佛戎提斯和阿耳戈斯也跟随着。

"救救我，"这女郎呼叫着，抱着他们的双膝，"从我的父亲手里救出我和你们吧。一切已被发觉，现在无法可想。在他骑上快马以前，让我们乘船逃跑吧。我决定使毒龙睡着给你们取来金羊毛，但你，啊，外乡人哪，对神祇和当着你的朋友们的面前发誓，你永不羞辱我，当我孤单一人去到你们国土的时候。"

她悲哀地这么说，伊阿宋的心情却十分快乐。他从他的膝下扶起她来，拥抱着她，并且说："亲爱的，让宙斯和赫拉，这婚姻的保护神，作我的见证。我们一回到希腊，我就将你作为合法的妻子迎到我的屋子里。"他发着誓，并握住她的手。于是美狄亚吩咐英雄们当夜摇船到圣林去取金羊毛。船如飞矢一样地驶去。伊阿宋和女郎在黎明前离开船舶，走那条横过草原的小道。在树林中他们看见最高的橡树上悬挂着的金羊毛，它在黑夜中放光，如同朝阳映照着的朝霞一样。不眠的毒龙在对面看守着，它的锐眼盯着远方。它向来人伸长颈子并凶猛地嘘气，以致河边和整个森林都响着它的回声。如同火焰从燃烧着的树林钻出来一样，它以闪烁发光的鳞甲在路上蜿蜒爬行。但女郎勇敢地走上前去，以一种甜美的祈祷请求神祇中最有威力的睡眠神，诱致毒龙安息。她也请求伟大的地狱神后为她降福。伊阿宋恐惧地跟随在后面，但毒龙已在这女郎的神异歌唱中渐渐地睡眼蒙眬。它的弓形的龙背渐渐落下，并伸展开盘曲的庞大的身躯。只是可怕的头还直立着，并张着巨口好像要吞食他们两人。美狄亚用杜松的小枝把神异的露水洒进龙眼，同时又向它念着神咒。露水的芳香使它昏迷：它闭着嘴，伸着腰，即刻在树林里熟睡。

　　听从她的吩咐，伊阿宋从橡树上拖下金羊毛，同时她继续用露水洒在毒龙的头上。然后他们从密林中逃出。伊阿宋远远地举起金羊毛，它的光辉照在他的前额和头发上，也照明了黑夜中的路途。他左肩上扛着这发光的宝物，这宝物从他的颈子上一直下垂到他的脚踝。随后他又将它卷起来，恐怕遇到恶人或神祇将它劫去。在天晓时，他们上船，阿耳戈英雄们，包围着他们的领袖，并叹赏这如同宙斯的闪电一样灿烂发光的金羊毛。每个人都想用手去摸它，但伊阿宋不允许他们摸它，他将它藏在一件斗篷下面。他让这女郎坐在船尾，并对朋友们说："现在让我们飞快地回到故乡去。这女郎的建议和援助使我们的事业成功。回家以后，我将娶她为我的合法的妻子。你们也必须帮助我保护她，因为她是全希腊的恩人。此外，我相信埃厄忒斯必会率领他的武士追来，并阻止我们离河入海。所以让我们一半人摇桨，一半人持着大牛皮盾面对着敌人，掩护我们退却。因为我们能否回到我们的故乡，以及全希腊的荣辱，都掌握在我们自己手中。"

　　说着，他割断船缆，手持武器，在舵手安开俄斯的旁边，紧靠这女郎站着。快桨击打着流水，船舶飞速地航行到河口。

## 阿耳戈英雄们和美狄亚的逃跑

　　同时埃厄忒斯和所有科尔喀斯人知道了美狄亚的恋情、她的行动和她的逃跑。他们全副武装，在市场上集合，即刻出发到河边去，武器响动的声音如同雷霆一样。埃厄忒斯乘着太阳神给予他的四马拖曳的精美的战车。左手执着圆盾，右手执着大火把。在他的旁边插着他的高大的长枪。他的儿子阿布绪耳托斯执着缰绳。但当他到达河口时，不屈不挠的桨手已经划着阿耳戈船驶出大海。盾和火把从国王的手中掉下来。他向天举起双手，

请求宙斯和阿波罗证明敌人对他所作的这些罪行，并凶暴地向他的臣民们
宣布，他们如不能在陆上或海上捉到他的女儿并带来给他，使他能够随心
所欲地报复，那么他们全要被杀头。这些吓慌了的科尔喀斯人，他们就在
当天扬帆出海，飞快地去追赶美狄亚了。他们的舰队由埃厄忒斯的儿子阿
布绪耳托斯指挥，航行在海上，正如遮天蔽日的无数鸟群一样。

　　但顺风吹满阿耳戈船的船帆，在第三天的清早，他们到达哈吕斯河，
并在帕佛拉戈尼亚的海岸下锚。在这里，应美狄亚的要求，他们献祭曾经
救出他们的赫卡忒女神。这时他们的领袖和别的英雄们回忆起年老的预言
家菲纽斯曾经吩咐他们回来时须另走别的路途。没有人熟悉这一带地方，
但佛里克索斯的儿子阿耳戈斯却有了办法，因为他从祭司们的记载中知道
他们正向着依斯忒耳河进发，这河发源于里派安山，分为许多支流，流入
伊娥尼亚海和西西里海。阿耳戈斯正向他们说明，突然在他们应当前进的
远方，高空中出现彩虹。海上一再吹着顺风，天空中一再显示着征兆。直
到他们安全地到达依斯忒耳河注入伊娥尼亚海的河口。

　　但科尔喀斯人并没有停止他们的追击。因为他们的船比较轻，行驶得
快，他们比阿耳戈英雄们先到达依斯忒耳河口，并分散在不同的港湾和岛
屿上。他们在这里等待着英雄们，当他们在河口的三角洲停泊之后，封锁
了入海的道路。阿耳戈英雄们震惊于敌人数量之多，上岸占据了一个岛屿。
科尔喀斯人紧紧跟随他们，战局一触即发。然后，被劫持的希腊人开始和
他们协商，最后双方同意阿耳戈英雄们可以带走国王为伊阿宋的工作而许
诺过的金羊毛。但国王的女儿美狄亚必须放在另一岛上，在狩猎女神阿耳
忒弥斯的神庙中，等候一个以公正著名的国王来判定她应该送归她的父亲，
还是随同英雄们到希腊去。当女郎听到这儿，她心怀恐惧，将她的情人拖
在一边，哭泣着向他请求："伊阿宋，你怎么处置我呢？你的幸福使你忘记
你在可怕的困难中对我所说的庄严的誓言吗？我如何的愚蠢，将我的希望
寄托于你，看轻我的光荣，离开我的故乡，我的家，我的双亲，和我所最
爱的一切！那正是由于我为你所做的一切，我才来到这遥远的海上。我的
痴心为你取得了金羊毛。为了你，我付出了我的处女的贞洁，并作为你的

人，作为你的妻子，跟随你到希腊去。因为这些，你必须保护我。不要使我单独一个人留在这里！也不要让别的国王来裁判我！假使我被迫判归我的父亲，我的生命就会完结。这样，你回去还有什么快乐呢？宙斯的妻，你夸说是你的保护女神的赫拉，又怎能赞成这样的行径？假使你遗弃了我，有一天你会在深深的灾难中想念美狄亚，金羊毛也会如同梦幻一样失去。那时复仇的鬼魂将驱使你离开故乡，如同我之被你拐骗离开我的故乡一样。"

她说着，兴奋得发狂，好像要烧毁船、烧毁一切，而自己投身于火焰之中似的。伊阿宋望着她，心情迟疑不决。他的良心责备他，他解释道："请你放心吧！我并不是认真地订立这个条约的。只是为了你，我们才设法延缓这场战争，因为我们的敌人像夏天的蝗虫一样众多。所有住在这里的人都是科尔喀斯人的朋友，都愿意帮助你的弟弟抢劫你送回去给你的父亲。此外，假使我们此时开战，我们会被悲惨地毁灭，你的命运也会更加不幸，因为我们死了，你必然成为敌人的俘虏。这个条约，我明告你，只是一种策略，希望由此击败阿布绪耳托斯。只要他们失去领袖，科尔喀斯人的邻居们便不会再援助他们。"

他这样劝慰她，现在美狄亚向他提出了一个残酷的计划。"我曾经一度放弃我的责任，"她说，"由于感情的蒙蔽，我铸下大错。我不能回头，所以我只有继续向罪恶走去。我将引诱我的弟弟直到他自己落在你们的手里。我将准备丰盛的酒席接待他。我将劝使者们都离开他，让他单独和我在一起——这时你可以杀死他，并消灭没有领袖的科尔喀斯的队伍。"

他们两人计划着怎样杀害阿布绪耳托斯。他们送给他许多礼物，包括楞诺斯的女王所赠给伊阿宋的一件华丽的长袍。那是美惠三女神亲手为狄俄倪索斯纺织的，在紫色衣料的精美的纤维中有着天国的芳香，因为酒神在沉醉的时候曾披着这件衣服熟睡。美狄亚很机敏地鼓动使者们在深夜中带阿布绪耳托斯到另一岛上，到阿耳忒弥斯的神庙中，假意说她正为他设法取得金羊毛带回去献给他的父亲。至于她——她撒谎说——已经被佛里克索斯的儿子们强迫着给予外乡人。她这样欺骗了和平使者之后就把大量的魔药洒在空中，使它的芳香甚至可以诱致高山上的最凶猛的野兽。她所希望的事发生了。在半夜里，阿布绪耳托斯为庄严的诺言所欺骗，摇着船来到这神圣的岛上。他单独和他的姊姊在一起，他探察他姊姊的多诈的心思，想看出她究竟是否真的进入外乡人设下的圈套。但这正如一个儿童想涉渡即使是成人也不能安然渡过的幽深的山溪一样，当他们密谈到深处，他的姊姊好像已经预备做他所要求的一切，这时伊阿宋突然从埋伏中冲出，挥着雪亮的宝剑。这女郎退去并以面网遮盖着眼睛，好不看见她弟弟的死。如同祭坛上的羔羊一样，这国王的儿子被伊阿宋一剑杀死，美狄亚的衣裾也溅上她弟弟的血。但无所不察的复仇女神却从她的秘密的住所以愤怒的目光向外观望，看到了在这里发生的恐怖的事件。

伊阿宋洗去手上的血并埋葬尸体，美狄亚举起火把对阿耳戈英雄们发出信号。这是预先商量好的，所以他们就摇船靠近阿布绪耳托斯乘着来到阿耳忒弥斯岛的渡船，拥上船去，杀戮没有领袖的科尔喀斯人，就如同鹰扑一群鸽子或狮子进入羊群一般。科尔喀斯人没有一人生还。这时伊阿宋跑来援助他的朋友已属多余。胜负之局已经决定。

## 阿耳戈英雄们在归途中

由于珀琉斯的劝告，英雄们离开河口，并在残留的科尔喀斯人还没有知道发生事变以前，飞快地远去。后来科尔喀斯人知道这一切，立即出发追击敌人，但赫拉却在天上击着闪电阻挠他们。他们畏惧她的警告，但若不带着他的女儿和他的儿子回去，也怕国王发怒。因此他们就留居在河口的阿耳忒弥斯群岛。

英雄们继续前进，经过许多岛屿和海岸，其中有阿特拉斯的女儿卡吕普索所居住的岛屿。他们想他们已经看见远处升起的故乡的最高的山峰，但赫拉由于畏惧宙斯的计谋，激起一阵强烈的暴风雨，将船送到荒凉的安柏耳群岛。现在从多多那得来，由雅典娜镶在船首的那神异的橡树木片开始说话了。大家都惶恐地听着。"你们不能逃避宙斯的激怒，你们将漂流在海上，"橡木说，"除非请女巫师喀耳刻来禳除你们谋杀阿布绪耳托斯的罪行。让卡斯托耳和波吕丢刻斯向神祇祈祷，请求指点你们到喀耳刻——太阳神与珀耳塞所生的女儿那里去的路途。"

阿耳戈船的船头在黑夜中这么说着。英雄们听到这不幸的预言都呆坐着发抖。只有卡斯托耳和波吕丢刻斯勇敢地站起来，请求不朽的神祇保护他们。但阿耳戈船冲到伊里丹纳斯河中，正是法厄同被太阳车烧死坠海的地方。即使到现在，在河底上，他的被烧灼的创口仍然从河底喷出火焰和烟雾。因为火焰会把船舶吞没，所以船舶不易从这里通过。沿着河岸，法厄同的几个姊妹，赫利俄斯的女儿们，现在已变成白杨树，在风中叹息，并流着晶莹的琥珀泪珠，落在地上，让太阳晒干，让河水冲走。感谢他们的坚固的船，阿耳戈英雄们总算度过险境，只是已失去一切饮食的欲望。白天他们被烧焦的尸体的恶臭困扰，夜间听赫利俄斯的女儿们的悲叹，听着她们的金色的眼泪如蜜蜡一样渗滴到海中。他们沿着厄里达诺斯河的河岸摇桨，来到洛达诺斯河口。如果他们再前进，必然遭到毁灭。这时赫拉突然出现在岩石上，以清晰的神圣的声音叫他们离开。她降黑雾包围着船舶，他们无日无夜地航行，经过刻尔提克家族繁衍着的许多地方，后来看见提瑞尼亚海，随即安全地到达喀耳刻的岛屿。

他们看见这女巫师在海岸上，伏在海边，以海水洗面。她曾经梦见她的住室，她的全部的房屋都血流成渠，一场大火烧毁了她所有的用以迷醉外乡人的药草和药酒，而她用手掬血，努力浇熄火焰。在黎明时噩梦使她惊醒并驱使她来到海边。她在这里洗浴着衣裾和头发，就好像它们真的涂染了血污一样。大群的猛兽追随着她，如同牛群之追随着牧人，那却不是我们所习见的动物，因它们的四肢是一类动物的，而头或身体又会是别种动物的。英雄们恐慌地站着，因为他们一见到喀耳刻就知道她是残忍的埃厄忒斯的妹妹。这女神洗去了夜间的恐怖之后，她转身回家，叫唤着那些怪兽，并抚拍它们如同爱抚小狗一样。

伊阿宋让所有的水手都留在船上。只是他和美狄亚上岸。一到岸上，他就把不情愿的美狄亚拉到喀耳刻的宫殿去。这女巫师不知道外乡人来做什么。她请他们坐在华丽的椅子上，但他们却沉默而忧愁地坐在火炉的旁边。美狄亚低着头，双手蒙着脸；伊阿宋则将杀死阿布绪耳托斯的宝剑插在地上，手掌抵着剑柄，下巴支在上面，眼睛下垂。这时喀耳刻知道他们是哀求者，由于要消除罪孽，由于流亡的辛苦，他们来向她求救。为向哀求者的保护神宙斯献祭，她宰杀一只乳猪，并祈祷宙斯允许为他们净罪。她吩咐她的仆人水中神女们收集屋子里面所有的赎罪的用具。她自己则在火炉上焚烧圣饼，不断地祈求复仇女神息怒，并请神祇赦免那些手上有着谋杀的血污的人。做完这些法事，她先让外乡人坐在椅子上，自己面对着他们坐着。她问他们旅途情况，从何处来，为什么在她的岛上登陆，并为什么请求她的保护；因为她想起了那个血流成渠的噩梦。但当美狄亚抬头回答，喀耳刻看到这女郎的两眼却大吃一惊，因为美狄亚正如同她一样是太阳神的子孙，凡太阳神的子孙都是两眼闪耀着金光的。喀耳刻注意到这儿，她要求这逃亡者用故乡的言语说话。美狄亚开始用科尔喀斯地方所用的言语告诉她埃厄忒斯和英雄们之间所发生的事情，十分真实地，只是隐瞒了对于她的弟弟阿布绪耳托斯的谋杀。但这女巫师甚至知道那没有说出来的事，她同情她的侄女，她说："可怜的孩子哟，你逃出家庭，留下一个坏名声，并且铸成大错。你的父亲当然会追到希腊，为他的被杀的儿子复仇。我不伤害你，因你是一个哀求者，并且是我的侄女。但你必须和这外乡人一起离开，无论他是什么人，因为对于你们的计划和你们的可耻的逃亡，我都不敢赞同。"听到这话，这女郎的心情很痛苦。她用面网蒙着脸，伤心地哭泣起来。直到伊阿宋用手牵着她，她才跟跟跄跄地跟随他离开喀耳刻的宫殿。

　　赫拉对于她所选择的被保护人是很同情的。她派遣她的使者伊里斯走着五色虹彩的道路，召来大海女神忒提斯，将船和英雄们交托她，要她照顾。伊阿宋和美狄亚上了船，和风就吹起来。怀着欣快的心情，英雄们拔锚，并扯上船帆。阿耳戈船乘风急进，不久他们看见一个满是花草的美丽的岛屿，这是媚惑人的女妖们的住所，她们以她们的歌声诱惑过客，然后又将他们毁灭。她们是半鸟半女人的形状，总是躺在海岸上，等待新的牺牲者。走近她们去的人没有一个可以幸免。现在她们对阿耳戈的英雄们也唱着甜美的歌声。他们正要系缆停船，这时俄耳甫斯，这特剌刻的歌手，开始从座位上站起，弹着神圣的竖琴，奏出美丽高昂的音乐，掩盖着那诱致他的朋友们趋于死亡的歌声。同时诸神也向船尾吹来一阵迅疾有声的大风，使女妖们的歌声随着水流消失。只有一个英雄，忒勒翁的儿子部忒斯，听到这美妙的歌曲不能自持。他从摇桨的位子上站起，跃到水里，泅泳着去追逐令人销魂的歌声。假使不是管领着西西里厄律克斯山的阿佛洛狄忒搭救，他真的要遭殃了。她从旋涡中将他提起，投掷在西西里岛的海岬上。从此以后他就居住在这里。英雄们悲悼他，以为他死去了，然后他们又冒险前进。

　　他们到达一处海峡，一边是斯库拉山，这是向海中伸出去的陡岩，好像要将阿耳戈船撞成碎片；一边是卡律布狄斯的大旋涡，波涛急遽下旋，好像要把船舶吞没。两者之间又有特多的从深海中断裂的浮岩。过去这里曾经是赫淮斯托斯的炼铁厂，现在却只有从水中冒出的浓烟还弥漫在空中。当英雄们到达这里，突然，海洋的女仙，涅柔斯的女儿们，从各方来会他们，她们的女皇忒提斯亲自给他们把舵。她们在船的周围游泳，当船遇到浮岩，她们就将它推开，传给别人，如女郎们之作球戏。船忽而随着海浪飞到空中，忽而又沉到海底。赫淮斯托斯肩上荷着大铁锤，在高岩的绝顶观赏着这趣事，宙斯的妻子赫拉则在星光闪烁的苍天上眺望着。但由于禁不住眩晕，所以她紧握着雅典娜的手。最后，他们平安地通过危险，航行到大海，并来到淮阿喀亚人和他们的贤王阿尔喀诺俄斯的岛上。

## 科尔喀斯人继续追击

　　阿尔喀诺俄斯有礼貌地招待他们，而他们也得到休息，这时候有一支科尔喀斯人的大舰队从别的道路绕来，突然出现，并有大批的战士登陆。他们要求得到国王的女儿美狄亚，要将她带回去献给她的父亲。假使不将她交出，他们便要和希腊人开战，更糟的是埃厄忒斯也会带着更多的队伍赶来。当战争正要开始，贤明的国王阿尔喀诺俄斯却止住他们，他愿意不流血地解决双方的争执。

　　美狄亚抱着国王的妻子阿瑞忒的双膝。"我请求你，"她说，"别让他们将我带回去给父亲吧！你们也属于容易犯罪、并突然陷入灾难的人类种族。我的行为诚然没有经过思索。但我与这人的逃跑也不是轻率的，只是由于畏惧我的父亲。伊阿宋要将我带回国去。所以请你同情我，并愿神祇保佑你长寿，多子多孙，并以永久的荣名给予你的城邦。"

她也一一向英雄们下跪，每个人都鼓励她，舞着枪，挥着剑，并答应假使阿尔喀诺俄斯企图着将她交给她的敌人，他们将援救她。

夜间国王和妻子讨论着关于从科尔喀斯逃来的女郎的问题。阿瑞忒为她求情，并告诉他伊阿宋将娶她为他的合法的妻子。阿尔喀诺俄斯是一个慈心的人，听到这儿，他的心更和软了。"为了这女郎，"他回答他的妻子，"我愿意用刀枪驱逐科尔喀斯人。但我又不愿意违反宙斯的以礼待人的法律。此外，开罪于埃厄忒斯也是不理智的，因他是有权势的国王，即使他住得很远，也可能给全希腊带来战争。所以这是我的决定：如这女郎还是处女，她必得归还她的父亲；假使她是伊阿宋的妻子，我便不能使她离开她的丈夫，因为这时她已属于她的丈夫而不属于她的父亲。"

阿瑞忒听到国王的决定很惊慌。当夜她即遣使告诉伊阿宋，并劝他们在天明前结婚。伊阿宋将这意外的建议对英雄们说，他们都很高兴，在一处神圣的岩洞，俄耳甫斯奏着音乐，美狄亚成为伊阿宋的妻子。

第二天清早，海岸和露水的田野浴着阳光，淮阿喀亚人拥挤到城里的街上。在岛屿的另一端，科尔喀斯人全副武装站立着。按照他的诺言，阿尔喀诺俄斯来到宫殿，执着黄金的王杖来宣布对于这个女郎的判决。国中的贵族们，扈从着他。女人们也聚拢来好奇地看望希腊的英雄们，许多乡下人也来了，因宙斯已将这消息普遍地传出去。一切都在城墙前面准备好了，献祭的香烟直升到天上。英雄们等了很久。最后国王坐上宝座，伊阿宋走上前去，宣布埃厄忒斯王的女儿美狄亚已是他的合法的妻子，并发誓永不变心。阿尔喀诺俄斯听到这话并询问了几个参加婚礼的证人之后，就庄严地宣誓：美狄亚不能交出，并将保护他的宾客。科尔喀斯人反对也无效。国王劝他们或者留居在他的国土作为和平的住民，或者乘船离去。因为得不到美狄亚，他们不敢回去见国王，他们选择前者。在第七天，阿耳戈英雄们向阿尔喀诺俄斯告辞，他依依不舍地和他们分手，并赠给他们丰富的礼物。他们上船又继续航行。

## 阿耳戈英雄们的最后一次冒险

　　他们又经过许多岛屿和陆地的海岸，刚刚远远地望见他们的故乡珀罗普斯地方的山峰，突然从北方来的一阵猛烈的暴风雨袭击着他们的船，整整九天九夜吹着他们漂过利比亚海，走着完全陌生的航程。后来，他们向着非洲的沙漠漂去，到达绪耳提斯海湾，这里满是水草和浮沫，形成危险的沼泽。周围除了沙漠什么也没有，没有鸟雀，也没有野兽。船只紧靠着海岸航行，船底摩擦着沙岸。他们大吃一惊，走下船，看见无边无际的陆地，荒旷得如同天空一样。没有泉水，没有道路，没有荫蔽。死寂的沉默笼罩着一切。

　　"糟了，"他们悲叹着说，"这地方叫什么名字呢！暴风雨将我们吹送到什么地方了呢？还不如在浮岩中间砸碎了好！假使我们是做了一些违反宙斯神意的事情，让我们在一次光荣的攻击中牺牲，那也比较好啊！"

　　"是啊，"掌舵的人说，"潮水将我们浮得很高，但即刻退去，并不再来。一切航行和回家的希望都已断绝。现在如果有谁能够并愿意把舵，就请他来吧！"说着，他放开舵柄，坐在船上哭泣起来。就好像在瘟疫流行的城市大家悲伤地徘徊，等候着死亡，英雄们都怀着悲愁，在荒漠的海岸上踟蹰着。晚间，大家互相握手道别，饿着肚子用斗篷包裹着躺在沙地上，在悠长的不眠的黑夜中等候着死亡。在距离不远的地方，阿尔喀诺俄斯作为赠礼赠给美狄亚的侍女们聚在她们的女主人的周围，悲叹着，如同临死的天鹅，低唱着最后的悲歌。真的，假使不是管领着利比亚的三个半神半人的女仙同情他们，所有男男女女，都会无声无息地死去。

　　在灼热的中午，她们走来，身上披着羊皮，轻轻地揭开伊阿宋盖在头上的斗篷，让他露出头来。他吃惊地跳起来，恭敬地把眼光从女仙身上移开。"不幸的人哟，"她们说，"我们知道所有你们的苦难。但不要再悲愁了。当海洋女神从波塞冬的车子上解下马匹时，感谢长久孕育过你的母亲吧。从此以后你们就可以回到幸福而光荣的希腊。"

说完，女仙们突然消失。伊阿宋将这隐晦的、安慰的话告诉同伴们。他们还在疑惑不定，第二个同样神异的奇迹又在他们的面前出现。一匹高大的马，颈子上披着金色的鬣毛，从海里跑出，抖落身上的水滴，飞奔而去，好像御风而行一样。珀琉斯快乐地叫起来："这神谕的第一部分已经说明。海洋女神已卸下她的车子，那车子原是这匹神马拖曳着的。至于母亲，在她的肚子里这样长久地怀孕了我们——那便是我们的船！为此我们要感谢她！让我们举起她，扛在我们的肩上，顺着沙地上海马的足迹走去。因为它是不会从大地上消失的，它会指示我们入水的码头。"

说了就做，英雄们将船扛在肩上，在它的重压下呻吟着走了整整十二天和十二夜。走了又走，仍是一片荒旷的沙漠。假使不是神祇给他们力量，他们在第一天就会全都死掉。但——后来他们仍然精神饱满地来到了特里托尼斯海湾。在这里，他们放下肩上的重负，由于焦渴，所以这里那里地奔跑着寻觅水源，如同疯狗一样。在寻觅中，歌手俄耳甫斯找到金嗓子的赫斯珀里得斯女孩儿们，她们居住在巨龙拉冬看守着金苹果的圣园。俄耳甫斯请求她们领他到有泉水的地方去，她们被感动了。埃格勒，她们中的最庄严者，告诉他一件奇异的事。

"昨天在这里出现的那个大胆的强盗，"她说，"那个杀死了巨龙、偷去了我们的金苹果的人必会帮助你们。他是一个野蛮人，眼睛在皱紧的眉毛之下闪闪发光。肩上披着狮皮，手中执着橄榄木的木棒和射死巨龙的箭。他也是在走过大沙漠之后感到焦渴。当他找不到水源，他就用脚踢岩石；如同魔术一样，石罅中流出泉水。这巨人伏在地上，双手捧水作牛饮，饮足以后，睡在地上休息。"

埃格勒说着，指着从岩石中流出来的泉水。英雄们都拥上来，当他们业已解渴，他们又变得十分快乐。

"真的，"有一个人说，一面用最后一口水来冷却灼热的嘴唇，"即使赫剌克勒斯没有和我们在一起，他还是救了他的同伴们的生命。但愿我们在前面某个地方遇到他吧！"于是他们分头到处去找。当他们聚拢来以后，都说没有看见他，只有锐眼的林叩斯说曾在远处看见他一眼，但是那只像农夫看见流云后面的新月一样，他告诉他们说，要追到赫剌克勒斯是不可能的。

　　由于不幸的意外事件，死去了两个阿耳戈英雄。同伴们给他们适宜的埋葬以后，又上船航行。他们企图离开港口到大海上去，但逆风阻挠他们。他们在港口里横来竖往，就好像一条徒然想离开洞穴的蛇一样，两眼发光，口中嗞嗞有声，这里那里地伸着头试探。依照俄耳甫斯的提议，他们上岸将船上最大的三脚祭坛献给当地的神祇。在回去的途中，遇到海神特里同，他装成一个青年的样子，从地上拾起一块土递给欧斐摩斯作为地主之谊的表示。欧斐摩斯将它藏在胸前。

　　"我的父亲派遣我来看守这一带海面，"海神说，"看哪！你们看见那块地方吗？那里的海湾是幽深而宁静的。向那里摇去，你们将发现从海湾到大海的狭窄的通道。我将送给你们一阵顺风，使你们很快地到达伯罗奔尼撒。"他们满心欢喜地上船。特里同将三脚祭坛扛在肩上，消失在海中。

　　几天以后，他们来到卡耳帕托斯的岩岸，从那里他们想到美丽的克瑞忒岛去。但岛上有巨人塔罗斯守卫着。只有他一人是过去从掬木所生的青铜世纪的人类留下来的人。宙斯使他看守着欧罗巴并吩咐他每天在岛的周围用铜脚巡行三次。他的身体是青铜的，所以不会受伤。只有脚胫的一小块地方是肉，有着筋脉和血管。谁知道他这块小地方并击中这里就一定可以杀死他，因为他并不是永生的。当英雄们来到这里，他正在海边的悬岩上巡视。他一看见他们，就搬起大石块向船上掷来。英雄们都很吃惊，并摇桨后退，假使不是美狄亚站起来告诉他们要耐心，虽然他们为焦渴所苦，也会放弃在克瑞忒岛登陆的计划的。

　　"听着，"她说，"我知道怎样征服这怪物。你们所要做的只是把船留在远处，不为他的投石所掷中。"于是她提起她的紫袍，沿船步行，伊阿宋在前面做向导。她小声地念着神咒，三度召唤掌管生命的命运女神，和奔跑在空中追逐生命的地府的猎狗。她念着神咒使塔罗斯闭下眼皮，并使噩梦侵袭他的灵魂。塔罗斯瞌睡得头晕眼花，他弯下腰去拾取岩石来保卫港口，但脚胫碰在尖锐的岩石上，伤口喷流鲜血，如熔融的黑铅一样。如同被樵夫砍伤之后，大风吹倒的松树一样，塔罗斯摇晃着，雷鸣似的大吼一声，倒栽入海。

　　现在英雄们可以平安登陆了，他们在这美丽的岛上休息直到第二天的黎明。但他们刚刚离开克瑞忒，他们又遭遇到一种新的可怕的危险。在无月的夜间，天上没有一颗星。天空是漆黑的，好像全世界的黑暗都聚集在这里，他们也不知道自己究竟是航行在海上还是航行在塔耳塔洛斯的潮水上。伊阿宋高举双手，请求福玻斯·阿波罗使他们从这妖异的漆黑中得救。恐惧的泪流到面颊上，他许愿献给他以无价的祭品。太阳神听见了，他从俄俄波斯圣山降下，跃到高岩上，手执金弓，向这地方射出一支银箭。在闪光中他们看见已经驶近了一个小岛，他们在那里投锚等候天明。当他们在阳光中航行在大海上，欧斐摩斯想起在那一夜他所做的一个梦：特里同给予他的，一直珍藏在他胸前的那块泥土，好像吃饱奶，有了生命，长成一个可爱的少女，并对他说："我是特里同和利彼亚的女儿。将我交给涅柔斯的女儿吧，这样我可以在靠近阿那斐的海上生活。然后我将重新回到太阳光中生活，因我命定要赡养你的子孙。"

　　由于他们在那里等待着天明的这个小岛名叫阿那斐，所以欧斐摩斯想起这个梦。伊阿宋听他说到他的梦，立刻明白它的意义。他劝他的朋友将怀中的泥土投在海里。当他这么做了之后，看哪！在英雄们的眼前，海上出现了一个满是鲜花和果木树的丰裕的岛屿。他们称它为卡利斯忒，意即一切中之最美丽者。后来欧斐摩斯的子孙就住在这里。

　　这便是英雄们最后的冒险。不久他们就到了埃癸那，并从这里驶到他们的故乡，一直进到伊娥尔科斯的海湾。伊阿宋在科任托斯海峡把阿耳戈船献祭给海神波塞冬。当它粉碎之后，神祇们将它安置在天上，它在南部的天空闪闪放光，如同光明的星座。

## 伊阿宋的结局

　　伊阿宋没有得到伊娥尔科斯的王位，尽管为了王位，他做过危险的探求，从美狄亚的父亲那里夺来美狄亚并邪恶地杀害了她的兄弟阿布绪耳托斯。他不得不将王国让给珀利阿斯的儿子阿卡斯托斯，自己与年轻的妻子逃到科任托斯去。他们在这里生活了十年，在这期间美狄亚为他生了三个儿子。开首两个是双生的，一名忒萨罗斯，一名阿尔喀墨涅斯。第三个提珊得耳年纪小得多。在这些年中，伊阿宋敬爱他的妻子，不单是因为她美，而且因为她机智多才。但后来她年老色衰，他另爱上一个美丽年轻的女子格劳刻，她是科任托斯国王克瑞翁的女儿。他隐瞒着美狄亚向她求婚，在得到国王的同意并择日结婚的时候，才告诉美狄亚，并强迫她解除婚约。他发誓说并不是他已经厌恶她，而是为着孩子们的利益他不能不和王室结亲。美狄亚悲愤地听着他的要求，她请求神祇来为他以前对她所作的誓言作证。但他不顾美狄亚的怨愤，决心和国王的女儿结婚。

　　美狄亚失望地徘徊在她丈夫的宫殿里。"唉，苦命的我，"她哭泣着，"但愿天上的神火将我击死吧！为什么我还要活下去呢？愿死神可怜我吧！啊，父亲哟！啊，我在羞耻中逃离的故乡哟！啊，我所害死的兄弟哟，你的血现在流到我身上了。但并不是我的丈夫伊阿宋应该责罚我！为了他我才犯罪呀！啊，正义女神哟，请求你毁灭他和他的情妇！"

　　当她正在宫中发怒，伊阿宋的岳父克瑞翁向她走来。"你面有怒容，"他说，"你怀恨你的丈夫。即刻带着你的孩子们离开我的国土。除非将你逐出我的国境，否则我不回去。"

　　美狄亚隐忍着愤怒，平和地回答国王道："克瑞翁哟，为什么要怕我作恶呢？你待我没有错，我与你无冤无仇。你将你的女儿许给你所同意的人，我为什么要干涉你呢？我只恨我的丈夫，他对不起我！但事已如此，就让他们作为夫妇同居下去吧。只是让我仍然住在你的国内，因为即使我受了极大的委屈，我将保持沉默，并屈服于那些比我权力大的人。"

　　但克瑞翁看见她的怒容，不相信她，甚至当她抱着他的双膝并以她的情敌即他的女儿格劳刻的名字祈求他，他也不敢相信她。"去吧，"他说，"别麻烦我。"她请求他稍缓一天再驱逐她，她好为她的孩子们找一个住处。他回答道："我并不是狠心的人。许多次我因为不恰当的怜悯愚蠢地让步了。现在我也感到做得很傻，但——就让你这样办吧。"

　　美狄亚一得到她所希求着的延期放逐，又狂暴起来了，她准备把她心中模糊想到过而尚未决心实行的毒计加以实现。但首先，她仍然做最后一次努力去让她丈夫承认他的不信和无义。"你欺骗了我，"她哭泣着，"即使我已替你生了孩子，你还是另娶别人。假使你没有儿子，我还可以原谅你，你也还有理由。但事实上你毫无理由。你以为替你的誓言作证的那些管理世界的神祇已不存在，或者现在的人都已信奉一种新的法律，所以你敢破坏你的诺言吗？告诉我——我还将你当作朋友一样来问你，你要我到什么地方去呢？你要将我送回我的父亲那里去吗，那我曾欺骗他并为着爱你的缘故而谋杀他的儿子的父亲？或者请你告诉我在什么地方藏身？真的，假使你的前妻和孩子们如同乞丐一样地在人间飘零，那才会给一对新婚夫妇增加光彩呢！"

　　伊阿宋不理睬她的责难。他答应给她和孩子们黄金，并写信给朋友们收留她，但她反对这种救助。"去结婚去吧，"她说，"你的婚礼将会有一个悲惨的结局。"

　　伊阿宋离开之后，她很懊悔她说出了最后的一句话。并不是她的心情改变，乃是她恐怕引起他的提防，使她不能实施她的毒计。所以她又把伊阿宋请来，态度温和地婉言对他说："伊阿宋，请你原谅我所说的话。因为我气愤得神志不清。现在我很知道你所做的都是对的。我们如同穷困的流亡者一样来到这里。由于你的新的结婚，你希望赡养你自己、你的孩子们和我。你的孩子离开你一会儿，你会想念他们并让他们来分享他们的兄弟姊妹们的幸福的。来吧，我的孩子们，别怨恨你的父亲，如同我之不再怨恨他一样。"

　　伊阿宋真的相信她已放弃对他的仇恨。他很欢喜，并对她和孩子们作各种的保证。同时美狄亚进一步使他更加相信她的好意。她要求他留下孩子们，让她独自一人离开。为了要得到格劳刻和国王的同意，她将她所保存着的几件珍贵的金袍交给伊阿宋，让他送给国王的女儿。起初他犹豫着，最后她说服了他，他就命令仆人将礼品送给新妇。但那些美丽的衣袍是用曾在毒药里面浸过的料子缝制的。美狄亚假装向丈夫亲热地告别之后，就时时刻刻期待着使者来报告她的礼物如何地被接受的消息。最后使者回来并远远地叫嚷着："美狄亚哟，快上船逃跑吧！你的情敌和她的父亲都已死去。你的孩子们进入宫殿并在他们的父亲身边时，我们仆人们都高兴这仇恨总算消释。年轻的公主微笑着迎接你的丈夫，但当她看见孩子们，她用面网蒙着眼睛，掉过头去，好像她很厌恶他们似的。伊阿宋勉力安慰她，为他们说好话，并将礼物拿出来给她看。这华贵的衣袍使她衷心欢喜。她变得温和了，并答应新郎同意他所要求的一切。当你的丈夫和孩子们离开了她，她马上把这美妙的衣裳拿来，将金斗篷披在身上，将金的花冠佩结在头发上，并喜悦地注视着从明洁的镜子里反映出来的发光的身影。她在房中缓步而行，儿童一样地为自己的新装骄傲。但她的心情忽然一变。她面色惨白，四肢发抖，双脚摇摆着，还没有走到座位那里，就倒了下去。她面无血色，翻着白眼，口中吐着泡沫。宫殿里一片哭声。有几个仆人跑去告诉她的父亲，别的又去告诉她的丈夫。同时她头上的花冠喷出火焰，毒药和火焰争相啮裂着她的肌肉。当她的父亲大声悲号着向她跑来，他只看见他的女儿的不成形的尸体。在绝望中，他抚抱着她，这时杀人的衣裳上的毒药也对他发生了作用，因而他也死了。伊阿宋的情形我们还不知道。"

这可怕的叙述不但没有平息美狄亚的愤怒，相反的，更煽起她熊熊的怒火。如同复仇女神一样，她跑去给她的丈夫和她自己以致命的打击。夜间，她慌忙地去到她的孩子们熟睡的屋子里。"硬起心肠吧，"她一路上自言自语，"为什么在做这可怕而又必需的事情时要发抖呢？忘记他们是你的孩子，忘记你曾经生育过他们。只在这一瞬间忘记他们，然后用你的一生去悲恸他们吧。现在你正是替他们做一件好事。假使你不杀死他们，他们也必然会死于他们的敌人之手。"

当伊阿宋忙着回家寻觅谋杀他的年轻的新妇的女人并向她复仇时，他听到他的孩子们尖声叫喊。他跑到他们的住屋，门敞开着，他看见使他们的致死的创口正流着鲜血，如同神坛上被杀死的羔羊一样。哪里都找不到美狄亚。他离开屋子的时候，听见头上隆隆的声音。他抬头一看，看见她坐在以魔法召来的龙车上，腾空而去，离开了她行凶的场所。要惩罚她是不可能的。绝望吞没了他。他的灵魂深处回想起对阿布绪耳托斯的谋杀，于是拔剑自刎，死在自己的住屋的门槛上。

在阿塔兰忒的帮助下，墨勒阿革洛斯成功杀死了带给人们无数灾难的野猪。他把野猪的皮、头和獠牙献给了阿塔兰忒，这一举动惹恼了母亲的几个兄弟。冲突当中，墨勒阿革洛斯杀死了自己的舅舅。当他的母亲阿尔泰亚听说这一消息时，既震惊又悲痛，她决心惩罚自己的儿子，为兄弟们报仇。她找出那片决定儿子命运的木板，心情复杂地将其扔入火炉中，任其化为灰烬，与此同时，墨勒阿革洛斯也在苦痛中结束了自己的生命。

吕冬王俄纽斯以丰收季节的新鲜果物献祭神祇：谷物献给得墨忒耳，葡萄酒献给狄俄倪索斯，油脂献祭雅典娜，每一神祇都献祭适当的祭品。只有狩猎女神阿耳忒弥斯被忘却，在她的祭坛上没有香烟缭绕。这触怒了这位女神，她决定对漠视她的人报复。她放一只巨大的野猪在国王境内。它的眼中喷火，它的颈上竖立着鬃毛。流涎的口中好像闪着电火，粗大的獠牙和象牙一样。这野兽蹂躏草原田野，把仓库和楼房都夷为平地。它连枝带叶地吞食葡萄和橄榄。没有牧人猎狗，甚至最凶猛的牡牛能抵御这怪物，保护他们的牧群。

最后，国王的儿子，美丽的墨勒阿革洛斯，集合所有的猎人和猎犬来捕杀这只野猪。全希腊最有名的英雄都被邀请参加追击，其中有阿耳卡狄亚的阿塔兰忒，即伊阿索斯的英雄的女儿。她幼小时被遗弃在森林中，由野熊哺乳。后来被猎人发现，将她养大。她长得很美，却厌恶男人，喜欢在山林狩猎。她不仅拒绝亲近她的男人，甚至射杀了两个执意追求她的肯陶洛斯人。现在因为她喜欢游猎，她才参加了英雄们的队伍。她结着发结，肩上挂着象牙的箭袋，左手执着弓。她的面貌在男子看来好像女郎，在女郎看来，又好像男子。当墨勒阿革洛斯看见她的美丽时，他心里想："被她认为值得做她的丈夫的男子多幸福啊!"但他没有工夫再想下去,因为危险的狩猎已逼近眼前。

猎人们向布满平原和山坡的古老森林走去。他们来到这里,有些人布置网罗,有些人放出猎犬,别的人又寻觅野猪的足迹。现在他们来到一处为急流冲蚀的陡峻的峡谷。峡谷里面长满浓密的芦苇、丛草和水杨,这便是野猪的巢窟。猎犬的狂吠惊起野猪,它从树林中奔出,如同从浓云穿过的闪电一般,一直奔赴敌人群中。青年们都高声叫喊,执矛刺杀,但野猪却避开他们,且将猎犬冲散。枪矛不断地向它投去,但只能擦破它的厚皮,增加它的暴怒。它眼中闪烁着火光,腹部起伏着,向着猎人们的右侧猛冲过去,如同从投石器掷出的石块一样,冲倒三个人并即刻咬死他们。第四个人涅斯托耳,那命定将来要成为一个大英雄的,爬到野猪磨着可怕的毒牙的一株橡树上救出自己。双生的两弟兄卡斯托耳和波吕丢刻斯则骑着雪白的战马追击。他们的矛刚要投中它,它却逃到人不能入的密林中去。这时阿塔兰忒在弓弦上瞄准箭头,从丛树中射中这个怪物。箭头正中它的耳根,现在它头上的鬃毛都染着鲜血。墨勒阿革洛斯最先看到伤口,他欢欣地指给他的同伴看。"阿塔兰忒呀,"他叫唤着,"只有你才应当得到勇士的锦标!"男子们因见胜利为一个女子夺去,觉得很可耻。大家立刻掷出他们的矛。但由于矛像雨点似的一阵乱发,竟没有一支击中那野猪。

现在阿耳卡狄亚人安开俄斯骄傲地双手举起双刃的战斧准备一击,但还没有砍到野猪,野猪已将獠牙戳进他的肋部,内脏流出,他死在自己的血泊中。伊阿宋也投出他的矛,但没有命中,却斜掠而过,击中刻拉冬。最后墨勒阿革洛斯连投两矛,第一矛落在地下,第二矛却射入野猪的背部。这野兽暴怒,绕着圈子跑,口中吐着泡沫和鲜血。墨勒阿革洛斯再在它的脖子上打了一下,四面八方的枪尖也向它刺来。临死的野猪躺在地下,在从伤口流出的血中打滚。墨勒阿革洛斯一只脚踏着它的头,用利剑剥着野猪的厚皮。他将这皮、头和獠牙献给勇敢的阿塔兰忒。"请接受这些战利品,"他说,"这是我应得的,但你也应当分享我的光荣。"

但这样的光荣归于一个女人,猎人们都很愤怒,大家愤愤不平地嘟哝着。墨勒阿革洛斯的母亲的几个兄弟即忒斯提俄斯的儿子们向阿塔兰忒挥着拳头，并大声地威胁她。"女人，即刻放下这些战利品！"他们大声喊叫。"那原是属于我们的，别妄想骗去这战利品。你的美貌和那个把礼物平白送给你的痴情的墨勒阿革洛斯，都救不了你。"说着就抢去她的野猪皮和猪头，认为墨勒阿革洛斯没有权力处置它们。墨勒阿革洛斯忍不住切齿愤恨，并咆哮着："你们这些强盗哇，让我叫你们知道我的行动胜过你们的威胁。"他的娘舅们还来不及知道那是什么意思，他就动手用剑逐一刺死了他们。

墨勒阿革洛斯的母亲阿尔泰亚正在途中，要去神庙献祭神祇，感谢她的儿子的得胜。这时她的兄弟们的尸首却被抬来了。她悲痛地捶着胸，急忙回到宫里，换下喜庆的金袍，另穿上悲哀的黑服，使全城都充满悲愁。后来她听到凶手乃是她的亲生儿子，她才揩干眼泪。她的悲哀，变成行凶的念头。她想起了她久已忘记的一件事。

那是墨勒阿革洛斯诞生不几天，命运三女神出现在他母亲的榻旁。"你的儿子将成为一个勇敢的英雄。"第一个女神说。"你的儿子将是一个伟大人物。"第二个又预言道。"你的儿子，"第三个接着说，"将活下去，直到炉子上的那块木片被火烧完。"三女神刚刚消失，阿尔泰亚就从火炉里取出那块木片，并用水浇熄，因为焦虑着儿子的生命，所以将它藏在密室里。

现在，她在复仇的愤怒中想到这木片，立刻来到封锁着的密室里。她生好炉子，当火焰熊熊上升时，她拿着从密室中取出的木片，但在她的心中，母子之间的爱和姐弟之间的爱冲突着。她的面色惨白，忽又变得通红。有四次她伸出手去想把木片投入火中，却又四次缩回她伸出去的手。最后姐弟之间的爱胜利了。

"眼光望着我，"她说，"望着我，复仇的女神哟！望着这献给复仇女神的祭品！而你们，我的兄弟们的灵魂，刚才离开身体的灵魂哟，你们知道为了你们我正在做什么事。接受我的不幸的亲生骨肉，作为你们安葬的礼品吧。啊，这么昂贵的礼品哪！我的心由于母亲的爱而破碎，不久我也将跟着他去了，为了你们，我已夺去了他的生命。"她这样说着，掉过头去，颤抖着手将木片掷在火炉里。

那时墨勒阿革洛斯回到城里，纠缠着胜利、恋爱和犯罪的心情。突然他觉得他的内心有如火烧，他苦痛地倒在他的床上。他像一个英雄一样忍住痛楚，却深悔不曾临阵而死，因此羡慕与野猪搏斗而死的同伴们。在悲痛中，他呼叫着他的兄弟、他的姐妹、他的年老的父亲和他的仍然站在火炉那里、木然地望着火焰焚烧木片的母亲。她的儿子的苦痛随着火焰而增加，当火焰渐渐熄灭，除了白灰以外，一无所有，他的苦痛也渐渐减少。当最后的一个火花消失时，他也停止了呼吸，灵魂离开了他的身体。他的父亲、他的姐妹们和全卡吕冬人都在他的棺椁旁哀悼。但他的母亲不在那里。他们发现她已缢死在仅有着余烬的炉子旁边。

# 坦塔罗斯

坦塔罗斯因为有着神祇祖先，备受奥林匹斯圣山诸神的尊敬，并享有各种特权。遗憾的是，他的虚荣心使得他不断地冒犯诸神，最后竟然过分到用自己的亲生儿子试探诸神。神祇们终于忍无可忍，采用最残酷的手段来惩罚这个恶贯满盈的人。从此以后，坦塔罗斯每天都要承受三种酷刑的折磨，并且，这种折磨是永久性的。

宙斯的儿子坦塔罗斯统治着吕狄亚的西皮罗斯。他富有人世间各种物品，并以他在亚洲和希腊的财富而著名。如果说奥林匹斯圣山的神祇曾向一个人类致敬，那正是向他。因为他的祖先是神祇，他们看待他如同一个友人，最后并许可他在宙斯的餐桌上饮宴，听神祇们的言谈。但他的虚荣的人类的灵魂受不住天上的福祉，所以他开始用各种的方法对诸神犯罪：他泄露他们的秘密。他从他们的餐桌上窃取美酒和香膏，分给人世间的朋友。他隐藏别人从克瑞忒的宙斯神庙里偷来的用黄金雕铸的金狗，当诸神之父宙斯要他归还时，他发誓说他没有看见。最后，他在无比的傲慢中，为酬谢诸神，邀请诸神到他的宫殿里来，并试探他们是否真的明察一切，他杀了他的亲生儿子，为他们预备酒席。只有得墨忒耳吃了这可怕的肴馔——一块人类的肩胛骨。别的神祇知道摆在他们面前的是些什么，所以将这孩子的割裂的肢体投在一只盆里。从这盆里，命运三女神之一的克罗托将他取出，仍然美丽完整，但有一只肩膀却是象牙做的！

以此，坦塔罗斯恶贯满盈，神祇们将他打入地狱，受着酷烈苦痛的惩罚。他站在大湖中央，湖水深及他的下颔，他却焦渴着不能有滴水沾唇。

当他俯身就水，水即随之而退，脚下只剩一片焦干的黑土。同时他也不得不忍受饥饿的痛苦。在他的后面，在湖边，生长着美丽的果树，枝叶低垂到他的头上。他抬头看见蜜梨、鲜红的苹果、火红的石榴、甜熟的无花果和绿色的橄榄。但当他想要摘取，一阵大风就把树枝吹到云中去。他的最可怕的痛苦则是永续不断的对于死神的恐惧。一块大石头悬挂在他的头上，永久威胁着要将他压得粉碎。这样，嘲笑了神祇的不敬的坦塔罗斯，命定在地狱里永久地遭受三种苦刑。

神谕预言希波达弥亚在结婚时，她的父亲国王俄诺玛俄斯会死去，因此，国王用奇怪的竞赛尽力阻止向其女儿求婚的人。珀罗普斯早就暗中选中了希波达弥亚为妻，为了实现愿望，他决定向他的保护神波塞冬寻求帮助。海神将自己的神车借给了他，当他以最快的速度快到达目的地时，国王准备刺杀他。多亏海神弄松了国王的车轮，使得国王死于非命，而珀罗普斯最终得到了希波达弥亚。

坦塔罗斯对诸神犯罪，他的儿子珀罗普斯却虔诚地敬奉神祇。他的父亲被打入地狱之后，由于和邻人特洛伊国王发生战争，他被迫离开自己的国土吕狄亚，旅行到希腊。这青年的下巴虽然刚刚长出柔毛，但心里早已选中了一个妻子。她是希波达弥亚，厄利斯的俄诺玛俄斯国王的女儿，一个最不容易得到的女人。因为有一个神谕曾经预言：女儿结婚时，国王就会死亡。所以俄诺玛俄斯尽其所能阻止前来求婚的人们。他布告全国，凡愿意和他的女儿结婚的人，必须先在乘车的竞赛中胜过她的父亲，如果国王获胜，对手就得丧失生命。这竞赛起于庇塞，终于科任托斯海峡的波塞冬神坛；他规定自己在比赛之前先向宙斯献祭一只羔羊，同时让求婚者乘着四马的战车先出发。献祭的仪式完毕之后，他才开始竞赛，手中执着矛，坐在由车夫密耳提罗斯驾驶的车子上追赶竞赛者。如果他追到对手，他就有权刺穿对手的胸膛。

所有爱慕希波达弥亚的美貌的青年听到这些条件，都充满了勇气，因为他们以为国王是一个衰弱的老人，知道不能赛过青年，所以出发时给他们这大的便宜，好以宽宏大量来掩饰自己可能的失败。青年们一个跟一个地来到厄利斯，向国王请求和他的女儿结婚。他很有礼貌地逐一接待他们，给他们壮丽的四马战车，并宰杀羔羊献祭宙斯，毫不显出匆忙的样子。然后他才乘上由他的两匹牝马费拉与哈耳品娜拖曳着的轻车；它们奔跑得比疾风还快。每次离目的地很远就追及求婚者，残酷的国王就用枪矛刺杀他们。就这样他已杀死了十二个以上的青年。

珀罗普斯向着他所爱的女郎的地方走来，半路上他在一个半岛登陆，这半岛后来以他而得名。不久他听到所有在厄利斯发生的事情。晚上他来到海岸呼唤他的保护神三尖叉之神波塞冬，但见海浪分开，海神从海里涌出。"啊，波塞冬哟，"珀罗普斯祈求道，"假使阿佛洛狄忒的礼物使你欢喜，那么使俄诺玛俄斯的矛尖不会伤害我吧。用最快的车送我到厄利斯去，使我得到胜利。他已经杀死了十几个求婚者，如今仍然使他的女儿不能结婚。巨大的危险需要一个勇敢的灵魂来对付。我决定去试试我的运气。总有一天我要死的，那么为什么要愁苦地坐着，等待默默无闻的暮年到来而不参加光荣的冒险呢？我要去从事这种竞赛。请求你保佑我成功！"

珀罗普斯的祈求不是没有效的，因为海浪又汹涌地分开，一具由四只有翼的马匹拖曳着的发光的金车如箭一样从深海中升起。珀罗普斯乘着这车子，如意地指挥着海神的马，比风还快地来到厄利斯。俄诺玛俄斯看见他来，立刻惊慌失措，因为他一看见就知道这是波塞冬的神车。但他并不拒绝按照平日的条件和这个外乡人竞赛。珀罗普斯的马匹在海峡上得到了休息以后，他驱策着它们参加竞赛。他刚刚逼近目的地，依照惯例以羔羊献祭过了的国王突然追及他，并挥着手中的长矛给这勇敢的求婚者以致命的刺杀。但珀罗普斯的保护神波塞冬却在国王奔跑得最快的时候弄松他的车轮，使车子摔得粉碎，国王也即刻坠地而死。就在这瞬间，珀罗普斯到达目的地。他回头看见国王的宫殿冒着大火，一阵闪电烧着了它，直到只剩下一根柱子。珀罗普斯乘着带翼的车子飞奔到火窟中，从废墟里救了他的新妇。

皇后尼俄柏美丽高贵，她统治着强大的王国，并常常把自己的幸福当做炫耀的资本。终于有一天，尼俄柏的这种自满惹恼了勒托，遭到了最恐怖的报复。七个儿子相继惨遭杀害，丈夫无法接受这个现实，自杀身亡。当她庆幸自己还有七个如花似玉的女儿时，没想到女儿也没能逃过被杀的厄运。这一系列悲惨的事情让尼俄柏彻底崩溃，悲痛的她化成了一座大理石石像，终日以泪洗面。

文章先交代尼俄柏的身份，并着重介绍了她最与众不同之处。她过分炫耀幸福，自满情绪不断膨胀，为她惹祸上身埋下伏笔。

忒拜的皇后尼俄柏有着许多可骄傲的地方。司文艺、美术的九女神赠给她丈夫安菲翁一具竖琴，它的声音如此的美妙，所以有一次，当他正演奏着，许多的石头都自动接合起来建立了忒拜的宫殿。她的父亲坦塔罗斯，是吕狄亚的王。她自己也统治着一个强大的王国，并以她的高贵的灵魂，她的美丽、庄严而远近知名。但使她更欢喜的是她的十四个子女，七个儿子和七个女儿。人们都知道她是人间最幸福的母亲，假使不是她太过分地夸耀她的幸福，她也真会如此。但她的自满终于招致她的毁灭。

一天，忒瑞西阿斯的女儿，女预言家曼托，在街上大声呼叫，要忒拜的女人们敬奉勒托和她的双生子女阿波罗和阿耳忒弥斯。她吩咐她们在头上戴着桂冠，并献祭供品，作热诚的祈祷。当女人们正集合着听她讲说，尼俄柏带着她的侍从突然出现。她穿着金线织成的长袍。她容颜美丽，这时却带着怒色，美发一直披到肩上，她站在准备着在露天下面献祭的女人们中间。她以傲慢的目光环视众人，说道：

"你们发疯了吗？你们敬奉荒诞的神祇，而忽视在你们中间的为天国所宠信的人类。你们为勒托建立神坛！为什么不为我的神圣的名字焚香呢？我的父亲坦塔罗斯不是在宙斯的餐桌上饮宴的唯一的人类吗？我的母亲狄俄涅和在天上像灿烂的星座一样照耀着的七星普勒阿得斯们是发姐妹。我的一个祖先阿特拉斯力气大得曾把苍天扛在肩上。我的父亲的父亲就是宙斯。连佛律癸亚的人民都服从我。卡德摩斯的城池，它的墙是听着安菲翁的演奏而自己竖立起来的，都听命于我和我的丈夫。我的宫殿的每间屋子里都充满奇妙的珍宝。此外，我有着如同女神一样的容貌，有着别的母亲们所不能夸耀的孩子：七个美丽如花的女儿和七个强健的儿子。而且不久我将有相等数目的女婿和儿媳。而你们胆敢不敬奉我而敬奉勒托，这泰坦的不知名的女儿，对于她，大地曾经连一小块地方都不愿给她来为宙斯生产孩子，直到得罗斯的浮岛怜悯她才给她以暂时的住处！在那里，这可怜的东西生了两个孩子，仅仅是我的可喜的收获的七分之一。谁不承认我的幸福？谁怀疑我不能长久这样？即使命运女神要损伤我的财富，她们也要感到烦难。即使她们要夺去我的一两个子女，那也不会只剩下两个如同勒托一样。所以，把供品拿开！摘下头上的花环！散开并回家去！再不要让我看见你们做这样的蠢事。"

女人们都畏惧她。她们撕掉头上的桂冠，献祭还没有完，就奔回家去，并以沉默的祈祷敬奉那个被得罪了的女神。

在得罗斯的铿托斯山高峰上，站立着勒托和她的双生子女，用慧眼明察着远在忒拜所发生的事情。"看哪，我的孩子们，"她说，"我，你们的母亲，这么荣幸地生育了你们，除了赫拉以外我并不比任何女神低微，难道我必须忍受这傲慢的人类的侮蔑吗？除非得到你们的帮助，否则我将从我的古

此处借尼俄柏的话让读者进一步了解她的身世和家族，语气的傲慢充分表现了她与生俱来的优越感，同时也交代了她如此自满的原因。

怜悯(mǐn)：对遭遇不幸的人表示同情。

老的神坛被人赶出。是的，尼俄柏将你们看成不如她自己的子女，那也同样地侮辱了你们！"她正这样抱怨着，阿波罗却打断了她的话。

"母亲，别悲痛了，"他说，"这徒然耽搁了惩罚的时机。"他的妹妹也附和着他。两个人都披着云霞，穿空而过，来到卡德摩斯的城边。在城外是一片空地，不耕不种，只是供车马竞赛。在这里，安菲翁的七个儿子快乐地嬉游着。最年长的伊斯墨诺斯正乘马绕圈飞奔，用一只有把握的手控制住缰绳，几乎要抓住衔在满是泡沫的马嘴里的嚼子。这时忽然呻吟起来，"哎哟！"缰绳从他无力的手上滑落。他的心窝中了一箭，慢慢地从马的右侧跌落下来。离他最近的兄弟西皮罗斯听到空中箭翎飞鸣的声音，即策马飞奔，如同舵手之扬帆疾驰，要到港口里躲避暴风雨一样。但仍然从天上射出一支箭，射中他的后颈，箭镞从喉管穿出。他从飞奔着的马的鬃毛上跌落，满地全是鲜血。别的两个，一个以外祖父之名命名的坦塔罗斯，一个是淮狄摩斯，两人正抱着胸脯，互相角力。弓弦响处，一支箭又射穿两人。他们悲号着，在地上挣扎，肢体绞扭，眼睛模糊，同时在地上死去。第五个儿子阿尔斐诺耳看见他们倒下，捶击着胸脯向他们跑来，双手抱着两个哥哥的冰冷的尸体，企图给他们以温暖。但当他正在这样表示他的爱，阿波罗却给他致命的一箭。他从他的胸口上拔出箭镞，亦即流血而死。第六个儿子达玛西克同，一个可爱的有着长发的青年，被射中膝窝。他仰身拔取箭镞，第二箭却射中他的张着的口，一直深入到箭翎。他血流如注地死去。最后是最小的一个伊利俄纽斯，仅仅是一个孩子，他看见他的哥哥们一个接一个地死去，于是双膝跪下，张开两臂，向神祇祈求："啊，神祇，所有的神祇哟，请饶我吧！"即使这残忍的射手也被感动得发生同情，但那已经太晚，射出的箭已不能收回。这孩子倒地死去，却没有痛苦，因为箭头正中在他的心上。

这不幸的消息不久就散布到全城。当安菲翁听到这恐怖的噩耗，他拔剑刺心而死。那些仆人和人民的大声悲号立刻传到尼俄柏的宫室。很久很久她还不能理解她的不幸。她不肯相信神祇们有这么大的能力，他们敢这样做，已经这样做！但很快她知道这是真的了。唉，现在的尼俄柏与刚才的多么不同啊！刚才，她从伟大女神的神坛前驱散人民，并在城中高视阔步！那时好像连她的最亲爱的朋友们都要妒忌她，但现在甚至她的敌人都要怜悯她了。她奔跑到旷地上，自己伏在她的孩子们冰冷的尸体上，一个一个地亲吻他们。最后她向天空举起疲乏的手，并哭叫着："幸灾乐祸地看着我的不幸吧！让你的愤怒的心得到满足吧，残酷的勒托啊！这七个儿子的死，也会将我送到坟墓里去！你征服了我，你胜利了！"

现在她的七个女儿，穿着丧服，披着头发，站在她们已死的兄弟的旁边。尼俄柏看到她们，惨白的脸上闪射着一种怨恨的光芒。她忘记了自己的身份，侮蔑地睨视着天空，她说："胜利吗？不，即使我在不幸中，我所有的也比在胜利中的你还多！虽然这七个儿子都已死去，我仍然是比你富有的人！"

当她刚说出这话，空中就传来弓弦的声音。每个人都战栗着，但尼俄柏除外，因为灾祸已经使她迟钝了。突然一个女儿抚摩着胸脯，拔出一支箭。她晕厥了，倒下时还将垂死的眼光转向身旁的兄弟的尸体。另一个女儿忙到母亲那里，想安慰她，但一支看不见的箭嗖地射来，使她永远不能开口。第三个刚要逃跑，即已倒下。别的几个在俯下身去看她们死去的姐妹时，也一样栽倒了。只剩下最小的女儿。她跑到她母亲那里，把脸藏在她的双膝中，抱着她，并躲藏在她的衣裾里面。

惨剧在一瞬间发生，任凭是谁也无法承受如此沉重的悲痛。夫死子亡的遭遇甚至让敌人都开始同情尼俄柏。她的哭叫声脆弱而无助，让读者忍不住陪她一起难过。

睨（nì）视：斜视；旁观；傲视。

儿子尸骨未寒，七个女儿同样被逐一杀死。别说是亲身经历的母亲尼俄柏，就算是不相干的人看到这样的场面也难以承受如此沉重的惨痛。

此处对尼俄柏的悲痛的描写真是惊天动地。由面部表情的一点点僵硬，到冻结的血液，停滞的脉搏，僵化的双腿，再到源源不断的眼泪，她最后以化作大理石的石像结束了自己的生命，成为一个泪流不止的石人。

"留下这唯一的一个给我吧！"尼俄柏在悲痛中向天哭喊，"这许多人中的最幼小的一个呀！"但即使她祈求饶恕，这最小的孩子也终于双手松开，躺在地上。现在只有尼俄柏一人坐在她的儿子和女儿们的尸体中间。她因悲痛变得僵硬。她的头发不再在微风中飘拂。她的双颊已褪去容光。她的两眼只是在丑陋的脸面上木然地凝视着。血液已在她的血管中冻结。她的脉搏停滞。她的颈子，她的手臂，她的两腿也完全硬化。甚至她的心也已变成顽石。她已没有生命，只是僵化的眼睛还不断地流着眼泪。现在一阵暴风将她吹到空中，横过大海，吹到她的吕狄亚的老家，并将她安置在西皮罗斯的悬崖上。这里，在山峰上，她静静地站着，成为大理石的石像，直到现在还是以泪洗面。

## ▌情境赏析▐

尼俄柏的自满导致了整个悲剧的发生，她的十四个儿女因其违抗神意相继惨死。文中大篇幅对死亡的描写入木三分，读到时如身临其境，仿佛那一瞬间尼俄柏的儿女们就倒在自己的身边，同时也能感受到中箭的痛苦，悲剧发生得迅速并且不可挽回。尼俄柏瞬间由一个人人都敬畏的人变成一个连敌人都同情的人，人间悲剧莫过于此。

## ▌名家点评▐

希腊艺术的前提是希腊神话，也就是已经通过人民的幻想用一种不自觉的艺术方式加工过的自然和社会形式本身。这是希腊艺术的素材。

——（德）马克思

俄狄浦斯的儿子波吕尼刻斯被弟弟厄忒俄克勒斯从忒拜逐出后来到阿耳戈斯，并娶了阿耳戈斯国王的大女儿阿耳癸亚，成为国王阿德剌斯托斯的女婿。阿德剌斯托斯、波吕尼刻斯、堤丢斯、安菲阿剌俄斯、卡帕纽斯、希波墨冬、帕耳忒诺派俄斯共七位英雄率领七支军队远征忒拜以帮助波吕尼克斯夺回王位。在经过了一段时间的战斗后，波吕尼克斯与厄忒俄克勒斯决定单独决斗。厄忒俄克勒斯一剑刺中了波吕尼克斯的腹部，以为取得了胜利，在弯腰拣拾兄长的武器时被垂死的波吕尼克斯一剑刺死。双方都认为自己一方才算胜利。阿耳戈斯军想再攻打忒拜，但忒拜军队在观看决斗时仍全副武装，向已经轻易放下武器并来不及武装的阿耳戈斯军队突然袭击。阿耳戈斯军队惨败溃退。克瑞翁成为了忒拜的国王，并派人看守波吕尼刻斯的尸体让他的尸体暴露不能埋葬，他不听预言家的劝告，最终受到惩罚，七英雄远征忒拜之战后，俄狄浦斯的家族几乎被完全毁灭。

## 阿德剌斯托斯的上宾波吕尼刻斯和堤丢斯

阿耳戈斯王塔拉俄斯的儿子阿德剌斯托斯生有五个孩子，其中有两个女儿即得伊皮勒和阿耳癸亚。关于她们有过一种奇特的神谕，说她们的父亲必以她们中的一个许配给狮子，一个许配给野猪。塔拉俄斯思索着这奇特的预言，不明白是什么意思。当两个女儿长成，只想着尽快为她们择偶，或者这可怕的预言不会实现。但神祇必然会使他们所说的话应验的。

这时流亡者从不同的两个方向来到阿耳戈斯。一是从忒拜来的，即被兄弟厄忒俄克勒斯逐出的波吕尼刻斯。另一个从卡吕冬来，即俄纽斯的儿子堤丢斯；他在一次狩猎中，不经心地杀害了一个亲戚，所以逃避到阿耳戈斯来。两个人在阿耳戈斯的王宫前相遇。正值夜里，他们在黑暗中互以对方为敌人而开始搏斗。阿德剌斯托斯听到厮杀的声音，持着一只火炬走来，将他们分开。这两个壮健的英雄分站在国王的左右，使得他大吃一惊，好像看到怪物一样，因为他看见波吕尼刻斯的盾上刻绘着狮子头，堤丢斯的则是一只野猪。波吕尼刻斯因为崇拜赫剌克勒斯，所以选择雄狮作为自己的徽章。堤丢斯则以野猪来纪念墨勒阿革洛斯和他狩猎卡吕冬的野猪的故事。现在阿德剌斯托斯才明白神谕的意义，就把这两个流亡者招为女婿，以年长的女儿阿耳癸亚许配波吕尼刻斯，以年幼的女儿得伊皮勒许配堤丢斯。阿德剌斯托斯并答应用武力援助他们复国，仍为故国的国王。

第一次的远征系以忒拜为目标。阿德剌斯托斯召集国内的英雄，连他一起共有七个王子，带着七队大军。这七个王子的名称是阿德剌斯托斯、波吕尼刻斯、堤丢斯、阿德剌斯托斯的姐夫安菲阿剌俄斯、他的侄儿卡帕纽斯、国王的两个兄弟希波墨冬及帕耳忒诺派俄斯。但国王的姐夫安菲阿剌俄斯曾多年与国王为敌，他是一个预言家，他预断这次征战必然失败。起初他企图使国王和别的英雄们变更他们的决定，后来知道这不可能，就自己隐藏起来，除了他的妻即国王的姐姐厄里费勒，没有人知道他所隐藏的地方。他们四处寻觅他，因为国王称他为军中之眼，没有他是不能出征的。

原来当波吕尼刻斯被迫离开忒拜时，他曾随身带着两件家传的宝物，即哈耳摩尼亚与忒拜的开创者卡德摩斯结婚时，爱神赠给她的项链和面网。但这两件东西对于佩戴者是充满凶杀之祸的，它们已经使哈耳摩尼亚、狄俄倪索斯的母亲塞墨勒和伊娥卡斯忒接连死于非命。最后享有这项链和面网的人是波吕尼刻斯的妻子阿耳癸亚，而她也将是要饮尽生命的苦酒的，现在她的丈夫决定用这项链贿赂厄里费勒，要她说出她的丈夫所隐藏的地方。厄里费勒早就嫉妒她的侄女有着这件外乡人所带给她的珠宝，所以当她看到这用金链穿起的闪闪发光的宝石项链时，她拒绝不了这种诱惑，只好领着波吕尼刻斯去到安菲阿剌俄斯所隐藏的地方。现在这预言家不能再拒绝他的同伴们，特别是因为当他与阿德剌斯托斯的仇恨得到和解而后者把他的姐姐嫁给他时，他曾答应以后若再有争执可由厄里费勒作裁判。因此安菲阿剌俄斯佩上武器，集合起他自己的战士。但在出发之前他把他的儿子阿尔克迈翁叫来，要他作一种庄严的宣誓，即如果他听到父亲的死耗，他必须为他向出卖他的妻子复仇。

## 英雄们出发：希波吕忒和俄斐尔忒斯

　　别的英雄们也预备停当，不久阿德剌斯托斯出现在大队人马当中，他们分为七队，由七个英雄率领出发。他们离开阿耳戈斯城，心中充满高度的希望和自信。号角的响声和军笛的吹奏使他们加速前进，但当离目的地还很远时，灾难却突然袭击他们。他们到达涅墨亚的大森林。所有的泉水、河川和湖泊都已干涸，他们苦于焦渴和炎热。沉重的盔甲压在肢体上，手中的盾也愈来愈重，走路时所扬起的灰尘纷纷落在他们的焦枯的嘴唇和口里。马匹的涎沫也在嘴唇上枯干了，它们张大鼻孔，啃着马口铁，舌头也渴得肿胀起来。

　　当阿德剌斯托斯和别的一些人正在树林中寻觅溪流和泉水时，他们遇到一个奇丽而悲愁的女人。她坐在树荫下面，怀中抱着一个小男孩儿，衣服虽极褴褛，但长发披拂，态度高雅，样子好像女皇一样。阿德剌斯托斯很吃惊，他想这必是林中女仙，所以他向她跪下，请求她救他和他的焦渴的人马。但这女人低垂着眼皮，谦逊地回答道："外乡人哟，我不是女神。假使你看出我有什么非凡的地方，那必定是由于我比常人遭受了更大的痛苦。我是托阿斯的女儿希波吕忒。从前我是楞诺斯岛女人国的女皇。后来我为强盗所掳，经过难言的苦难以后，被卖为涅墨亚国王吕枯耳戈斯的奴隶。我所抚育的这个孩子不是我自己的。他叫俄斐尔忒斯，是吕枯耳戈斯国王的儿子，我被派来看护他。对于你们，我极愿帮助你们获得所需的东西。在这寂寞的荒原上，仅有一处唯一的泉水，除我以外更无一人知道这秘密的地方。那里有足够的泉水可以解决你们全军人马的焦渴。跟我走吧！"于是这女人站起来，轻轻地将这孩子放置在草地上，唱着一支短歌催他入睡。

　　阿德剌斯托斯和他的从者招呼着其他所有的人，即刻全部人马追随着希波吕忒拥挤在树林中的小道上。他们曲折地穿过灌木林，来到一处大峡谷。峡谷顶上浮动着一片清冽的水雾，雾气吹在他们的干热的脸上。他们都已抢在女皇和他们的领袖之前，让湿气浸润着他们的皮肤。这时流泉倾泻在岩石上的声音已愈来愈响。"水呀!"他们都欢欣鼓舞地叫着,跳到峡谷里,站在潮湿的大石头上,摘下盔来接取水珠。"水呀!水呀!"全队人马都欢呼着。他们的声音在这流泉上面响震着,飞岩上激起欢呼的回声。他们都伏在从峡谷流出的溪边的草地上,一大口一大口地饮着这甘甜清凉的泉水。后来他们发现可以通车的宽阔的山道,御者来不及卸下车子,只是赶着马一直走到水里,让马匹的汗湿的身体也感到凉意,将疲惫的头浸在水中。

现在所有的人马都恢复了精神,希波吕忒领着阿德剌斯托斯和他的随从回到大路上,并告诉他们楞诺斯岛的女人的事业和所遭受的痛苦,全队人马隔开适当的距离跟在后面。当他们还没有走到先前他们遇见希波吕忒的地方,她的由于乳母的职守而变得特别敏锐的耳朵听到了小孩子的惊恐的哭叫。她自己有几个孩子,但因为自己被掳,将心爱的孩子丢在楞诺斯岛,现在所有她的母爱都寄托在俄斐尔忒斯的身上。她的心带着一种预感急速地跳着。她飞快地跑去,赶到原来哺育孩子的地方,但孩子已经不见,她再也听不到他的声音了。她四处搜索,突然明白了在她替阿耳戈斯军队帮忙的时候孩子所遭遇到的惨祸,因为她看见在离树不远的地方,有一条大蛇,鼓着大肚子,懒洋洋地盘在地上睡觉。她恐怖得头发倒竖,并在战栗的苦痛中号叫。英雄们听到她的叫声都赶来营救她。最先看见这条大蛇的人是希波墨冬。他即刻从地上搬起一块大石头向这怪物掷去,但石头掷中有着鳞甲的蛇身,却被反弹回来并且粉碎得如同泥土一样。他又用他的矛投去,正中它的张开的大嘴,矛尖从后脑穿出,脑浆溅满草地。蛇身紧紧地在矛杆上缠绕,并咝咝地叫着,渐渐无力死去。

现在这可怜的保姆鼓起勇气追踪孩子的足迹。地上染着他的鲜血,最后,离树身很远的地方,她发现这孩子的一堆被啃光了的骨头。她跪下,将骨头收拾起来,交给阿德剌斯托斯。他埋葬这为他们而牺牲的孩子,并为他举行一种庄严的葬礼。为了纪念他,他们创立涅墨亚赛会,并崇拜他如同一个半人的神祇,称他为阿耳刻摩洛斯,意即早熟的人。

希波吕忒没有逃脱吕枯耳戈斯的妻子欧律狄刻由于丧子而生的愤怒。她将她囚禁在监牢里,并立誓要给预予她最残酷的死亡方法。但由于一种幸运，希波吕忒的年长的儿子们已经出来寻觅他们的母亲，不久他们到达涅墨亚，将她从奴隶的束缚中解救出来。

## 英雄们到达忒拜

"这便是这次远征的结局的一种预兆啊！"预言家安菲阿剌俄斯看到俄斐尔忒斯的骨头的时候忧郁地说。但别的人更注意对于大蛇的杀害，以为这是一种胜利的象征。又因为全部人马刚刚从焦渴中恢复过来，大家都精神饱满，并不在意这不祥的预言家的叹息。几天以后，他们到达忒拜城外。

厄忒俄克勒斯和他的舅父克瑞翁准备长期顽强地防守这个城。俄狄浦斯的儿子对人民号召："记着，公民们，你们得感谢这城，这城如慈母一样，养育你们，并使你们成长，成为坚强的战士。所以我号召你们全体，从未成年的孩子到头发斑白的老年人，都来保卫你们故乡神祇的圣坛，你们的父母妻子和你们所立足的这块自由的土地！一位能够看出鸟飞所给予的预兆的人告诉我，就在今天的夜里，阿耳戈斯人必会集中力量攻城。所以到城门口去！到城头上去！赶快武装起来！据守着城垛！看守着望楼！防堵着每一入口处，不要害怕敌人众多。各处都有我的侦探，随时可以发现敌人的诡计。我会依据他们的报告来做出我的决策。"

当厄忒俄克勒斯正动员他的人民时，安提戈涅站在宫殿的最高的阳台上，身旁有一个老年人，这是从前她的祖父拉伊娥斯的卫士。自从她的父亲死后，她和她的妹妹伊斯墨涅因为十分思念故乡，所以谢绝国王忒修斯的保护回到故乡来。她们暗中希望能帮助她们的哥哥波吕尼刻斯并决心分担她们所热爱的、在那里生长的城市的命运，虽然她们哥哥围城她们是不赞成的。克瑞翁和厄忒俄克勒斯张着两手接受安提戈涅，因他们以为她是一个自投罗网的人质，是一个受欢迎的中间人。

这天她爬上用香柏木建造的古老宫殿的楼梯，并站在阳台上倾听这老年人对于敌人阵势的说明。庞大的军队驻扎在城墙周围的田地里，沿着伊斯墨诺斯河，并环绕着自古即已著名的狄耳刻泉水。人们在移动着。他们在调度队伍，遍地闪烁着兵器的光芒，如日光下的海洋一样。大队的步骑兵士涌到城门口来。这女郎看着很惊恐，但老年人却安慰她。"我们的城墙高大而坚固，"他说，"我们的橡木的城门上都有铁栓。这城很巩固，并由不畏恶战的斗士们保卫着。"然后为了回答她的询问，他向她指点着各个领袖。"喏，那个战盔在日光中放光，轻松地挥舞着晶亮的盾，并走在他的队伍前头的，是王子希波墨冬，他生长在靠近勒耳那沼泽附近的密刻奈地方。他身躯高大，如同古代从泥土出生的巨人一样！再右边一点儿，你看见了吗？那正骑着大马跃过狄耳刻泉水的人，他穿着类似野蛮人的盔甲——那是堤丢斯，俄纽斯的儿子，你嫂子的兄弟。他和他的埃托利亚人都拿着沉重的大盾，并以善用标枪著名。我从他的标记上认识他，因我作为一个使者曾到过敌人的茔幕。"

"那青年的英雄是谁呢？"这女郎问，"年轻但有着成人的胡须，他的顾盼这样的凶猛？他正从坟地上走过，他的人马缓缓跟随着他。"

"那是帕耳忒诺派俄斯，"这老人告诉他，"他是狩猎女神阿耳忒弥斯的朋友阿塔兰忒的儿子。但你看到在尼俄柏的女儿们的坟墓附近的另外两个人了吗？年长的是阿德剌斯托斯，他是这次远征的统帅；年轻的一个人——你还认识他吗？"

"我只能看到他的两肩和身体的轮廓，"安提戈涅怀着悲苦的激情回答，"但我认出这是我的哥哥波吕尼刻斯。但愿我能够飞，像一片云霞一样飞到他那里，双手拥抱着他的脖子！他身披金甲，是如何的闪烁发光——如同早晨的太阳一样啊！但那是谁，这么坚定地执着缰绳，驾驶着一辆银白的战车，并且这么镇静地挥着马鞭子？"

"那是预言家安菲阿剌俄斯。"

"那环绕城垣走着，在测量它，寻找最适宜进攻的地点的人是谁呢？"

"那是傲慢的卡帕纽斯，他嘲笑我们的城，并威胁着要掳去你和你的妹妹，送到勒耳那湖沼附近的密刻奈去做奴隶。"

安提戈涅脸色惨白，要求带她回去。老人用手搀扶着她走下楼梯，送她回到她的内室。

## 墨诺扣斯

与此同时，克瑞翁和厄忒俄克勒斯在举行军事会议，决定派遣七个领袖分别把守忒拜的七道城门。这样，七个忒拜的王子将抵抗波吕尼刻斯和他的六个盟友。但在开战以前，他们希望从鸟雀的飞过可以看出一种预兆，可以推测未来的结局。在忒拜城中住着预言家忒瑞西阿斯，他是欧厄瑞斯与女仙卡里克罗的儿子。在他年轻的时候，曾和她的母亲出乎意料地去探望雅典娜，他偷看了他所不应看见的事情，结果遭受女神惩罚，使他双目失明。卡里克罗恳求她的女友使她儿子的眼睛恢复，但雅典娜无能为力。她怜悯他，在他的耳边念着一种神咒，突然他可听懂鸟雀的语言。从此以后，他就成为忒拜人的预言家。

克瑞翁派遣他的小儿子墨诺扣斯引导这年老的预言家到王宫里来。不久忒瑞西阿斯来到国王的面前，双膝哆嗦着站在他的女儿曼托与这孩子的中间。他们逼他说出飞鸟所给予这城池的预兆，他沉默了好一会儿。最后他说了，但他的话是很悲哀的。"俄狄浦斯的儿子们对他们的父亲犯下大罪。他们将带给忒拜苦恼和忧愁。阿耳戈斯人和卡德摩斯的子孙互相屠杀，兄弟死于兄弟之手。我知道拯救这城的唯一的办法，但即使这城得救，这办法也是极可怕的。我的嘴不敢说出来。再会吧！"说完转身就走。但克瑞翁严厉地要求他，最后忒瑞西阿斯终于让步。"你一定要听吗？"他严肃地问，"那么，我只好说出来。但先告诉我，引导我来的你的儿子墨诺扣斯在哪里呀？"

"他站在你身边呢。"克瑞翁说。

"那么在我说出神祇的意愿之前，让他尽快地跑开吧！"

"为什么呢？"克瑞翁问，"墨诺扣斯是他父亲的忠实的孩子。必要时，他会保持沉默的。让他知道可以拯救我们全体的办法也是好事。"

"那么，请听我说我从飞鸟那里所知道的事，"忒瑞西阿斯说，"幸福女神会再降临，但她必须跨过的门槛是可悲的。龙的子孙中最小的那一个必得死亡。在这次会战中，只有由于他的死你才可以得到胜利。"

"哎呀！"克瑞翁叫道，"老人，你说的话是什么意思？"

"如要全城得救，卡德摩斯后裔中最小的一个必得死去。"

"你要求我的可爱的儿子，我的儿子墨诺扣斯死亡吗？"克瑞翁傲慢地向前一步，"滚你的吧！离开我的城池！我没有你悲观失望的预言也过得去！"

"因为真情使你悲愁，你便觉得它是无用的吗？"忒瑞西阿斯严肃地问。现在，克瑞翁感到恐惧，他跪在他的面前，抱着他的双膝，指着他的白发请求他收回他的预言。但这预言家很坚定。"这牺牲是不可免的，"他说，"在毒龙曾经栖息的狄耳刻泉水那里，必须流着这孩子的血。从前大地曾用毒龙的牙齿把人血注射给卡德摩斯，现在你必须以血债偿还，使它接受卡德摩斯亲属的血，它才会同你友好。假使墨诺扣斯同意为全城牺牲自己，他将由于他的死成为全城的救主，阿德剌斯托斯和他的军队便不能平安回去。现在只有这两条路，克瑞翁，请你选择吧。"

忒瑞西阿斯说完，就和他的女儿离开宫廷。克瑞翁深深地沉默着，最后他苦痛地大声喊道："如果我自己为祖国而死，我是如何地高兴啊！但要我献出我的儿子……唉，去吧，我的儿子，飞快地跑开吧。离开这个被诅咒的地方，这个对于你的纯洁不适宜的罪恶的地方吧。取道得尔福、埃托利亚和忒斯普洛提亚到多多那的神坛，就住在那里的圣殿里。"

"好的，"墨诺扣斯说着，两眼放着光辉，"给我在路上所必需的东西，你可以相信我自会寻路走去。"克瑞翁对于儿子的恭顺感到安慰，所以自己忙去处理自己的要事。这时墨诺扣斯伏在地上，对神祇们作热诚的祈祷："你们永生的，请原谅我，即使我说了谎话，即使我用谎话免除了我的父亲的不必要的恐惧！对于他，对于一个老年人，恐惧不会是可耻的。但那是如何地怯懦啊，假使我出卖这个我从而得到生命的城市，听着我的誓言，啊，神祇哟，并且慈爱地接受它吧。我将以一死拯救我的国家。逃避实在太可耻了。我将爬上城头，并跳到深邃黝黑的毒龙之谷，因为据预言家说，这样我就可以拯救忒拜城。"

　　这孩子匆忙地走到宫墙的最高处。略略看了一眼敌人的阵容，开始对他们说着庄严的诅咒。于是他从紧身服抽出他藏在那里面的短刀，割断自己的喉咙，从城头上滚落下去。他的粉碎的肢体，正落在狄耳刻泉水的边上。

## 向忒拜城进攻

　　神谕是实现了。克瑞翁竭力抑制自己的哀愁。厄忒俄克勒斯则为守卫七道城门的七个英雄安排七队人马，骑兵不断地上前补充，步兵亦出发做战士的后援，使每一个可以攻击的处所都有着安全的保卫。现在阿耳戈斯人跨过平原向前推进，暴风雨一般的攻城战开始了。从忒拜城头到敌人的阵营都呼声震天，号角呜呜地鸣叫。

　　首先，女狩猎家阿塔兰忒的儿子帕尔忒诺派俄斯领着他的队伍，以密集的盾牌掩护，向一座城门突进。他自己的盾牌上刻绘着他的母亲用飞矢射杀埃托利亚野猪的图像。预言家安菲阿剌俄斯向第二座城门进军，在他的战车上载着献祭神祇的祭品。他的武器没有装饰，他的盾牌也是光亮而空白的。希波墨冬攻打第三座城门。他的盾牌上的标记乃是百只眼睛的阿耳戈斯监视着被赫拉变成小母牛的伊娥。堤丢斯领着队伍向第四座城门前进。他左手执着的盾上绘着一只毛氄氄的大狮子，右手愤怒地挥舞着一只大火炬。从故国被放逐的波吕尼刻斯领导着对第五座城门的进攻。他的盾牌的徽章是一队怒马。卡帕纽斯的目标是第六座城门。他夸耀着他可以和战神阿瑞斯匹敌。在他的铜盾上刻画着一个巨人举起一座城池，并将它扛在肩上，这在卡帕纽斯心中是象征着忒拜城所要遭逢到的命运。最后一道，即第七道城门则由阿耳戈斯王阿德剌斯托斯负责。他的盾饰乃是一百条巨龙用巨口衔着忒拜的孩子们。

　　当这七个英雄逼近城门，他们就以投石、弓箭、戈矛开战。但忒拜人顽强地抵抗着他们的第一次攻击，以致他们被迫后退。但堤丢斯和波吕尼刻斯大声吼叫："同伴们，我们难道要等着死在他们的枪矛之下吗？要在——就在这瞬间，让我们的步兵、骑兵、战车一齐向城门猛攻吧！"这话如同火焰一样在军队中传播，阿耳戈斯人又鼓舞起来。他们如浪涛一样地汹涌前进，但结果也仍然和第一次的攻击一样，守城者给予迎头痛击，他们死伤狼藉。成队的人死在城下，血流如河。这时帕耳忒诺派俄斯如同风暴冲到城门口，要用火和斧头将城门砍毁并将它夷为平地。一个忒拜的英雄珀里克吕墨诺斯正防卫着城垛，看见他来势汹汹，就推动一块城墙上的巨石，使它倒塌下来，打破这围城者的金发的头，并将他的尸骨压为粉碎。厄忒俄克勒斯看到这道城门现在已经安全，他就跑去防守别的城门。在第四道城门，他看见堤丢斯暴怒得像一条龙，他的头戴着饰以羽毛的军盔，急遽地摇晃着，手中挥舞着盾牌，周围的铜环也叮当作响。他向城上投掷他的标枪，他周围拿着盾牌的队伍也将矛如同雹雨一样地投到城上，以致忒拜人不得不从城墙边沿后退。

这时厄忒俄克勒斯赶到了，他集合他的武装战士如同猎人之集合四散的猎犬，率领他们回到城墙边。然后他一道城门又一道城门地巡视着。他遇到卡帕纽斯，后者正抬着一架云梯攻城，并夸口说即使宙斯也不能阻止他将这被征服的城池夷为平地，一面说着傲慢的话，一面将云梯架在墙上，冒着矢石的暴雨，用盾牌掩护着，顺着溜滑的梯级往上爬。但他的急躁和狂妄所得到的惩罚并不是忒拜人所给予的，而是当他刚刚从云梯上跃到城头时，等候在那里的宙斯用一阵雷霆将他殛毙。这雷霆的威力甚至使大地也为之震动。他的四肢被抛掷在云梯周围，头发被焚，鲜血溅在梯子上。他的手脚如同车轮一样飞滚着，身体在地上焚烧。

国王阿德刺斯托斯以为这事是诸神之王反对他这次侵略的兆示。他率领着他的人马离开城壕，下令撤退。忒拜人看到宙斯所给予的吉兆，从城里用步兵和战车冲出，与阿耳戈斯军队混战。车毂交错，尸横遍野。忒拜人大获全胜，将敌人驱逐到离城很远的地方才退回城来。

## 两兄弟单独对阵

　　这便是攻打忒拜城的结局。但当克瑞翁和厄忒俄克勒斯退保城垣时，被击败的阿耳戈斯人重新集合，准备再行进攻。忒拜人一看就明白了，感到第二次的抵抗希望很小，因他们的人数和力量都在第一次作战中削弱了。于是国王厄忒俄克勒斯做出勇敢的决定。当阿耳戈斯人重新前进并在城壕附近扎营以后，他派遣使臣到他们的军队里去。他命使臣叫他们沉默，然后他自己站在最高的城头上，向城里的忒拜人和城外的阿耳戈斯人喊话。"达那俄斯人和阿耳戈斯人哪，"他大声说道，"所有来围攻这座城池的人和忒拜的人民，你们双方都不必为我和波吕尼刻斯而牺牲更多的生命！不如让我个人迎敌，去和我的哥哥单独对阵。假使我杀死他，我即为王。假使我在他的手下丧命，这王国即为他所有，而我的敌人都可以放下武器，回家去，不必再多流血了。"

　　波吕尼刻斯即刻从阿耳戈斯的队伍中跃出，声明愿意接受他的挑战。为这二人的利益作战，双方原已感到厌倦，因此敌对着的军队都欢呼赞成厄忒俄克勒斯的提议。双方订立一个条约，两个领袖都郑重宣誓遵守。于是这俄狄浦斯的两个儿子，都从头到脚全副武装。忒拜的贵族为他们的国王装备，阿耳戈斯人的领袖们也为流亡的波吕尼刻斯准备停当。他们全身铠甲在阵前相遇，兄弟们各个以强横而坚定的眼光打量着对方。"记住，"波吕尼刻斯的朋友们向他呼叫，"记住宙斯希望你为他在阿耳戈斯建立一座纪念碑，来感谢他行将给予你的胜利！"忒拜人亦鼓舞厄忒俄克勒斯王子。"你是为你的国家和你的王位而战，"他们说，"让这双重的代价鼓励你得到胜利！"

　　在决斗开始前，双方的预言家都聚拢来，献祭神祇，要从火焰的形象看出战争的结局。但这预兆很暧昧，他们可以解释为双方都可以得胜或失败。当献祭终了，两兄弟已准备完毕，挺身而出。波吕尼刻斯掉头望着阿耳戈斯地方，举起双手祈祷："赫拉，阿耳戈斯的保护神哟，我从你的国土娶我的妻子，我居住在你的国土里。让我——你的公民得到胜利，使我的右手涂染我的敌人的鲜血！"

同时厄忒俄克勒斯也仰望着忒拜的雅典娜神庙。"啊，宙斯的女儿哟，"他祈求着，"请你使我的枪头对准目标，刺中那胆敢攻打我的祖国的敌人的胸膛！"当他说完最后的一个字，号角吹奏，宣布战斗开始。于是两弟兄向前冲出，互相突击，就如同龇裂着獠牙争斗的野猪一样。他们的枪在空中飞过，并各从对方的盾牌上反弹回来。他们各以矛对准对方的脸和眼睛投，但仍然被盾牌挡住。旁观者看到这场凶猛的争斗，大家都汗流浃背。厄忒俄克勒斯用右脚踢开阻在他的路上的一块石头，因而不小心让左脚从盾牌下面暴露。即刻波吕尼刻斯抢上一步，用利矛刺穿他的脚胫，这时阿耳戈斯人都高声欢呼，以为这一创伤已可决定胜负。但厄忒俄克勒斯虽然受了伤，仍忍住痛，伺机而动。他看见对方的肩头暴露，即一矛刺去，但刺得不深，矛头折断，忒拜人也微微欢呼。厄忒俄克勒斯更后退一步，拾起一块石头用力投去，将他哥哥的矛打成两段。此时双方各失去了一种武器，又是势均力敌了。他们各抽出利剑相对砍杀。盾牌碰击盾牌叮当有声，空气亦为之震荡。厄忒俄克勒斯忽然想起从忒萨利亚人学得的一种战术。他突然改换位置，后退一步，用左脚支持着身体，小心地防护着身体的下部，然后冷不防用右腿跳上去，一剑刺穿他哥哥的腹部。他的哥哥没有防备这突如其来的袭击，所以重创倒地，躺在血泊中。厄忒俄克勒斯相信自己已经获胜，丢下宝剑，向着垂死的哥哥俯下身去摘取他的武器，但这恰好是自取灭亡。因为波吕尼刻斯倒下后仍紧握着剑柄，现在他挣扎着用力一刺，刺入正俯身下视的厄忒俄克勒斯的胸膛。弟弟随即倒在垂死的哥哥的身旁。

现在忒拜城门都大开着，女人和奴隶们都拥出来悲悼他们的死去的国王。但安提戈涅紧靠着他所爱护的哥哥波吕尼刻斯，她要听他的最后的遗言。厄忒俄克勒斯差不多是即刻死去。他大声地抽一口气，就不再动弹了。但波吕尼刻斯还在喘息，他转动灰暗的眼睛望着他的妹妹，并说道："我如何地为你的命运悲哀，妹妹哟，也如何地悲悼我死去的兄弟，从前我和他互相友爱，后来成为仇敌。只是现在我临死的时候，我才知道我是如何地爱他！至于你，我希望你将我埋葬在故乡的土地上。请不要让忒拜城拒绝我的这个要求。现在用你的手将我的眼皮闭下吧，因为死的阴影已冰冷地落在我的头上。"

他死在他妹妹的怀里。即刻双方的军队因意见不合大声鼓噪。忒拜人相信他们的国王厄忒俄克勒斯是胜利者，同时阿耳戈斯人则以为胜利应属于波吕尼刻斯。死者的朋友们亦各有不同的看法。"波吕尼刻斯是最先用利矛刺中对方的！"有些人如此主张。"但他也是最先倒下的！"别的人又这么反驳。因为争论激烈，准备重新作战。但在忒拜这方面却很幸运，因当两弟兄对阵时和对阵以后，他们仍然全副武装。阿耳戈斯人以为必然获胜，所以轻易地放下了武器。因此当忒拜人在对方来不及武装的情况下突然袭击时，没有遇到任何抵抗。阿耳戈斯人到处奔突乱窜，结果成千上万的人都死于忒拜人的枪下。

这时珀里克吕墨诺斯把预言家安菲阿剌俄斯一直追到伊斯墨诺斯河边。安菲阿剌俄斯乘战车奔逃，因阻于河水，马匹不能前进。因为忒拜人紧追在后面，所以他被迫冒险渡河。但马蹄还没有下水，敌人已来到岸上，矛尖几乎刺着了他的脖子。然而宙斯不愿让这个他曾赋予预言天才的人不光采地死去，所以他以一阵雷霆轰裂大地。大地张着黑暗的大嘴，将这预言家和战车都吞噬进去。

即刻忒拜周围四乡的敌人也被肃清。忒拜人携着死去了的敌人的盾牌和从俘虏手中掠得的战利品，由四面八方拥挤而来。他们满载着胜利品，举行了一种凯旋的入城式。

## 克瑞翁的决定

经过这一次胜利的庆祝，他们想着要埋葬他们的死者。因为俄狄浦斯的两个儿子都已战死，所以他们的舅父克瑞翁成为忒拜的国王，同时他也就有责任监督埋葬他的外甥。他即时为保卫城池的厄忒俄克勒斯举行一种庄严的葬礼，如同国王的葬礼一样，人民都列队送葬。但波吕尼刻斯的尸体则被弃置和暴露着。克瑞翁派遣一个使者向全忒拜人宣布，对于他们国家的敌人，那个企图以战火来毁灭这个城，残杀自己的人民，驱逐神祇并奴役所有幸存的人民的敌人，大家不得哀悼他的死，也不能将他安葬；他的尸体应被暴露，由鸟雀和野兽吞食。同时他命令人民小心谨慎地服从他的命令，并派人看守死尸，使人不能将它偷去或埋葬。如有人违反命令，就在城里的大街上用石头将他砸死。

安提戈涅听到这个在她看来是极残酷的命令后，想起自己对于临死的哥哥所作的诺言。怀着沉重的心情，她去找她的妹妹伊斯墨涅，企图劝她帮助移动波吕尼刻斯的尸体。但伊斯墨涅是个软弱而胆小的人，在她的血管中没有一滴英雄的热血。"姐姐哟，"她回答她，眼中饱和着眼泪，"你忘记了我们的父亲和母亲的可怕的死了吗？我们两个哥哥的不幸的毁灭你已经淡忘，因而你要我们这剩下的人也都得到同样的结果吗？"

安提戈涅冷淡地从怯懦的妹妹那里出来。"我不要你的援助，"她说，"我将独自一人埋葬我的哥哥。做完这事之后，我愿意死去，死在他——我一生挚爱的人的旁边。"

不久，一个看守尸体的人飞快地苦着脸来到国王的面前。"你要我们看守的尸体已被人埋葬，"他喊道，"我们不知道是谁做的这件事，并且不论他是谁，他已经逃跑了。我们真不知道为什么这会发生！在白天看守的人告诉我们发生这事情的时候，我们大家都发怔。只有薄薄的一层土盖着尸体，刚足为地府的神祇们所接受，认为这已是一个被埋葬的人。那里没有锄铲和车轮的痕迹。我们互相争论，互相归咎于对方并彼此动武。但最后，国王啊，我们决定将这事情向你报告，而这报信的使命却落在我头上！"

克瑞翁十分愤怒。他威胁所有看守尸体的人，要即时交出罪犯，否则他们就全得被绞死。听到这命令，他们立即将尸体上的泥土扒去，并恢复看守。由日出到正午，他们都在烈日下坐着。这时突然吹起一阵暴风，灰尘弥漫在空中。当看守兵还在思忖这光景的意义时，他们看见一个女郎走来，偷偷地啜泣，如同发现自己的小巢被倾覆了的鸟雀一样。她手中提着一只铜罐，飞快地在铜罐里装满泥土，小心翼翼地走到尸体的附近。她没有看见远远站在高处监视她的人们。因为久未埋葬，尸体的腐臭使看守的人不敢逼近。这时她走到尸体面前，向尸体倾撒泥土三次，以此代替埋葬。看守们立刻走上前去，捉住她。他们拖曳着这个当场被捕的罪犯来见国王。

## 安提戈涅和克瑞翁

克瑞翁即刻认出这是他的外甥女安提戈涅。"蠢孩子啊！"他喊道，"现在你垂头丧气地站在那里！你究竟是忏悔还是否认所被控的罪行呢？"

"我承认！"这女郎一面说一面倔犟地抬起头来。

"你知道我的命令吗？"国王继续审问她，"如果知道，却又这么大胆地明知故犯吗？"

"我知道，"安提戈涅从容坚定地回答，"但这不是永生的神祇所发的命令。而我知道别的一种命令，那不是今天或明天的，而是永久的，谁也不知道它来自何处。无人可以违犯这种命令而不引起神祇的愤怒；也就是这种神圣的命令迫使我不能让我的母亲的死去的儿子暴尸不葬。假使你认为我这种行动愚蠢，那么骂我愚蠢的人才真是愚蠢呢。"

"你以为你的顽强的精神不会被折服吗？"克瑞翁问，并因女郎的反抗而更加愤怒，"越是不曲的钢刀越容易折断。落在别人手中的人就不应该再那么傲慢！"

"充其量你不过是杀死我，"安提戈涅回答，"为什么迟延呢？我的名字不会因被杀而不光荣。而且我知道，国内的人民只是惧怕你才保持沉默。在他们的心中他们都是赞成我的，因为一个妹妹的首要责任就是爱护她的哥哥。"

克瑞翁大声叫道："好哇！假使你必定要爱护他，那么，到地府里去爱护他吧！"他正要吩咐仆人们将她拖下，伊斯墨涅（她已知道姐姐被捕）怒冲冲地冲进宫来。她好像已经摆脱了她的软弱和怯懦，勇敢地走到舅父的面前，宣称她已知道埋葬尸体的事，要求和安提戈涅一起被处死。但她提醒克瑞翁，安提戈涅不单是他的姐姐的女儿，也正是他自己的儿子海蒙的未婚妻，因此如果他杀死她，他便迫使嗣王不能与所爱的人结婚。克瑞翁没有回答，只是命令仆人将她们姐妹都带到内廷里去。

## 海蒙和安提戈涅

　　当克瑞翁看见他的儿子慌忙向他走来，他知道必是他听说关于安提戈涅的判罪，所以出来反抗他的父亲。但海蒙却恭顺地回答他父亲的怀着疑虑的询问，只有在对他的父亲表明他的心迹之后，他才冒昧请求对于他的爱人的怜悯。"你不知道人民正说些什么话，父亲哟！"他说，"你不知道他们正在口出怨言，由于你的严厉的眼色，他们才不敢当面说你所不愿听的话。但这一切我知道得很清楚！我可以告诉你，全城正为安提戈涅的遭遇抱不平；每个公民都认为她的行动是永久值得尊敬的；没有人会相信，一个妹妹不让野狗咬兄长的骨头，不让鸟雀啄他的肉而应该处死。所以，亲爱的父亲，听听民间的舆论吧！防民之口甚于防川。不听他们的话，洪流会溃决的呀。"

　　"这孩子是来教训我吗？"他轻蔑地说，"好像你是在袒护着一个女人，所以来反抗我。"

　　"是的，如果你是一个女人！"这青年热情而激昂地抗议着，"因为我说的这些话都是卫护你的。"

　　"我十分清楚，"他父亲仍然恼怒地回答，"对于罪犯的盲目的爱情将你的精神束缚住了。但是只要她活着你就不能向她求爱。这是我的决定：在最远的远方，没有人迹可到的地方，她得囚禁在一个石头的坟墓里，只给她以必要的粮食，免使杀戮的血污来渎辱忒拜城。在那里她可以向地府的神祇们祈求自由。她会知道，与其听从死人，不如听从活人，但这对于她已是太晚了。"他说着就掉过头去，下令即刻执行他的决定。现在公开地当着忒拜人民，安提戈涅被带到墓地去了。她祈告神祇，呼唤着她希望能够团聚的亲爱的人们，毫不畏惧地走进那作为她的茔墓的岩洞。

　　同时波吕尼刻斯的尸体已渐渐腐烂，但仍然被暴露着。野狗和鸟雀啃食他的尸体并将腐肉带到城里使各处都满是恶臭和污秽。过去曾进谒过俄狄浦斯的年老的预言家忒瑞西阿斯出现在克瑞翁的面前，并从献祭的香烟和飞鸟的言语预告灾祸的来临。他曾听到饥饿的恶鸟的鸣叫，而神坛上的祭品也在熏烟中烧焦了。"这是显然的，神祇对我们很愤怒，"他这样作结论，"因为我们对于俄狄浦斯的被杀的儿子处置不当。啊，国王哟，请不再坚持你的命令。请顾念死者并停止杀戮。荼毒已死的人，这算是什么光荣呢？我说还是收回成命吧！我说这话正是为着你的利益！"

但正如同过去的俄狄浦斯一样，克瑞翁也不听这预言家的劝告。他咒骂他说谎，企图骗取金钱。为此这预言家很愤怒，他无情地当着国王面前揭示未来的事情。"那么，你看吧，"他严厉地说，"除非你为这两个死者牺牲掉一个你的亲骨肉，否则太阳将不会沉落。你犯了两重罪过：既不让死者归于地府，又阻止应该活在光天之下的生者留在世上。快些，我的孩子，引领着我离开这里。让这人凭他的命运去吧，我们不必理他。"说着他拄着杖，由他的引领的人牵着走开。

## 克瑞翁受到惩罚

国王用目光送走这阴沉的预言家，他战栗了。他召集城里的长老们商议现在该如何办。"从石头的墓穴释放安提戈涅，并埋葬波吕尼刻斯，"他们都一致决定。克瑞翁桀骜不驯的性情本不易听信别人的意见，但此时他已失魂落魄。他赞成如忒瑞西阿斯所说去做，因为只有这样可以使他的全家免于毁灭。首先，他自己引导随从们来到波吕尼刻斯暴露尸骨的旷野，然后又来到安提戈涅被囚禁着的山洞。他的妻子欧律狄刻独自一人留在宫廷里。

不久她听见大街上悲号的声音；当嘈杂声越来越大时，她从内室走到前廷。这里她遇到一个使者，这正是引导她丈夫去埋葬她的外甥的尸骨的人。"我们向地府的神祇们祈祷，"他说，"随后我们将尸体举行圣浴，又将这可怜的遗骨焚毁，并用他的故乡的泥土堆成一座坟茔将他埋葬。最后我们去到那囚禁着女郎准备将她饿死的山洞。一个走在前面的仆人远远听到悲痛的哭声从那可怕的岩洞里传出来。他赶回来将这墓穴中的哭声报告国王。克瑞翁虽然只隐约地听见了，但已知道那是他儿子的哭声。他吩咐我们跑去，并从岩缝中偷看。我们看见什么呢？在岩洞的后面吊着安提戈涅，她用面纱扭成套索，吊死在那里。你的儿子海蒙则跪在她面前，抱着她的双膝。他悲恸他的情人并诅咒着使他失去新妇的父亲。现在克瑞翁到达石头墓穴，并从门口进去。'不幸的孩子，'他叫唤海蒙，'你要做什么呢？你的疯狂的眼光预示着什么呢？到我这儿来！我跪着求你！'但海蒙只是在绝望中木然地望着他。他一声不响，只是从剑鞘中拔出宝剑。他的父亲为了回避他的袭击，从岩洞中逃出。海蒙伏剑自杀。当他临死，他伸手拥抱着安提戈涅，将她搂紧。现在他们两人在最后的拥抱里死在墓穴中。"

欧律狄刻沉默地听着。他说完之后，她仍然一言不发。最后她忙着从屋子里出来。当仆人们用枢车抬着国王的唯一的儿子伴随着他回到宫殿时，他得到的报告是欧律狄刻已在内室以短剑自杀，躺在自己的血泊里。

## 忒拜英雄们的埋葬

俄狄浦斯的一家人中，只有死去的两兄弟的两个儿子和安提戈涅的妹妹伊斯墨涅活着。关于伊斯墨涅的事迹，自来很少传说。她没有子女，也没有结婚。她的死结束了这不幸的家族的故事。关于攻打忒拜的七个英雄，只有阿德剌斯托斯幸免于最后一次大会战的追击和屠杀。他乘着海神波塞冬与农业女神得墨忒耳所生的有翼的神马阿里翁飞奔逃脱。他平安地到达雅典，寄住在一所神庙的圣殿，作为一个祈祷者坚守着祭坛。他高举着橄榄枝，请求雅典人帮助他为死在忒拜城外的英雄们举行光荣的葬礼。雅典人答应他的请求，并在忒修斯的领导下伴随他回到这个城池。因此，忒拜人也不得不同意埋葬这些英雄。阿德剌斯托斯为死去的英雄们的尸体堆起七个火葬场，并在阿索波斯河附近举行了一种献祭阿波罗的葬礼仪式。当卡帕纽斯的火葬场熊熊燃烧时，他的妻子欧阿德涅，即伊菲斯的女儿，纵身跳入火中自焚而死。为大地所吞食的安菲阿剌俄斯的尸首无法觅到，这使得国王因不能崇敬自己的老友而感到悲恸。"我丧失了我军中的眼目，"他说，"我丧失了一个大预言家和战场中最勇敢的战士。"

当葬仪完成，阿德剌斯托斯在忒拜城外建立了一座最美丽的神庙献给报应女神涅墨西斯。然后，他和他的雅典的同盟军离开了这个国家。

> 英雄的儿子们为给死去的父辈们报仇，开始新的征讨。安菲阿剌俄斯的儿子阿尔克迈翁成为他们新的领袖。幸运的后辈英雄们在这次战争中取得了胜利。忒拜人失败后，放弃了阵地，在预言家的指示下，弃城而逃。在逃亡过程中，预言家不幸遇难。他的女儿曼托成了太阳神的女祭司，并成就了一代大诗人荷马。

十年以后，攻打忒拜城死难英雄的儿子们决定再作一次征讨，为他们死去的父亲们复仇。他们共有八人，称为厄庇戈诺伊（意即后辈）：即安菲阿剌俄斯的儿子阿尔克迈翁和安菲罗科斯，阿德剌斯托斯的儿子埃癸阿勒俄斯，堤丢斯的儿子狄俄墨得斯，帕耳忒诺派俄斯的儿子普洛玛科斯，卡帕纽斯的儿子斯忒涅罗斯，波吕尼刻斯的儿子忒耳珊得耳和墨喀斯透斯的儿子欧律阿罗斯。年老的国王阿德剌斯托斯是第一次攻打忒拜城还活着的唯一的英雄。他也参加这次的远征，但却不做领袖，因为他要一位年富力强的人来担当这重要的职务。于是英雄的儿子们请求阿波罗赐以神谕为他们选择一个领袖。神谕以为安菲阿剌俄斯的儿子阿尔克迈翁最为适宜。但当大家奉他为领袖时，他却迟疑着，不知在为父亲报仇以前是否可以接受这种光荣。他也请求神谕为他决定如何处理，结果神谕告诉他，两者可以做。

在这以前，他的母亲不仅保有那个使人遭殃的项链，并设法要得到面网——即阿佛洛狄忒的第二件宝物。继承这面网的人波吕尼刻斯的儿子忒耳珊得耳，也以他父亲赠给她项链的同样理由将面网赠给她，即作为一种贿赂，使她促成她的儿子阿尔克迈翁参加这次对忒拜人的战争。为服从神谕，阿尔克迈翁先出任领袖的职务，并拟回来以后再为他的父亲报仇。他率领着一支相当大的军队，因为他不仅召集了阿耳戈斯人，而且许多渴求着机会要表现自己勇敢的武士们都来参加，所以这是一支强大的军队。他们向忒拜城前进。在这里，这些儿子们又围困着十年前父亲们所攻打的城。但新生的一代却很幸运，阿尔克迈翁得到了一次决定性的胜利。这后辈英雄中只有一人阵亡，那是国王阿德剌斯托斯的儿子埃癸阿勒俄斯。他为厄忒俄克勒斯的儿子拉俄达玛斯亲手所杀，而拉俄达玛斯又死在这后辈英雄的领袖阿尔克迈翁手中。忒拜人失去这个领袖和别的战士们，他们就放弃阵地，退保城垣。他们请求盲预言家忒瑞西阿斯指示他们，这预言家还活着，但已是百岁以上的人。他劝他们走唯一可行的路：派遣使臣向阿耳戈斯人乞和，同时弃城而逃。他们如他所说，派遣使臣到敌人的阵营，和他们商量条件，一面用大车载着女人和小孩逃离忒拜城。在黑夜中他们到达玻俄提亚的提尔孚西翁城。盲目的忒瑞西阿斯也和他们一起逃亡，他在城外一冷泉中饮了一大口水，立即死去。但即使在地府中，这睿智的预言家仍然与众不同；他不像别的阴魂那样以空虚无聊的心情漫无目的地到处徘徊。他保持着思考伟大问题和预见凡人所不能知的事物的能力。他的女儿曼托没有和他一道逃跑。她留在后面，为入据空城的征服者所掳获。他们曾经对太阳神阿波罗许愿，要以在城中所获最高贵的胜利品献给他。现在他们认定曼托是最受神祇欢迎的胜利品，因她继承了她父亲的先知的才能。所以这后辈英雄们将她带到得尔福，献给太阳神，作为他的女祭司。在这里她的预言的天才愈来愈完美，她的智慧更加高深，她成了那时代最著名的女预言家。在她所主管的神庙里，人们常常看见一个老年人时来时往。她教给他充满活力、甜美和光辉的诗歌，这些诗歌不久便传遍希腊。这老人便是迈俄尼亚的歌者——荷马。

阿尔克迈翁为给父亲报仇，杀死了自己的母亲，这一举动惹来了复仇女神的迫害。他娶了国王斐勾斯的女儿阿耳西诺厄为妻之后，岳父的王国开始连年遭灾。离开妻儿，他去寻找杀母时地面上还没有出现的国家。在那里，阿尔克迈翁又娶了一个新的妻子，因为隐瞒了真相，阿耳西诺厄的弟弟结果了他的性命。新妻子和两个儿子想尽办法为阿尔克迈翁复仇，他们杀死了斐勾斯一家，并把项链和面网献给了阿波罗神庙。

阿尔克迈翁从忒拜凯旋，他决定实行神谕的第二部分，即为他的父亲报仇。当他发现他的母亲不仅以受贿赂出卖她的丈夫并以受贿赂而欺骗她的儿子时，他对她就更加怨恨了。他不假思索拔剑杀死他的母亲。最后他带着项链和面网离开父母所住的他所厌恶的屋子。虽然神谕要他为他的父亲报仇，但杀害母亲也违反了自然法则，神祇对于这事不会不惩罚的。他们使复仇女神追袭他，使他陷于疯狂。他丧失了理智，流浪到阿耳卡狄亚国王俄依克琉斯那里去，但复仇女神仍然使他不能安宁，所以他被迫继续流浪。最后他逃避到在阿耳卡狄亚的另一个城普索菲斯，这里的国王是斐勾斯。国王为阿尔克迈翁净罪，并使他和他的女儿阿耳西诺厄结婚，因而她又成为那不祥的项链和面网的所有人。阿尔克迈翁的疯病已愈，但灾祸并没有离开他，他所居住的地方因他的缘故遭到大旱。他祈求神谕，得到的回答却不能令人满意。神谕以为他只有去到在他杀害母亲时还没有在地面上出现的国家，他才可以得到安宁。因此他绝望地离开他的妻子和幼小的儿子克吕提俄斯，漫游到远方去。经过长久的漫游以后，他明白神谕的指示，来到阿刻罗俄斯河，发现不久以前才在水中出现的一个岛屿。他住在这里才摆脱了灾祸。

　　但他的得救和幸福只是使他变得傲慢不逊。他忘记了阿耳西诺厄和他的幼子，另与河神阿刻罗俄斯的女儿卡利洛厄结婚，并生了两个儿子阿卡耳南和安福忒洛斯。因为到处传说阿尔克迈翁有着无价的宝物，所以他的妻子要求看一看这灿烂的项链和精致的面网。但当他秘密地离开他的前妻时，这两件宝物却留存在她的手里。他不愿卡利洛厄知道他过去的婚事，所以臆造出一个遥远的地方，假说宝物藏在那里，他可以去将它们取来。因此他又回到普索菲斯的前妻那里。为了给自己的久别找借口，他告诉她和她的父亲，因为疯病发作，失去理智，所以迫使他离开了他们，现在这病还没有复原。"只有一个办法可以使我完全摆脱这个灾难，"他狡猾地说，"有人告诉我，假使我将过去给你的项链和面网带到得尔福去作为一种献神的礼物，就一切都会好转。"斐勾斯和他的女儿相信他的欺骗的谎话，将两件宝物给他。阿尔克迈翁欢喜地带着宝物离开，绝想不到这宝物会使他毁灭，如同它已使别人毁灭一样。他的一个仆人知道这秘密，报告国王说他已第二次结婚，他这次正是将项链和面网带给他新婚的妻子。因此被遗弃的阿耳西诺厄的兄弟们追踪着他，在路上阻击他，使他在毫无防备的情况下被杀。他们将这两件宝物夺回，仍带回给他们的妹妹，并夸耀着他们业已为她复仇。但阿耳西诺厄仍然热爱着阿尔克迈翁，即使知道了他的不义和负心，所以她怨恨她的哥哥们将他杀害。现在这不祥的礼物也将证明它对于阿耳西诺厄一样的发生作用。她的愤怒的哥哥们觉得对于她的忘恩负义即使给以最苛酷的惩罚也不为过。他们将她捉住，锁在一只柜子里，将她带到忒革亚，送给对他们很友好的阿伽珀诺耳国王。在这里她后来得到很悲惨的死亡。

　　同时卡利洛厄知道了她丈夫的不幸的结局，她在悲哀中渴望着要为她的丈夫复仇。她俯伏在地，祈求宙斯降下奇迹，使她的幼小的儿子阿卡耳南和安福忒洛斯突然长大成人，向杀害他们的父亲的敌人报仇。因为她是无罪而虔诚的，所以宙斯接受了她的祈祷。她的儿子，临上床睡觉时还是两个孩子，但第二天醒来已是成人，充满强力和复仇的欲望。他们出发报仇，首先到忒革亚去。他们到达那里时，斐勾斯的儿子们也刚刚带着他们的不幸的妹妹阿耳西诺厄来到，并准备到得尔福去，将阿佛洛狄忒的不祥的宝物献给阿波罗的神坛。当这两个青年向他们冲上去要为被杀死的父亲报仇时，阿革诺耳与普洛诺俄斯还不知道这攻击者是谁。而且在知道原因之前，即已惨死刀下。阿尔克迈翁的两个儿子于是向阿伽珀诺耳为自己的行为辩护，并告诉他过去所发生的一切事情。随后，他们又旅行到阿耳卡狄亚的普索菲斯，并一直进入宫廷，杀死国王斐勾斯和王后。他们逃避追击，安全地到达他们的岛上，并告诉他们的母亲，他们已为父亲复仇。他们听从外祖父阿刻罗俄斯的劝告，出发到得尔福，将项链和面网都献给阿波罗的神坛。当这事完成以后，安菲阿拉俄斯家族所遭逢的不祥才最后终止。他的孙儿，即阿尔克迈翁与卡利洛厄的两个儿子，后来在厄庇洛斯招募移民，建立阿卡耳那尼亚。在父亲被杀以后，阿尔克迈翁与阿耳西诺厄所生的儿子克吕提俄斯也怀恨地离开母亲这边的亲戚们，逃避到厄利斯地方，并居住在那里。

为躲避国王欧律斯透斯的迫害，赫剌克勒斯的子孙们开始了四处流亡的生活。即使是这样，欧律斯透斯依然不依不饶，直到把赫剌克勒斯的后裔们全部杀死为止。雅典国王得摩福翁决心倾其所有来帮助这些逃亡的人。为拯救自己的族人，玛卡里亚不惜牺牲自己年轻的生命。在得摩福翁的帮助下，赫剌克勒斯的儿子许罗斯带领军队打败了敌人，杀死了欧律斯透斯。之后，后裔们离开雅典开始了自己新的生活。按照神谕，他们重新获得了伯罗奔尼撒，将其平分，开始了各自的生活。

## 赫剌克勒斯的后裔来到雅典

当赫剌克勒斯被接纳到天上去，他的侄儿阿耳戈斯的国王欧律斯透斯就不再畏惧他，他转而压迫这半神人英雄的子孙们，他们大部分居住在阿耳戈斯的首都密刻奈，同赫剌克勒斯的母亲阿尔克墨涅在一起。当他们察觉到国王要迫害他们，他们逃避到特剌喀斯，求得国王克宇克斯的保护。但欧律斯透斯要求这弱小的国王交出他们，并以战争相威胁。他们感到在特剌喀斯不安全，又从这里逃出。赫剌克勒斯的一个朋友和亲戚伊娥拉俄斯如同父亲一样照顾他们。在青年时他曾参加赫剌克勒斯的一切冒险，现在他已是白发苍苍的老人，他保护着这故人的子孙，和他们一起漂泊世界各地。他们出发去占领伯罗奔尼撒，这是他们的父亲用武力所征服的地方。

在路途上，欧律斯透斯仍然不断追击他们，于是他们来到

文章开篇交代故事发生的原因，并简要介绍主要人物之间的关系，使于读者理解。

此处对重要人物伊娥拉俄斯作了描述，为之后故事的发展埋下了伏笔。

雅典。这时雅典的统治者是忒修斯的儿子得摩福翁，他刚刚驱逐篡位的墨涅斯透斯重新取得王位。赫剌克勒斯的子孙们到达雅典之后，就一直走到市场并伏在宙斯的圣坛前面，祈求雅典人的保护。他们刚住下不久，国王欧律斯透斯派遣的一个使者也来到了，他挑衅地指责伊娥拉俄斯，十分蔑视地对他说："你想着你们在此很安全，这城里的人将是你们的盟友！愚蠢的伊娥拉俄斯啊！你想想会有人放弃强大的欧律斯透斯而和你这样一个弱者联盟吗？快些和你所保护着的人们一起离开，回到阿耳戈斯去。在那里你将得到公平的裁判——用乱石头将你打死！"

伊娥拉俄斯镇定地回答他："你所说的，我做不到。因我知道住在圣坛这里可以得到保护，不仅不怕像你这样无价值的人，也不怕你的主人的强大的军队。我们来到的这土地是一块自由的土地！"

"那么，你要知道，"这个名叫科普柔斯的使者继续说，"我并非独自一人来到此地。还有更多的人随后即来，从这个你们以为很安全的城池将你们抢走。"

当赫剌克勒斯的子孙们听到这话，他们悲哀地哭泣起来。但伊娥拉俄斯大声地对雅典人民演说，"雅典的公民！"他说，"请不要让宙斯所保护的人被人用武力劫走，也不要让我们求神者头上所戴的花冠被人亵渎，因为这会是对你们的神祇的侮辱，也是你们城中的羞耻！"

由于他这样呼号求助，雅典人从四面八方拥来，这时他们才看见这一小队流亡的人拥挤在神坛的周围。"这高贵的老人是谁呢？这些有着飘拂的长发的美丽的孩子们又是谁呢？"成百的人这样询问着。当他们知道这些寻求他们保护的人是赫剌克勒斯的后裔时，他们不单是同情，而且肃然起敬。他们吩咐正要拖走这些孩子们的这个使者放下他们，并要他依照手续先向这里的国王陈述他的要求。

"这里的国王是谁呀?"科普柔斯问道,由于那些雅典人的坚定高傲的态度而颇为难堪。

"他是一个你必须服从他的裁判的人,"他们回答,"不朽的忒修斯的儿子得摩福翁便是我们的国王。"

## 得摩福翁

使者科普柔斯说话的语气蛮横无理,衬托了得摩福翁的容忍和聪明。

不久,在宫廷里的国王听到了关于市场上的流亡者,一支外国的军队和一个使者要求交出这些哀求者的消息。他亲自到市场上并从使者自己的嘴里听到欧律斯透斯的要求。"我是一个阿耳戈斯人,"科普柔斯告诉他,"我想带回去的也是阿耳戈斯人,因此这是在我们国王的权限之内的。你不应这么无理,啊,忒修斯的儿子哟,你不应成为全希腊人中同情这些流亡者的唯一的人,并为他们的缘故引起与欧律斯透斯及其许多强大的同盟军的战争。"

得摩福翁是聪明而能容忍的。对于这个使者的不逊的谈话他只是回答:"在听到双方的理由之前,我如何能决定谁是谁非呢?老人,你是这几个孩子的保护人,现在说说你自己的理由吧。"

伊娥拉俄斯再一次强调了雅典城崇尚自由的特点,并借机说服得摩福翁能够念及旧情,坚定地保护赫剌克勒斯的后裔们。

伊娥拉俄斯听到得摩福翁的话,就从神坛的石阶上站起来,向国王鞠躬致敬并回答他:"现在我知道我真是在一座自由的城里了,因为在这里一个人可以为他自己辩护,并有倾听他说话的人。在别的地方,他们只是驱逐我和我所保护的人,并不许可我们开口说话。我们的不幸的真正原因是:欧律斯透斯逼迫着我们逃出阿耳戈斯。在他的国内我们不能有一刻的停留。当他剥夺我们的一切人民的权利,他如何能说我们是他的人民,并要求我们如阿耳戈斯人一样地服从他的法令呢?假使他所说的话是真的,那么一个逃离阿耳戈斯的人也就会自绝于全希腊了!但感谢神祇,幸而雅典不是这样!

住在这光荣的城里面的人们都不愿从他们的土地赶走赫剌克勒斯的子孙。你啊，国王哟，你也绝不会容许一个哀求的人被人用武力从神坛这里抢走。我的孩子们，放心吧！你们现在已是在一个自由的国度，而且也是和你们的亲属在一起。你啊，国王哟，要知道你不是在庇护外乡人。你的父亲忒修斯和这些孩子们的父亲赫剌克勒斯都是珀罗普斯的孙子。他们两人之间更有着一种比亲属更坚固的联系，他们两人是战友。赫剌克勒斯曾经从地府里释放你的父亲。"

伊娥拉俄斯一面说着，一面跪下去抱着国王的双膝，拉着他的手，抚摩他的下颌。国王将他从地上扶起来，并对他说："有三个理由我要保护你。第一是宙斯和这神坛；第二是你所保护的人和我的关系；第三是赫剌克勒斯对于我父亲的恩惠我应当报答。假使我让你被人从这神圣的地方带走，这国土便不是自由的国土，不是遵循道义和尊敬神祇的国土。"然后他转身对着科普柔斯。"使者，"他命令他，"即刻回到密刻奈去，并将我的话告诉你们的国王。"

通过国王得摩福翁列出的三条理由，表达了得摩福翁保护赫剌克勒斯后裔的决心。

"我去，"科普柔斯说，并威胁地挥着手中的行杖，"但我会再来，带着阿耳戈斯的军队再来。有一万个武装的士兵正等待着国王的信号。他会亲自指挥他们。真的，他已经到达你的边境。"

"见你的鬼！"得摩福翁鄙夷地说，"我不怕你，也不怕你们所有的阿耳戈斯人。"

鄙夷（bǐyí）：鄙视。

使者退去，于是赫剌克勒斯的孩子们，一小队强壮而美丽的青年，快乐地从神坛台阶上跳起来，将他们的手放在他们的亲戚即国王的手里，并欢呼他为他们的救护者。伊娥拉俄斯又替他们讲话，并感谢得摩福翁和雅典人。"假使我们还可以回到我们的家里，"他说，"假使赫剌克勒斯的孩子们还可以再住到他们父亲的屋子里，他们将永不会忘记他们的朋友们，他们的救护者。他们永远不与这个款待他们的城作战，并永远怀着最大的诚意以它为宝贵的同盟军。"

现在得摩福翁准备对付新的敌人的进攻。他召集他的预言家们，吩咐他们作庄严的献祭。他请伊娥拉俄斯和他所监护的人们作他的宫廷的贵宾，但老人宣称他不愿离开宙斯的神坛，并愿留在那里为雅典城祈祷幸福。他说："除非由于神祇的保佑你们得到了胜利，我们的疲乏的肢体不愿意在你们的屋顶下面休息。"

同时国王爬到宫殿中最高的望楼上，观测已经到达的敌人的实力。他召集他们的队伍，命令他们保卫城池，并和预言家们商议。当伊娥拉俄斯和他所监护的人们正在向神祇至诚地祈祷，得摩福翁疾步向他们走来，脸上充满愁容。"怎么办呢，我的朋友们？"他呼唤着他们，表情很痛苦，"那是真的，我的队伍准备迎接敌人，但所有我的预言家都断言如果我要击败阿耳戈斯人必须有一个条件，而这是我不能实行的！听听神谕怎么说的：'你不用宰杀母牛或公牛，只要牺牲一个出身高贵的女郎，然后你和你的城池才有希望得到胜利！'这怎么能呢？我自己有一个女儿，年轻美丽如同花朵一样。当父亲的人谁会愿意牺牲这样的一个女儿？生有女儿的雅典的高贵公民，谁又愿意将女儿交出来呢，即使我大胆向他们要求？假使我这么做，那么在和外敌作战的时候我便得同时从事内战。"

赫剌克勒斯的孩子们听到他们的保护者的迟疑和恐惧，他们的心情很沉重。"伤心哪！"伊娥拉俄斯叫起来，"我们好像沉了船的水手，原来想着已经到达海岸，却又被狂暴的风雨吹回大海里去。为什么我们要以无益的希望和梦想来欺骗自己呢？我们完了！得摩福翁将不顾我们，而我们又如何能责备他呢？"但突然他的眼中闪烁出一种希望的光辉。"你知道吗？啊国王哟，神灵给我什么样的鼓舞？怎样才能救出我们全体呢？但愿你能帮助我们完成这件事！以我替代赫剌克

---

（侧注）

牺牲一个出身高贵的女人的神谕让得摩福翁感到为难，出于自身的考虑，他真的无法让自己疼爱的女儿去送死，可是如果不作出牺牲，他们便无法打败阿耳戈斯人，矛盾出现。

为保护赫剌克勒斯的孩子们，伊娥拉俄斯宁愿牺牲自己的生命，从而体现了他的责任感和无私。

勒斯的孩子们，送给欧律斯透斯！能够强迫我，一个伟大英雄的永久伴侣死于屈辱，他必然欢喜。且我已是衰老的人，我愿意为这些青年牺牲我自己的生命。"

"你作了一种崇高的贡献，"得摩福翁悲愁地说，"但这于事无补。你以为欧律斯透斯杀死一个老人就会满足吗？不，他的要求乃是杀死赫剌克勒斯的年轻而美丽的孩子们，使他从此绝后。请说说你的别的意见。你现在的这个提议是无用的。"

## 玛卡里亚

这时候，喧嚷和悲叹不单是从赫剌克勒斯的子孙们，也一样地从市场上集合的公民们中发出，声音这样响，一直传到了国王的宫殿。在逃亡者到后不久，赫剌克勒斯的年老衰弱的母亲阿尔克墨涅和得伊阿尼拉为他所生的美丽的女儿玛卡里亚被带到宫里，隐藏着不让外人看见，现在她们正在等待行将到来的一切。阿尔克墨涅衰老而聋聩，不知道她周围的世界发生什么事情。但她的孙女儿留心听着从城市中心传来的悲叹的声音，她这般想念她的兄弟们，以致忘记自己是一个在深闺长大的女郎，忘记自己没有人陪伴，独自一人来到市场上，径直走到人丛中。看到她走来，不单是得摩福翁和雅典人，甚至于伊娥拉俄斯和他所监护的人都大吃一惊。

她在人丛中蹀躞着，听说了威胁着雅典和赫剌克勒斯家属的危机，和看来难以获得愉快结局的不祥的神谕。她用坚定的步履走到国王的面前。"把我作为一个祭品，"她说，"这个祭品可以保障你得到胜利，并可从暴君的愤怒中救出我的可怜的兄弟们。神谕告诉你要杀戮一个出身高贵的女子。你忘记了高贵门第的赫剌克勒斯的女儿住在你的宫廷里吗？我自愿牺牲，这一定使神祇更欢喜，因为这是我自己愿意。假

聋聩：耳聋；聋子，比喻愚昧无知或愚昧无知者。

蹀躞(diéxiè)：小步走路；往来徘徊。

杀戮(lù)：戮，杀；大量地杀死或伤害。

使雅典城这么好义，为赫剌克勒斯的家属不惜从事战争并献出它的成百上千的儿女，那么为什么赫剌克勒斯的子孙们不应当有一人为保证这些高贵的人们得到胜利而牺牲自己的生命？如果我们之中竟没有一人这样想，我们便不值得保护，不值得救济。所以，带我到我可以献身的地方去吧。用花冠装饰我，如同你们装饰一只准备献祭的母羊或牛犊一样。操刀吧，因为我很欢喜我能献出我的生命。"

这女郎说出最后的激昂的话以后，伊娥拉俄斯以及和他在一起的人都沉默了许久。最后这家属的监护人说："玛卡里亚，你已证明你配做你父亲的女儿。我赞颂你的勇敢，虽然同时我也悲悼你的命运。但在我看来，似乎应该由所有赫剌克勒斯的女儿们一起来拈阄决定谁应当为她的兄弟而牺牲。"

"我不愿拈阄去死，"玛卡里亚说，"别再踌躇，否则敌人攻上来，神谕也成为徒然。吩咐城里的女人们随着我来吧，因我不愿我的死让男子们的眼睛看见。"

如此，由雅典的高贵的女人们护送着，玛卡里亚自愿地、坚定而快乐地走向死亡。

# 战　争

国王和雅典公民十分崇敬地望着她走去，伊娥拉俄斯和她的兄弟们，赫剌克勒斯的家属，则悲哀而痛苦地低垂着眼皮。但命运不让他们长久悲哀和感伤，因为当玛卡里亚的影子刚一消失，一个使者就飞快地向着神坛跑来，面上带着吉利的光彩，快乐地大声喊叫："向你们致敬，啊，赫剌克勒斯的儿子们！但告诉我，伊娥拉俄斯在哪里？我正带给他快乐的消息。"伊娥拉俄斯从神坛站起来，但悲愁的痕迹一时尚未消失，因此使者询问他悲愁的原因。

---

一直被保护着的玛卡里亚不愿意看到兄弟们遭到不测，她决定把自己作为祭品，保障国王取得胜利，从而救出自己的兄弟。

踌躇(chóuchú)：犹豫，迟疑不决；从容自得的样子。

在伊娥拉俄斯愁眉不展的时候，许罗斯的老仆人带来的消息让众人感到振奋，许罗斯率领的强大军队无疑是这场战争能够取得胜利的关键因素。

"我为我所爱的人们而烦恼,"老人说,"别再问下去吧,只是告诉我你所说的快乐的消息。"

"你不认识我吗?"这使者问,"你不知道赫剌克勒斯和得伊阿尼拉的儿子,许罗斯的老仆人吗?你应当想得起来,我的主人和你在漂泊的旅途上分手,为着你和他自己去寻求同盟军。现在,正是千钧一发的时候,他带着一支强大的军队来到,并已面对着国王欧律斯透斯的军队扎下营帐。"

一阵由于兴奋而产生的骚动即刻从神坛周围的人丛传遍雅典所有的公民们。这消息甚至使年老的阿尔克墨涅从宫闱中走出来了。白发苍苍的伊娥拉俄斯自己也披上盔甲,叫人们给他送来武器。他将赫剌克勒斯的幼小的孩子们和年老的老祖母交托留在雅典城里的长老们代为照顾。他自己和国王得摩福翁及青年们出发参加许罗斯的队伍。

同盟军列队出阵,旷野中一望无际地闪烁着盔甲的光辉,这时在距欧律斯透斯(他站在无边的武装队伍的前头)的军队仅一投石的距离处,赫剌克勒斯的儿子许罗斯从战车上走下,站在两军阵前的狭道上呼唤阿耳戈斯国王:"欧律斯透斯国王哟!在我们流血之先,在两支强大军队为少数的几个人而作战并互以毁灭威胁之先,请听着我的提议!让我们两人单独作战来决定胜负。假使我失败在你的手里,请即带走赫剌克勒斯的儿子,即我所有的兄弟们,并一切听凭你处置。假使我击败你,那么让我父亲的主权,他的王宫和他在伯罗奔尼撒的统治,仍然归于我和我的家属。"

同盟军都大声欢呼表示赞成这种提议,阿耳戈斯人也暗暗表示赞同。但是欧律斯透斯很久以来就以怯懦著名现在又一次表现出贪生怕死,他断然反对这种提议,不愿离开他的军队。因此许罗斯又回到自己的队伍,预言家们又作祀神的祭献,即刻战争的号角吹奏起来。

千钧一发:千钧,三十斤为一钧,千钧即三万斤。常用来形容器物之重或力量之大。比喻情况万分危急。

宫闱:宫廷。

此处的描写把许罗斯的坦荡正义与国王欧律斯透斯的怯懦都表现得淋漓尽致。

怯懦(qiènuò):懦弱;胆小怕事。

　　"公民们！"得摩福翁号召他的人民，"记住，你们是为你们的家庭，为你们生于斯长于斯并受到它的保护的城而作战！"

　　在那一边，欧律斯透斯要求他的队伍不要羞辱阿耳戈斯和密刻奈，要更增加国家的光荣。现在堤瑞尼亚人的喇叭高声吹奏，盾与盾冲击，战车与战车对阵，飞矛投射着，宝剑叮当，其中还夹着受伤的人的呻吟。有一瞬间情况很可怕，在阿耳戈斯人长枪的攻击下，赫剌克勒斯家属的同盟军被迫后退，几乎被他们突破阵线。紧接着他们就展开反击，如狂涛一样地拥上前去，击退敌人。经过很长的时间，战争的结果未见分晓。最后阿耳戈斯人阵脚混乱，武装的步队和战车都向后奔逃。这时高龄的伊娥拉俄斯突然渴望以最后一次勇敢的作为来创造他的晚年的光荣。当许罗斯追击逃亡的敌人驾着战车从他的身旁驰过时，他向这青年的英雄伸出右手，要求跳上战车替代他的位置。许罗斯因尊敬父亲的老朋友和他的兄弟们的保护人，所以将自己的位置让给了他。

　　老年人的双手要控制四马拖曳着的战车的飞奔是不容易的。但他仍然向前奔逐。当他到达雅典娜的神庙时，他看见欧律斯透斯的战车正风尘滚滚，在他前面奔逃。于是他奋然向青春女神赫柏祈祷，祈求在这一天赐给他青年人的气力，使他可以向赫剌克勒斯的敌人复仇。接着一种奇迹出现：两颗大星从天上缓缓下降，落在马鞍子上，即刻一阵浓雾包蔽着整个的战车。但随即雾和星都消失了，伊娥拉俄斯挺立在战车上，强健而年轻。他有着粗壮的手臂，两手坚定地紧握着四马的缰绳。他向前飞奔，追上了已经越过斯喀洛尼亚山岩并正要进入阿耳戈斯人以为是很安全的大峡谷的欧律斯透斯。欧律斯透斯不认识这追者，返身应战。伊娥拉俄斯因为有神祇所赋予的青年的强力，所以获得胜利，将他从战车上打落，活捉住他，绑在自己的战车上，作为第一个战利品，向着自己的同盟军驰回。

伊娥拉俄斯宝刀未老，在杀敌时勇往直前，并在青春女神的帮助下生擒欧律斯透斯。此处生动地描述了战斗的激烈和壮观，让读者有身临其境之感。

这时胜利之局已定，阿耳戈斯人因失去领袖，散乱地四处逃窜。所有欧律斯透斯的儿子们和别的数不清的战士都已被杀，很快就没有一个敌人残留在阿提刻的土地上。

## 欧律斯透斯和阿尔克墨涅

凯旋的战士进入雅典，伊娥拉俄斯又变回一个衰迈的老人。他将一个尚武民族的可耻的侵略者捆绑着手脚带到赫剌克勒斯的母亲的面前。

"那是你吗，可恨的欧律斯透斯？"这年老的女人庆幸地叫道，"神祇的报应终于降临到你身上了吗？别低垂着头看着地，正视你的敌人哪！这正是你，多少年来你用艰难的工作和侮辱折磨着我的儿子。你叫他去打杀毒蛇猛兽，希望他死于非命。那也是你，你使他走到黑暗的地府，以为他再也不会回到人间。然后，你用各种毒计，用各种权力来迫害我——他的母亲，迫害他的孩子们，从一个地方到另一个地方，想将我们逐出希腊，并想从供我们避难的神坛劫走我们。但你碰到并不惧怕你的强权的人们！你来到自由的城池！现在你必得一死，但如果你马上死了，还应该自己庆幸，因为你所犯的罪孽实在是死有余辜的。"

欧律斯透斯表现出在一个女人的面前并不畏惧。他振作起精神，假装镇静地说："你不要指望听到我的哀告。我并不反对死亡，但让我说一句话为我自己辩护：并不是我主动地将赫剌克勒斯看作一个敌人。那是女神赫拉吩咐我要我永远迫害他的。但是当我一经和这个巨人，这个半神为敌之后（虽然这是违反我的愿望的），我就不得不尽可能逃避这个英雄的愤怒！即使在他死后，我也得被迫去追击他的子孙，这些正在成长的敌人，这些将为他们的父亲复仇的人！现在听凭你处置吧。我并不求死，但死也不至于使我悲痛。"

赫剌克勒斯母亲的这番话讲出了欧律斯透斯对其家人的迫害，字里行间透着对他的愤恨和恼怒。

原来欧律斯透斯对赫剌克勒斯家族的迫害事出有因，他是受女神赫拉的嘱托才这么做的。

欧律斯透斯说着，显得在死亡面前仍然很镇静。许罗斯自己替这个俘虏辩护，雅典公民们也要求照着这城池的宽大的习俗，对于击败的敌人表示怜悯。但阿尔克墨涅不肯和解。因为她不能忘记她的不朽的儿子曾经被迫做这残暴的君主的奴隶。她也想起她的可爱的孙女儿的死，后者伴随着她来到雅典，但由于要击败欧律斯透斯和他的优势的大军，所以她自愿牺牲自己。她生动地描绘她和她的孙儿们可能遭遇的命运，假如欧律斯透斯是作为一个胜利者而不是一个俘虏站在她的面前的话。"不，要他死！"她大声喊道，"不许任何人饶恕这个我所仇恨的恶人。"

赫剌克勒斯母亲对欧律斯透斯已经恨之入骨，任凭谁也无法改变她想要他死的决心。

最后欧律斯透斯转身向着所有的雅典人，他说："我的死不会带给你们以不幸。你们已经这么慈悲地为我祈求。假使你们为我在雅典娜的神庙旁边，在我所被追击的地方，为我作光荣的埋葬，并将我的坟墓也安置在那里，我便将作为一个感谢你们的礼遇的宾客保护你们的土地，使任何敌人不能越过你们的边界。你们必须知道，终有一天你们所保护的这些青年人和孩子们的子孙，必会持戈攻击你们，以恶意来报答你们对于他们的祖先的好意。那时，我这个赫剌克勒斯的世代的仇人，将是你们的救护者。"说完这些话，他从容就死。他的死总算比他的生还光荣。

欧律斯透斯还算有良心，愿意在死后保护雅典人，以此报答雅典人在赫剌克勒斯母亲面前为其求情。

## 许罗斯和他的子孙

赫剌克勒斯的孩子们发誓对得摩福翁永久感谢，并由他们的哥哥许罗斯、他们的朋友伊娥拉俄斯率领着离开雅典。现在他们发现各方面都是同盟军，他们旅行到原是属于他们的父亲的伯罗奔尼撒。有一整年他们逐城逐镇地争战着，直到除阿耳戈斯人以外其他的人都被征服了。就在这时，这半岛遭受了一种可怕的瘟疫，无法治愈。最后，一个神谕启示赫剌克勒斯的子孙们说，这种灾祸的原因是他们在规定的时间以前归来了。所以他们又离开他们以武力征服的伯罗奔尼撒，仍然流亡到阿提刻去。他们住在这里的马拉松平原上。同时许罗斯完成了他父亲的愿望，娶美丽的伊娥勒为妻，这是赫剌克勒斯过去曾向她求过婚的。现在许罗斯不断地想着怎样可以重新获得他的遗产。最后他祈求得尔福的神谕，得到这样的回答："第三次庄稼收获时你们可以胜利归国。"许罗斯单纯地理解这意义，以为他应等候到第三年田野秋收的时候。所以当第三年的盛夏过去，他又侵入伯罗奔尼撒。

在欧律斯透斯死后，坦塔罗斯的孙子、珀罗普斯的儿子阿特柔斯成为密刻奈的国王。当他知道许罗斯侵入，他的军队与忒革亚城和别的城镇联合在一起，出去迎击赫剌克勒斯的儿子们。在科任科斯地峡两军相遇。许罗斯总想着要使希腊免受战争的破坏，他仍然要求个人单独对阵。他向敌人队伍中任何愿意和他对敌的个人挑战，并确信着他是应验神谕而来，当可以得到神祇的保佑。所以他提出这个条件：假使他得胜，欧律斯透斯的王国便归赫剌克勒斯的子孙统治；假使他失败，赫剌克勒斯的子孙们在五十年以内不得进入伯罗奔尼撒。

当这话传到敌人的营帐，忒革亚国王厄刻摩斯，正当盛年的一个战士，立即接受他的挑战。双方都以极大的勇敢和机敏斗争，但许罗斯被击败了。即使在临死时，他仍然念念不忘那个引他进入战争的暧昧的神谕。赫剌克勒斯的子孙们遵守条约，停止作战，仍退回阿提刻，居住在马拉松附近。一直过了许多年，赫剌克勒斯的子孙们从未失约。他们从未企图夺回他们的遗产。同时许罗斯的儿子克勒俄代俄斯已经度过五十岁。和平条约所规定的年限已满，他可以不受约束。这时已是特洛伊战争结束之后三十年，他和赫剌克勒斯的别

神谕让许罗斯困惑不解，错误的理解使得他和他的子孙们吃尽了苦头。

暧昧（àimèi）：（态度、用意）含糊；（行为）不光明；不可告人。

赫剌克勒斯的子孙们始终遵守着五十年不进入伯罗奔尼撒的承诺，可见他们是信守承诺的人。

的子孙们侵入伯罗奔尼撒。但他也是如同他父亲一样的不幸，在战斗中牺牲，所有他的人也和他一起毁灭。二十年后，他的儿子，即许罗斯的孙子、赫剌克勒斯的重孙阿里斯托玛科斯，再作侵略的尝试。这时俄瑞斯忒斯的儿子提萨墨诺斯正统治着伯罗奔尼撒。阿里斯托玛科斯也被一种神谕的隐晦的言语引入迷途。这神谕说："神祇保佑你们从狭窄的小道获得胜利。"所以他从地峡侵入，结果被击退，并如同早先他的父亲和他的祖父一样牺牲了生命。

隐晦(huì)：(意思)模糊，不明显。

再三十年后，即特洛伊战后八十年，阿里斯托玛科斯的三个儿子忒墨诺斯、克瑞斯丰忒斯、阿里斯托得摩斯又出发去夺取他们应得的遗产。虽然神谕在作弄他们，但他们仍坚强地虔信着神祇，所以又到得尔福去询问女祭司关于他们的事业的后果。但她给予他们的两个回答和他们祖先过去所得到的回答一字不差，即"第三次庄稼收获时你们可以胜利归回"和"神祇保佑你们从狭窄的小道获得胜利"。

三个儿子中年长的忒墨诺斯悲哀地说："我们的父亲、祖父、曾祖父遵从这神谕，但都遭到了失败！"最后神祇怜悯这三个人，由女祭司的口，为他们解释这神谕的意义。

女祭司指出祖先们的错误，并为阿里斯托玛科斯的三个儿子仔细解释了神谕的真实意义，为他们以后的努力指明了方向。

"你们的祖先们的不幸是自取的，"她说，"他们不明白神祇的智慧的言语。神祇所说的第三次庄稼收获，乃是你们种族的种子的第三次收获。第一次是克勒俄代俄斯，第二次是阿里斯托玛科斯，第三次，即被许可得到胜利的，乃是你们三弟兄。至于所谓'狭窄的小道'也被不幸死去的人误解。神祇的意思不是指地峡，乃是相反的一条小道，即科任科斯海峡！现在你们明白神谕的意义了吧，你们可以出发去从事你们的事业，祝你们在神的照顾下一帆风顺。"

忒墨诺斯听到这话恍然大悟。他立即和他的两个兄弟

武装一支强大的军队并在罗克里斯建造战船。后来为纪念
这事，这地方遂命名为瑙帕克托斯，即船厂的意思。但这
次的远征，即使是在前途很有希望的情况下举行的，也还
是经过艰难困苦，使赫剌克勒斯的子孙付出了多少心血和
眼泪。当军队集合的时候，兄弟中最年轻的阿里斯托得摩
斯被雷电殛毙。他的妻子阿耳癸亚，即波吕尼刻斯的重孙
女成为寡妇，他的双生的儿子欧律斯忒涅斯和普洛克勒斯
成为孤儿。当阿里斯托得摩斯已被安葬，舰队即将离开罗
克里斯之际，有一个受神意鼓舞并说着神谕的预言家突然
出现。但赫剌克勒斯的子孙们以为他是一个巫师，是伯罗
奔尼撒人派遣来破坏他们军队的侦探。他们怀着疑虑并苛
刻地迫害他，最后赫剌克勒斯的重孙即费拉斯的儿子希波
忒斯，用标枪投中这个老人，老人即刻死去。这事激起神
祇们对于赫剌克勒斯子孙们的愤怒。一阵暴风雨粉碎了他
们的船只并使他们沉溺在海里。他们的陆上的军队也遭到
饥荒，不久也全部瓦解。

关于这种失败，忒墨诺斯也祈问神谕。神谕的回答是：
"因为你们杀死预言家，所以使你们遭到不幸。你们必须将凶
手从国内放逐十年，并使三只眼睛的人指挥军队。"神谕的第
一部分很快就实行了，希波忒斯即刻离开军队，被从国内放
逐。但神谕的第二部分却使赫剌克勒斯的子孙们濒于绝望。
因为他们在什么地方、又怎么能够找到三只眼睛的人呢？但
他们仍旧毫不倦怠地寻觅这样的人，他们是这样的虔信着神
祇啊！最后他们偶然遇到俄克绪罗斯，他是埃托利亚王族的
人，是海蒙的儿子和俄纽斯的后裔。恰好在赫剌克勒斯的子
孙进攻伯罗奔尼撒的时候，俄克绪罗斯因为犯了杀人罪，被
迫离开埃托利亚的故土，逃到伯罗奔尼撒的厄利斯。现在一
年已过，他正骑着小驴子回归故乡，路上遇到赫剌克勒斯的

殛(jí)毙:杀死。

按照神谕，赫
剌克勒斯的子
孙们让俄克绪
罗斯成为他们
的首领，经过
战斗之后，最
终夺回了伯罗
奔尼撒。

子孙们。俄克绪罗斯只有一只眼睛，另一只眼睛则在儿时为箭射瞎，他的小驴子给他代步，人兽合计共有三只眼睛。赫剌克勒斯的子孙们发现这奇特的神谕已经应验，因而推选俄克绪罗斯为他们的领袖。这样，命运女神所安排的条件都已得到满足。他们以新的生力军和一只新的舰队攻击敌人，杀死伯罗奔尼撒的军事领袖提萨墨诺斯。

## 赫剌克勒斯的子孙瓜分伯罗奔尼撒

这样一来，赫剌克勒斯的子孙就完全征服了伯罗奔尼撒，这时他们建立了三个神坛献给他们的父系祖先宙斯，并举行献祭。然后他们开始拈阄瓜分城池。首先要分的一个城池是阿耳戈斯，其次是拉刻代蒙，最后是墨塞涅。他们同意将阄投进一个装满清水的罐子，并且由每人将自己的名字写在阄上。忒墨诺斯和阿里斯托得摩斯的双生子欧律斯忒涅斯和普洛克勒斯将两个有标记的石子投入水中，但狡猾的克瑞斯丰忒斯因渴望得到墨塞涅，却投下一块土，即时溶解在水里。现在他们决定谁的石子最先拈出就得到阿耳戈斯，结果拈出写着忒墨诺斯名字的石子。其次拈拉刻代蒙，拈出的是阿里斯托得摩斯的双生儿子的名字。剩下的第三个城就用不着拈了，所以克瑞斯丰忒斯得到墨塞涅。

于是他们和他们的从人们都各自走向三个神坛对神祇献祭，神祇分别给他们奇异的兆示。每一批人都在他们的神坛上面发现一种动物，而三种动物又各不相同。拈阄得到阿耳戈斯的人发现一只蟾蜍；得到拉刻代蒙的人发现一条蛇；得到墨塞涅的人所发现的则是一只狐狸。他们沉思着这些兆示，并请当地的一个预言家为他们解释。"得到蟾蜍的人，"他说，"最好留在城中住宅里，因为蟾蜍容易受伤，它的外出得不到

为得到墨塞涅，克瑞斯丰忒斯心生一计，用土代替石子拈阄，并最终实现了自己的愿望。

三种不同的动物代表不同的预兆，同时也成为三种人的标记。

保护。在他们的神坛上盘着毒蛇的那些人将是最大的侵略家，不必畏惧越过自己的疆界。看见狐狸的人最好是攻或守都尽力避免，他们要随机应变才可以得到安全。"

这三种动物后来都成为阿耳戈斯人、斯巴达人、墨塞涅人的盾牌上的标记。赫剌克勒斯的子孙们又想到独眼的俄克绪罗斯，送给他厄利斯王国，作为对于他的援助的报答。在伯罗奔尼撒全境，只有阿耳卡狄亚的山地是唯一没有被赫剌克勒斯的子孙们征服的地方。斯巴达是建立在半岛上的三个王国中唯一支持得较久的一个王国。在阿耳戈斯，忒墨诺斯将他所挚爱的女儿许耳涅托嫁给赫剌克勒斯的一个重孙子得伊福涅斯，一切要政都和女婿商决而行。最后谣传说他要将他的王位传给许耳涅托夫妇。这使他的儿子们很伤心，因此他们阴谋反抗他，并将他杀死。阿耳戈斯人固然仍奉国王的长子为王，但他们因爱护平等和自由超于一切，所以他们限制国王的权力，使他和他的子孙们只不过保留着国王的虚名而已。

*有争权夺利的地方，就有杀戮，哪怕是父子之间，也逃脱不了互相残杀的命运。*

## 墨洛珀和埃皮托斯

墨塞涅国王克瑞斯丰忒斯比他的哥哥忒墨诺斯并不见得更幸福些。他娶阿耳卡狄亚国王库普塞罗斯的女儿墨洛珀为妻，她为他生了许多孩子。这些孩子当中最小的是埃皮托斯。克瑞斯丰忒斯曾为自己和他的孩子们建了一座壮丽的宫殿。但是他在这座豪华的宫殿里并没有享多久福。因为他爱护普通人民，无论何时何地，他都照顾他们。这激怒了国内的富人们，他们将他和他的儿子们都杀死，只剩下最小的埃皮托斯，由母亲藏匿着将他送到阿耳卡狄亚她的父亲库普塞罗斯那里。同时赫剌克勒斯的另一个后裔波吕丰忒斯，夺取了墨塞涅的王位，并强娶被杀的国王的寡妻。当他听说王位的一个合法的嗣子仍然活着，他就悬重赏购买他的头颅。但没有人想得到这种重赏，即使想也不可能，因为大家都没有确切的依据，没有一个人知道嗣子究竟藏在哪里，只不过隐隐约约地有这么一种传说而已。

埃皮托斯长大成人之后，他秘密地离开外祖父的宫廷，不告诉任何人他的目的，一个人出发到墨塞涅去。在这里他听说国王悬重赏购买他的头颅。他鼓着勇气走到国王波吕丰忒斯的宫廷，在那里甚至连他的母亲也不认识他，他当着王后墨洛珀的面对国王说："啊，国王哟，我来告诉你，我想获得你购买威胁着你的王位的克瑞斯丰忒斯的儿子的重赏。我对他如同对我自己一样地熟识，我愿将他交到你的手里。"

他的母亲听到这话吓得面无人色。她即刻派人去请一个老年的忠实的仆人，他曾经帮助过她营救埃皮托斯，因为畏惧新国王，如今居住在离宫廷很远的地方。她秘密地派他到阿耳卡狄亚去保护她的儿子，或带他到墨塞涅来率领憎恨暴虐统治的人民反抗波吕丰忒斯，并继承父亲的王位。

当这老仆人来到阿耳卡狄亚，他看出国王库普塞罗斯和整个宫廷都在混乱和苦恼之中，因埃皮托斯已经失踪，无人知道他出了什么事。这仆人焦虑地赶回墨塞涅，告诉王后所发生的一切。现在两人都这么想：出现在国王面前并提出要赢得重赏的这个外乡人，必定已在阿耳卡狄亚将埃皮托斯杀害，并将他的尸首带到墨塞涅来了。他们在悲哀中已无暇作更多的考虑。波吕丰忒斯已让这个外乡人居住在他的宫廷里。就在当天的夜里，老仆和王后持着一柄巨斧偷偷地到他屋子里，想在他熟睡时将他杀死。这青年在他们进屋时还没有醒。月光照着他的脸面，他安静地熟睡着。他们俯身在床边，王后正双手举起斧头准备将他劈死，老仆人因为更近床边，更清楚地看出了这青年的面容，这时突然抓住皇后的手惊呼道："住手！你要杀死的这人正是你的儿子埃皮托斯！"墨洛珀垂下手臂，将斧头放在地上，拥抱着她的儿子。她的悲泣使他惊醒过来。两人热烈地长久地拥抱过后，她的儿子告诉她，他来并不是将自己献给那些谋害他的人，而是要惩罚他们，使她从她所嫌厌的后夫那里得到解放，同时要在他希望能争取过来的人民的援助下重执父亲的王杖。

　　于是三人计议用最有效的方法向这个恶毒的君主复仇。墨洛珀穿着丧服走到国王面前，告诉他，她刚得到她的唯一留存着的儿子业已死去的可悲的消息，从此以后她愿意和她的丈夫和平相处并忘记过去的一切不幸。这暴君落进了她的圈套。他很欢喜，因为他多年的心病已经奇迹般地消除了。他宣布要对神祇作谢恩的献祭，因为世界上再不会有他的敌人了。他召集人民到市场上来参加这种仪式，但是他们都垂头丧气，勉强走来，因为一般人民都爱戴善良的克瑞斯丰忒斯国王，现在又悲悼他们寄托以最后希望的王子的死。当人民到齐，国王正作献祭时，埃皮托斯冲上前去将匕首戳入他的胸膛。墨洛珀和老仆马上对墨塞涅人宣布，他们认为是外乡人的这个青年正是王位的合法的继承人。人民听说，都大声欢呼。埃皮托斯就在当天继承父亲的王位。由他的母亲引导着，他进入宫殿成为墨塞涅的国王。他的第一件事乃是惩处谋害他的父亲和他的兄弟们的凶手，和所有参与其事的罪人。但当死者的仇恨业已报复，他仍然是一个宽大而慈爱的统治者，在墨塞涅的贵族和平民中都同样得到爱戴。他是这样地受到尊敬，所以他的子孙们都被称为埃皮托斯后裔而不再称为赫剌克勒斯后裔了。

母子重逢。想起差点儿杀死自己的儿子，母亲墨洛珀又惊又喜。

正义战胜了邪恶，埃皮托斯惩处了恶人并继承了王位，成为一个宽大而慈爱的统治者。

## ▌情境赏析▐

赫剌克勒斯的后裔们为了逃避迫害四处流亡，但欧律斯透斯穷追不舍，坚决要将赫剌克勒斯家族消灭，文中对欧律斯透斯四处设计追杀赫剌克勒斯家族进行了大量描写，同时又对帮助赫剌克勒斯家族的人们作出了充分的肯定。本篇文章充分描述了人性中的光辉和阴暗：责任感、勇敢、无私、凶恶、奸诈、怯懦等，闪烁在人性当中的各种表象，无不将人性的复杂表现得淋漓尽致。

正如社会的多样性一样，因其变化万千，纷繁复杂才使得人类的生活更加丰富，才会有更加多样性的感受。而最终温暖会重回大地，正义终究会战胜邪恶，人性的阳光必定普照人间。

## ▌名家点评▐

希腊是世界文明古国之一，古希腊神话传说的优美、动人是举世闻名的。在绚丽灿烂的欧洲文化史、特别是欧美近代文化史中，希腊神话和传说如同一条闪闪发光的珍珠链贯穿其间。

——（法）小仲马

　　赫剌克勒斯是古希腊神话中最伟大的英雄。他是宙斯和人间女子阿尔克墨涅生的孩子。由于吃了天后赫拉的奶水，拥有了超人的力量。赫拉十分嫉恨赫剌克勒斯，神谕暗示赫剌克勒斯，只要完成欧律斯透斯布置的事情，他就会变成神。欧律斯透斯安排各种苦差事来习难他。但他最终完成了几乎不可能完成的十二件工作，他依靠自己的劳动，赢得了最大的幸福，尽管他的妻子因为忌妒心使坏，用马人的毒衣给他带来了死亡的痛苦，但他最终还是升为了奥林匹斯天神，受人敬仰。

## 婴儿时代的赫剌克勒斯

　　赫剌克勒斯是宙斯与珀耳修斯的孙女阿尔克墨涅所生的儿子。他的后父安菲特律翁也是珀耳修斯的孙子，是提任斯的国王，但已离开那城，寄居在忒拜。宙斯的妻赫拉仇恨她的情敌阿尔克墨涅，并嫉妒她有一个宙斯预言将来有着光明前途的儿子。所以当阿尔克墨涅生赫剌克勒斯时，她想他在宫中不安全，因恐惧万神之母的嫉恨，她将他放置在田野里，那地方后来人们仍然称之为赫剌克勒斯的田野。在这里，假使不是一种神奇的机会使雅典娜和赫拉看见他躺在大路上，他真的会不能生存。雅典娜惊奇地看着这个生得美好的孩子，很可怜他，并劝诱她的同伴用她的神圣的乳哺育他。他贪馋地吸食乳汁，不像一般婴儿，咬痛了赫拉，所以她粗暴地将他放回地上。雅典娜将他抱起来，带到附近的城里，作为一个可怜的弃儿，要求王后阿尔克墨涅代为养育。

开篇交代了赫剌克勒斯的身世，他是宙斯之子，因吮吸了赫拉的乳汁而拥有了神力。

但当他的真正的母亲因为恐惧赫拉而不敢爱他，甚至愿意让他毁灭时，他的满怀敌意的继母却不自觉地救活了她的情敌的儿子。她对他的恩惠还不止于此！虽然赫剌克勒斯在她的乳房上仅仅啜吸了片刻，但这女神的几滴乳汁已足使他日后不朽。

阿尔克墨涅一眼就认出了这孩子，所以她欢喜地将他放在摇篮里。但赫拉也觉察到在她胸脯上吃乳的是谁，并觉察到她如何不小心放过了报复的机会。即刻她命两条可怕的毒蛇爬到阿尔克墨涅的敞开的内室，在熟睡的母亲和她的女仆还没有发觉以前，就爬到摇篮里缠住这孩子的脖子。他被惊醒，尖声哭叫并抬起头来。这不平常的项链使他苦恼。不过就在这时，他证明了他的超人的力量。他两只手各握着一条蛇的脖子，用力一捏，就把它们捏死了。他的乳母这时才看到这蛇，但由于恐惧，不敢前去援救。阿尔克墨涅被他的哭声惊醒。她从床上跳起来，奔向这孩子，并大呼救命。但发现两条毒蛇已经死在孩子的手里。忒拜的贵族们听到她的叫喊，都拿着武器跑到她的内室。国王安菲特律翁爱护他的义子，并以为这是宙斯给予的一种赠礼，现在也挥舞着雪亮的宝剑跑来。当他听到且看见所发生的事情，他恐惧得发抖，同时也为他的新生幼儿的神异的力量高兴。这件事在他看来好像是一个先兆。所以他召来忒瑞西阿斯，这宙斯赋予预言的能力的人。这预言家对国王和王后和所有在座的人预言这孩子的未来：他将如何地杀戮陆上和海上的许多怪物，他将如何地与巨人斗争并击败他们，并且，在他经历过人间的苦难之后，他将享有神祇们的永生的生命，并与永远年轻的女神赫柏结婚。

此处证明了赫剌克勒斯的超人力量。

## 赫剌克勒斯的教养

当安菲特律翁听到等候着这孩子的高贵的命运，他决定给他一种配做一个英雄的教育，并到各地聘请伟大的人物把应该知道的教给年轻的赫剌克勒斯。安菲特律翁自己教他驾驶战车的技术。欧律托斯教他如何张弓射箭。哈帕吕科斯教他角力和拳击。宙斯的双生子之一的卡斯托耳教他全副武装在阵地上作战。阿波罗的年老的儿子利诺斯则教他歌唱，并教他如何正确而美丽地弹着竖琴的琴弦。赫剌克勒斯是一个能干的学生，但他不能忍耐折磨，而年老的利诺斯也正是一个苛刻的教师。有一次当他责打这孩子的时候——在孩子看来那是不当的，他抓起他的竖琴，摔在他先生的脑袋上，先生即刻死了。这事使他后来很悔恨。他作为谋杀者被传到法庭。但公正而著名的法官剌达曼堤斯免了他的罪，并为此订了一条新的法律，即为自卫而致人于死者不得判处死刑。

但安菲特律翁现在害怕这有过分强力的儿子会再犯同样的罪过，所以他派他到乡下去放牧。赫剌克勒斯就在这里长大，力量和身体都比所有的人大。这宙斯的儿子，看上去足以令人吃惊。他有一丈多高，两眼奕奕有神。无论何时当他射箭或投掷标枪，总是百发百中。在他十八岁的时候，他已成为希腊最漂亮、最强壮的人。现在已是时候了，要看看他究竟应用他的天赋在人间为善还是为恶。

## 赫剌克勒斯在十字路口

赫剌克勒斯离开牧人们和他们的牧群去到寂静的地方，

赫剌克勒斯有幸接受了最全面、最优秀的教育，这些教育使他有资格做一个英雄。

赫剌克勒斯超常的能力让继父安菲特律翁十分担忧，而被其派到乡下。很年轻也很优秀，这注定了他不平凡的人生。

思考着他的生命的路途应当是怎样的。有一次，他坐着沉思，看见两个高大的女人向他走来。一个美丽、高贵而有礼貌，穿着雪白的长袍。另一个艳丽动人，她的雪白的皮肤搽了香粉和香水。她这样地傲岸，好像她比实际要高一些，而她的服装也尽可能的迷人。她自满地以明亮和闲适的目光看着她自己，又四处望望有没有别人在注意她，并时常欣羡地顾盼着自己的影子。当她们走近，第一个人仍然安详地走着，但后面的这个人却忙上前去，招呼这个青年。

"赫剌克勒斯，我看你还没有决定在生命中究竟要走什么路。假使你选择我作你的朋友，我将引导你走最平坦、最安适的路。那里没有你尝不到的快乐，也没有你不能避免的不幸！你将不参加任何战争和艰难。你将不用心思，只是享受丰盛的饮食和美酒，极耳目视听之乐，极身体和肉感的满足，睡着柔软的床榻，凡这些享受都不用费事也不用费力。万一你缺少过这种生活的条件时，别担心我会强迫你去从事体力或脑力劳动。恰恰相反！你将收获别人的劳力的果实，并得到一切对你有利的东西。因为我给予我的朋友这样一种权力：利用任何人或任何物来满足自己的享受。"

赫剌克勒斯听到这诱惑的诺言，他诧异地问她："你叫什么名字？"她回答："我的朋友们称我为'幸福'，我的敌人侮辱我，给我另一个名字叫'堕落的享受'。"

同时，前一个女人也来到面前。"我也来了，"她说，"我知道你的父母，你的禀赋和你所受的教养。所有这些使得我存着这样的希望，如果你选择我指引给你的路，你将成为一切善良与伟大的事业中的卓越人物。但我没有怠惰的快乐来贿赂你。我将告诉你神祇对于人类的意愿。要明白，人类不经过努力和辛苦，神祇是不会使他们有所收获的。假使你愿意神祇慈善地待你，你必须敬奉他们；假使你愿意朋友们爱

---

赫剌克勒斯站在人生的十字路口，在"享受"和"美德"之间他要做出选择。选择"享受"，他就会虚度一生，安享幸福；而选择"美德"，他则会历尽坎坷、战胜困难、受人尊敬。

禀(bǐng)赋：人的体魄、智力等方面的素质。

你，你必须援助他们；假使你愿意全城对你尊敬，你必须为它服务；假使你愿意全希腊都称赞你的美德，你必须成为全希腊的恩人；假使你愿意收获，你必须耕种；假使你想战斗得胜，你必须学会战斗的技术；假使你想能够支配你的身体，你必须工作和流汗使它坚强。"

在这里"享受"打断了她。"现在你看，亲爱的赫剌克勒斯哟！"她说，"要达到这女人所说的目的，要走多么遥远和艰难的路途呀！但我愿以最近便和最轻易的路引导你得到幸福。"

"可怜的生物哟！""美德"对她说，"你没有一点儿真正美好的东西。你怎能这样呢？你不知道真实的快乐，因为在你还没走到它们面前，你就心满意足了。你在饥饿之前饱食，在焦渴之前痛饮。为了刺激食欲，你寻找巧妙的厨师，为了加深酒瘾，你追求豪奢的美酒。在夏天你妄想着冰雪。任何柔软的床榻都不能使你满足。你让你的朋友们在夜中饮宴，在白天睡眠。这就是为什么人们在青年时享乐，在老年时苦恼，羞愧于他们的过去，而仍然背负着现在的重负。而你自己，虽然你是不朽的，却为神祇所放逐，为善良的人们所嘲弄。你从没有听过最悦耳的声音：真实的赞美！你从没有见过最悦目的事物：你自己的良好的工作！但我却为神祇和善良的人们所欢迎。艺术家称赞我是他们的安慰者，父亲们称赞我是忠实的守护人，侍仆们称赞我是他们的慈善的帮助者。我是和平的正直的支持者，是战时的信实的盟友，是友情的忠贞的伙伴。饮食睡眠对于我的朋友们比对于怠懒者更有意义。年轻人受到老年人的夸奖，他们很喜欢；老年人受到年轻人的尊敬，他们很快乐。他们回忆过去的行为感到甘美，他们对于现在的作为感到快乐。由于我，神祇保佑他们，朋友爱护他们，他们的国家尊敬他们。当末日来到，他们也不

"享受"女神与"美德"女神都认为自己的路才是最好的，那么赫剌克勒斯自己会选择哪一条路呢？

"美德"女神在这里讲的其实就是人生的意义究竟在何处。这实际上也是古希腊人对于生命意义的哲学思考。

默默无闻：不
出名；不为人
知道。

会死得默默无闻。他们的光荣仍然留存人间，供后世纪念。
啊，赫剌克勒斯哟，选择这种生命吧，幸福的命运将是属于
你的。"

## 赫剌克勒斯最初的冒险

赫剌克勒斯最
终选择了走
"美德"的路，他
决定惩恶扬
善，承继英雄
们的志向，注
定去完成伟大
的使命。

　　幻象消失了，赫剌克勒斯又是独自一人。他决定走"美
德"的路。而且不久就有一个使他为善的机会。那时的希腊
仍然到处是森林和沼泽，里面繁殖着凶猛的狮子、粗暴的野
猪及其他危害人的野兽。要清除这些怪物并赶走在僻静地方
伺机劫掠的强盗，乃是古代英雄们的最大的目标之一。赫剌
克勒斯注定要来继续这种工作。

　　当他回到国内，他听说有一只凶猛的狮子盘踞于喀泰戎
山，在这山麓放牧着国王安菲特律翁的牛羊。这青年英雄的
耳边仍然清晰地响着"美德"的言语，所以他即时做出一个
决定。他武装自己，爬上山去，征服狮子，将狮皮披在肩上，
并以狮子的巨颚戴在头上作为战盔。

　　当他从他的冒险归来，遇到弥倪安斯的国王厄耳癸诺斯
的使臣，来向忒拜人勒索不义和可耻的每年一次的贡品。现
在赫剌克勒斯把自己作为一切被压迫的人们的斗士，他迅速
地解决了这些做过多次苛扰的使臣，砍断他们的手足，用绳
索捆着他们的脖子送回去给他们的国王。厄耳癸诺斯要求将
罪人交给他，忒拜王克瑞翁因为畏惧他的权力，准备服从他
的命令。但赫剌克勒斯却纠合一些勇敢的青年同他一道反抗
敌人。只是在民间找不到武器，因为弥倪安斯人恐怕忒拜人
叛变，已没收所有的武器。这时雅典娜召赫剌克勒斯到她的
神庙里去，以自己的盔甲装备他，别的青年则取用庙里的武
器，那是过去他们的祖先在战争中掳获并献祭神祇的战利品。

装备停当以后，这英雄和他的一小队人马向着弥倪安斯进军，直到他们到达一处狭道，在这里，敌人的强大兵力是无用的。厄耳癸诺斯自己战死，他的全部军队被击败而且溃散。但勇敢的安菲特律翁，赫剌克勒斯的继父，在战争中为流矢击中，因伤致死。战争结束以后，赫剌克勒斯飞快地向弥倪安斯京城俄耳科墨诺斯挺进，冲进城里，焚烧王宫，毁坏这座城。

全希腊人都赞美他的卓绝的勇敢，忒拜国王克瑞翁为了报答他，将女儿墨伽拉嫁给他为妻，后来她为他生了三个儿子。他的母亲阿尔克墨涅再醮，嫁给法官剌达曼堤斯。甚至于神祇也给予这胜利的半神人许多的赠礼：赫耳墨斯赠给他一口剑，阿波罗给他神矢，赫淮斯托斯给他黄金的箭袋，雅典娜给他青铜的盾。

> 赫剌克勒斯勇武的事迹受到希腊人的赞美，神祇也赞赏他，都把最优秀的武器送给他。

## 赫剌克勒斯和巨人的战斗

赫剌克勒斯不久就得到一个机会来报答神祇的高贵的赠礼。有着可怕的面孔和长须长发并以龙尾代足的巨人们乃是大地女神该亚为天神乌剌诺斯所生的怪物。现在他们的母亲怂恿他们反抗宙斯，这世界的新的统治者，因为他曾经放逐她的年长的儿子泰坦们于塔耳塔洛斯。巨人们从地下的厄瑞玻斯冲到忒萨利亚的佛勒格剌的广阔的田野。一看到他们，所有的星星都变得惨白，福玻斯·阿波罗也掉转他的太阳车的方向。

"去吧，为我和更年老的神祇的子孙们报仇，"地母对他们说，"一只鸷鹰撕吃着普罗米修斯；一只大雕剥啄着提堤俄斯；阿特拉斯被判处背负苍天；泰坦们则在铁链的束缚中身心憔悴。为他们报仇哇！援救他们哪！应用我的肢体——巨大的山岳作为天梯和武器！爬上星光照耀着的殿堂吧！你，堤福俄斯，从宙斯的双手攫取神杖和雷电！你，恩刻拉多斯，

> 攫（jué）取：掠夺。

征服海洋，将波塞冬从他的堡垒赶走。洛托斯从太阳神手里夺过缰绳，波耳费里翁夺取得尔福的神坛。"

听到她的命令，巨人们都大声欢呼，就好像他们已经得到胜利，已经领着波塞冬与阿瑞斯走在凯旋的行列中，或者拉着阿波罗的美丽的头发将他拖走。一个人这般说着就好像阿佛洛狄忒已是他的妻子，另一个人又计划着向阿耳忒弥斯求婚，第三个人又想着雅典娜。他们确信而欢喜地向着忒萨利亚的山岳走去，他们想从那里猛扑奥林匹斯圣山。

同时伊里斯，诸神的使者，召集所有居于天上和泉水河流中的神祇们。她甚至也召来地府里的命运女神们。珀耳塞福涅离开她的冥土，她的丈夫——静默的死者们的国王也套上他的怕光的马匹，驱策着它们来到光辉灿烂的奥林匹斯圣山。如同被围的居民从各方拥来保护他们的卫城一样，神祇们集合在万神之王的家中。

"你们，所有集合在这里的神祇们，"宙斯向他们说，"看看该亚如何和她的新生的儿子们图谋反抗我们。前进吧，对于她派遣来反抗我们的每一个儿子，你们都要送还她一具尸体。"

当万神之王说完他的话，天上发出一声霹雳，地下的该亚报以猛烈的地震。大自然又陷于混沌，一切如同开天辟地时一样。因为巨人们将山岳一座又一座连根拔起。他们使俄萨山和珀利翁山，俄忒山和阿托斯山互相重叠，并将洛多珀山连同赫布洛斯河的一半河源也拔了起来。他们爬上这笨重的天梯到达神祇的住处，就以巨大石块和作为火把的整条橡树像风暴一样猛袭奥林匹斯圣山。

有一个神谕曾经告诫神祇们，除非有一个人类和他们并肩作战，否则他们不能杀戮任何巨人。该亚知道这些，所以她设法使她的儿子们能够不为人类所损害。这需要一种药草。但宙斯前来偷袭。他禁止黎明女神、日神、月神放光。当该

亚在黑暗中摸索，他自己飞快地割去药草，并令雅典娜召来
他的儿子赫剌克勒斯参加战斗。

在奥林匹斯山上，神祇们已在火热的战斗中。战神阿瑞
斯驾着怒马拖曳的战车，冲入正在冲锋的敌人的深处。他的
金盾煜耀得比火光还要明亮，他的战盔上的羽毛在风中飘动。
他杀死蛇足的巨人珀罗洛斯，并驱车辗过他的倒在地上挣扎
着的肢体。但直到这巨人看到刚走上奥林匹斯圣山的人间的
赫剌克勒斯，他才灵魂出窍而死。赫剌克勒斯环视战场，选
择他的射箭的目标。他射中阿尔库俄纽斯，使他从山顶跌落，
但当后者触到大地的瞬间又复活。由于雅典娜的劝告，赫剌
克勒斯也跟着下去，将巨人从他所诞生的大地上举起。巨人
一离开大地就死去了。

现在巨人波耳费里翁进一步压迫赫剌克勒斯和赫拉，要
想和他们一对一地战斗。但宙斯马上使巨人产生要看一看神
后的念头，他刚掀开神后用以遮盖自己的面网，宙斯就以雷
电将他击中，赫剌克勒斯补上一箭，遂结果了巨人的性命。
随即，巨人厄菲阿耳忒斯从他的兄弟们的队伍挺身站出，以
炯炯发光的两眼向前观望。

"我们的箭头有多亮的目标啊！"赫剌克勒斯向在他身边
作战的阿波罗说，说着就射中巨人头上的右眼，太阳神则射
中左眼，狄俄倪索斯以神杖击倒欧律托斯。赫淮斯托斯单手
发出一阵雹雨似的灼热的铁弹将克吕提俄斯打倒在地上。雅
典娜则举起西西里岛向正在逃跑的恩刻拉多斯掷去。巨人波
吕玻忒斯被波塞冬追击，越过火海，逃亡到科斯岛，但波塞
冬即刻劈裂科斯岛的一片土地，将他压住。赫耳墨斯头上戴
着地狱神祇普路同的战盔，杀死希波吕托斯。命运女神们则
以铜棒击毙另外两个巨人。其余的则为宙斯的闪电击毙或为
赫剌克勒斯的利箭射杀。

战斗场面的描写展现了赫剌克勒斯的机智和英勇。

奥林匹斯人战斗英勇，打败了巨人们，取得了巨大的胜利，赫剌克勒斯的战斗功绩和宙斯一样的伟大，文中把他和宙斯并列，并给予他神的光荣称号，意在突显赫剌克勒斯的英雄形象。

由于这些功绩，诸神对于这半神人的英雄有着更深的好感。所有参加战斗的神祇们，宙斯称之为奥林匹斯人，这是使勇敢者别于怯懦者的一个名词。人间的母亲为宙斯所生的两个儿子也得到这种光荣的称号，那便是狄俄倪索斯和赫剌克勒斯。

## 赫剌克勒斯和欧律斯透斯

在赫剌克勒斯诞生以前，宙斯曾经有一次在诸神的会议上宣布让珀耳修斯最长的孙子统治所有其他的珀耳修斯的子孙。他有意将这种荣誉给他和阿尔克墨涅所生的一个儿子。但赫拉嫉恨她的情敌的儿子得到这种光荣，所以使用诡计，让同样是珀耳修斯子孙的欧律斯透斯提前诞生，虽然他原来应该是在赫剌克勒斯之后出世的。这样遂使欧律斯透斯成为阿耳戈斯地方的密刻奈的国王，并使后来诞生的赫剌克勒斯成为他的臣民。国王渐渐注意到他的年轻的亲属的成名，所以如同召见臣民一样地将他召来，要他做各种艰难的工作。因为他不肯服从，但宙斯又不愿违犯自己的规定，所以告诫他为阿耳戈斯的国王服务。这半神人的英雄不甘心成为一个人类的仆役。他来到得尔福请求神谕。神谕告诉他神祇将纠正欧律斯透斯由于赫拉的阴谋而得到的统治，但赫剌克勒斯必须做国王交给他做的十二件工作，以后他即可升天为神。

赫剌克勒斯从神谕那里得知要为国王欧律斯透斯做十二件工作，这使他感到烦恼，变得疯狂而滥杀无辜，好在他最终冷静下来，并决定工作。

这神谕使赫剌克勒斯感到烦恼。替比他低卑的人服役，这是有损他的骄傲和伤害他的尊严的，但他觉得不服从他父亲宙斯的命令既属不智亦不可能。这时赫拉仍然仇恨赫剌克勒斯，虽然在与巨人们作战时他曾经救援过神祇们。她乘机改变他的忧闷成为野性的疯狂。他变得完全疯狂了，以致想谋杀他所珍爱的侄儿伊娥拉俄斯，而当这侄儿设法逃跑时，他却射杀墨伽拉为他所生的孩子们，并想象他是在射杀巨人。他疯狂了很久才清醒过来。但当他发觉他的错误后，他悲哀得垂头丧气，并将自己关闭在屋子里，拒绝和人们打任何交道。悲愁减轻以后，他决定接受欧律斯透斯的工作并到提任斯（欧律斯透斯的王国的一部分）去谒见他。

## 赫剌克勒斯最初的三件工作

国王交给赫剌克勒斯做的第一件工作乃是要他为他取来涅墨亚狮子的毛皮，它生活在阿耳戈利斯地区的伯罗奔尼撒，在克勒俄奈与涅墨亚中间的大森林里。这只狮子不能为人间的武器所伤。有些人说它是巨人堤丰与巨蛇厄喀德那所生的儿子，又有人说它是从月亮掉落到地上来的。现在赫剌克勒斯出发捕捉狮子，背上背着箭袋，一只手执着一张弓，另一只手执着从赫利孔连根拔起的野生橄榄树做成的木棒。当他进入涅墨亚的大森林，赫剌克勒斯敏捷地四方窥视，要在这野兽看见他以前先看到它。这时正是当午，他看不到狮子的足迹，也无人可问通到狮子的洞穴的道路，因为他没有遇到任何人，没有遇到一个牧人或一个樵夫。所有的人都逃回家去，离狮子出没之处远远的，并在恐怖中关起门来。

整个下午赫剌克勒斯都在树林中巡游，并决定在看见狮子的瞬间证实一下自己的力量。但直到黄昏以后，狮子才从树林中的小路慢慢走来，在猎食之后想回到峡谷里去休息。它已食得饱饱的。它的头、鬃毛和胸脯还滴着血，舌头也在舐着从嘴里滴出来的血滴。赫剌克勒斯远远地看见它，就躲在矮树林背后等着它走近，并用箭头瞄准它的腰部。但他的

赫剌克勒斯做的第一件工作就非常艰险，因为他要去杀死一只不能为人间武器所伤的狮子，他是多么的勇敢。

赫剌克勒斯与狮子搏斗，战斗非常激烈，狮子非常凶残，而且刀枪不入，然而勇猛的斗士用他的强力勒死狮子，赢得了最后的胜利。

箭并没有射伤它，倒如同射在石头上一样被反跳回来，落在
满是苔藓的地上。狮子昂起它的浴血的大头，搜寻似的四面
八方转动着眼睛，并露出可怕的牙齿。现在它正对着这半神
人的英雄，他向它的胸部——全身的致命处射出第二支箭。
这次也一样，箭没有擦破它的皮，只是落在它脚下。他刚要
将第三支箭搭在弦上，这怪物却看见了他。它把它的长尾夹
在两腿中间。它的脖颈因愤怒而膨胀，鬣毛竖立着，弓着背，
大声地吼叫。它向它的敌人扑来。这时赫剌克勒斯扔下手中
的箭，丢开身上所披的狮皮，右手挥着木棒向狮子的头上打
来，击中它的颈子使它跌在地上，它随即跳起来，但扑了一
个空。然后它摇摇摆摆地站起来，摇震着大头。赫剌克勒斯
立即冲上去。这时他丢开身上所背的弓和箭袋，腾出手来，
从狮子的后面紧抱着它的脖颈，活活地将它勒死，<u>它的灵魂
急忙回到哈迪斯那里去</u>。赫剌克勒斯用尽方法要剥下它的皮，
但它的皮不为木石或铁器所伤。最后他想出一个办法来，用
它自己的爪来剥，终于将狮皮剥了下来。后来他用这张美丽
的狮皮为他自己做了一面盾，用它的上下颚为自己做了一具
新的战盔。但暂时他仍然把他所带来的狮皮和武器收拾好，
将涅墨亚狮皮扛在肩上，出发回提任斯去。当欧律斯透斯看
见他带着那可怕的狮皮归来，赫剌克勒斯的非凡的神力使他
恐怖得蜷伏在一只大铜锅里。从此以后他就不敢看赫剌克勒
斯，只是叫珀罗普斯的儿子科普柔斯为他传达命令给住在城
外的这个半神人。

赫剌克勒斯的第二件工作乃是杀戮许德拉。许德拉也是
堤丰和厄喀德那所生的孩子。她在阿耳戈利斯的勒耳那沼泽
中长大，常常爬到岸上撕裂牲口的肢体，并蹂躏田野。她不
单是凶猛可怕，且身躯庞大，是一条有九个头的水蛇，其中
八个头可以杀死，第九个头即中间的一个却是杀不死的。要

这是比喻的说
法，因哈迪斯
是地府的冥
王，狮子回到
冥王那里，自
然是表明它已
死去。

作这种冒险，赫剌克勒斯也充满了勇气。他乘车以他的不可分离的同伴即他的堂兄伊菲克勒斯的儿子伊娥拉俄斯为驾车的人。他们驱车到勒耳那，看见许德拉在阿密摩涅泉水附近的小山上。伊娥拉俄斯勒住马停止前进。赫剌克勒斯跃下车来，用箭将蛇从她所隐伏的地方赶出。她嘘着气冲出来，摇动着九个头，就好像暴风雨中的树枝一样。赫剌克勒斯无畏地走上去，用大力的手抓住她，紧紧地抓着。她却缠着他的一只脚，不打算和他作正面斗争。现在他开始用木棒打她的头，但是无效，因为当他打碎她的一个头，就在原地方生长出两个新的头来。此外许德拉有一只巨蟹参加作战，它用巨螯钳赫剌克勒斯的脚。他用木棒将巨蟹打死，并呼唤伊娥拉俄斯来援助他。伊娥拉俄斯执火把等候着。他烧着附近的树林，以燃着的树枝灼烧刚刚生出来的蛇头，使它们不能长大。这才解除了对于这个英雄的不断的新的威胁。现在他砍下她的不死的头，将它埋在路边，并以巨大石块镇压着。他将蛇身切为两段，并在她有毒的血液中浸润他所有的箭。从此以后他给敌人的箭伤是无药可医的。

欧律斯透斯给予他的第三件工作乃是要生擒刻律涅亚山上的赤牝鹿。这美丽的动物有着金的鹿角和青铜的蹄，住在阿耳卡狄亚的一座小山上。她是阿耳忒弥斯最初练习射猎的五鹿之一，只有它被留下来在树林中生活，因为命运女神规定了有一天赫剌克勒斯将为追逐她而精疲力竭。整整的一年他追逐着她，并在漫游中来到许珀耳玻瑞俄和伊斯忒耳河的发源处。最后他在离俄诺城不远，邻近阿耳忒弥斯山的拉冬河的河岸上，追着了这匹赤牝鹿。他唯一能捕获她的方法乃是用一只箭射中她的脚使她不能奔跑，并背着她经过阿耳卡狄亚。在这里他遇到女神阿耳忒弥斯和她的哥哥阿波罗。她

赫剌克勒斯要做的第二件工作是杀死九头怪蛇许德拉。然而当他砍下蛇头之后，却见被砍的地方生长出两个新头，并有巨蟹帮许德拉，战斗十分艰难，他召唤伊娥拉俄斯前来相助，最终杀死怪蛇。

经过百折不挠的追逐，他追上了赤牝鹿，并用计捕获了它，完成了第三件工作。

牝(pìn)：母的；雌性的。

斥责他设计捕杀这只献祭给她的生物，甚至想要夺去他的猎获物。

"伟大的女神哟，"赫剌克勒斯为自己辩护，"我做这事不是闹着玩，而是有绝对的必要。否则我如何能满足欧律斯透斯的意愿呢？"这话总算平息了她的愤怒，他遂带着这生擒的赤牝鹿回到密刻奈去。

## 赫剌克勒斯的第四、五、六件工作

紧接着他又开始于他的第四件工作。这是要毫无损伤地为国王捕捉厄律曼托斯山的野猪。这也是献祭给阿耳忒弥斯的圣物，它曾蹂躏厄律曼托斯一带。在他到这些山上去的路途中，他因遇到西勒诺斯的儿子福罗斯而停下来。福罗斯如同一切马人一样，一半是人形一半是马身；他殷勤地款待他的客人，献给他烤肉，而自己则吃生的。但当赫剌克勒斯向他要求美酒来佐食这种佳肴时，他说："亲爱的客人，真的，我们有一坛酒藏在地窖里，但那属于我们全体人民，我不敢打开它，因为我知道我们马人是不欢迎外乡人的。"

"别担心，请打开它吧，"赫剌克勒斯回答，"我答应保护你不受任何人的攻击。我现在很渴。"

酒神狄俄倪索斯将这坛酒送给了一个马人，并告诉他不要打开，直等到一百二十年以后赫剌克勒斯到这地方来。现在福罗斯走到地窖里，他刚刚打开酒坛，马人们就嗅到了强烈的酒香。他们集合起来并拥挤到福罗斯的洞前，每个人拿着石块和松木棒子。首先冒险进去的人，赫剌克勒斯用火棒将他打回去。其余的，他射箭追击，甚至追到他的老朋友喀戎居住的玛勒亚半岛。喀戎的马人弟兄们就在他这里避难。

蹂躏（róulìn）：践踏，比喻用暴力欺压、侮辱侵害。

赫剌克勒斯向他们一箭射去，箭头擦伤一个敌人的臂膀，射中喀戎的膝盖，牢牢地钉在那里。现在赫剌克勒斯才看出那正是他幼年时很要好的朋友。他很关心地向他跑去拔出箭来，给他敷药，那药正是精通医药的喀戎过去送给他的。但因为箭头已蘸过许德拉的毒血，他的伤口是医不好的。喀戎要他的弟兄们把他抬进他的洞穴，希望能够死在他的朋友的怀里。但这是多么空妄的一种愿望啊！可怜的喀戎，他忘记了他是不死的，他的苦痛也将永久延续下去。赫剌克勒斯流着眼泪和他告别，答应不惜一切代价去请死神，这苦难的解脱者，到他这里来。从普罗米修斯的故事里，我们知道他已经实践了他的诺言。当赫剌克勒斯回到福罗斯那里时，却发现那温厚的主人已死在洞穴里。因为当时福罗斯从他的兄弟们的身上拔出一支箭，并在手中拈着，思忖着怎么这样小的一支箭会射倒巨大的生物，这时箭却从他的手中滑落，刺伤他的足，毒发，即时毙命。赫剌克勒斯悲哀地为他举行光荣的葬礼。他将他埋葬在大山下面，这山从此以后就叫福罗山。

　　赫剌克勒斯继续上路寻觅野猪。他大声吼叫将它从茂密的丛林中逐出，跟随着它爬上冰雪的山坡，终于用活结套住这疲惫的野物，将它捉住。他将它活生生地带到密刻奈，一切都如命做到。

　　此后欧律斯透斯派他去做第五件工作。这却是一个英雄所不屑做的工作。他要他在一天内就将奥革阿斯的牛棚打扫干净。奥革阿斯乃是厄利斯的国王，养着无数的牛群。按照古代的习惯，他将他的牛群关在宫殿前面的大围墙里。很久以来，这里就养育着三千头牛，粪秽堆积得很高。赫剌克勒斯必须在一天内将它打扫干净。这桩工作一则是屈辱的，再则也是几乎不可能完成的。

赫剌克勒斯箭术十分高明，他的箭上涂过许德拉的毒血，中过他箭的人都会死去。当发现朋友误中，他显示出对朋友非常尊重，是一个重义守信的人。

赫剌克勒斯抓住野猪，完成了第四件工作。

奥革阿斯对赫
剌克勒斯来打
扫牛粪的初衷
琢磨不透，并
且他也认为一
天内将牛棚打
扫干净是不可
能的。

　　这半神人的英雄站在奥革阿斯的面前，准备为他服役，并且没有提到这是欧律斯透斯的命令，奥革阿斯打量着这身披狮皮的汉子，想着这么一个高贵的战士却愿意做奴仆贱役，他忍不住笑起来。但他又想：重赏之下必有勇夫，或者他来做这事是贪图厚利。他想给他重赏是无妨的，因为在一天内将牛棚打扫干净，这是无论何人都不能做到的事。所以他自信地说：

　　"外乡人哪，假使你真能在一天之内清除这些粪秽，我将把我的牛群的十分之一给你。"

可以看到赫剌
克勒斯忍辱负
重的性格，及
其巧用计谋的
才智，他一天
之内便清除了
三千头牛的粪
秽，完成了第
五件工作。

　　赫剌克勒斯接受这个条件，国王以为他即刻就要动手用铲子了。但在赫剌克勒斯叫来奥革阿斯的儿子费琉斯作证人之后，就在牛棚一边的地上挖一条沟，让附近阿尔甫斯河和珀涅俄斯河从一个沟口流进来又从另一个沟口流出去，因此也就将大堆的牛粪冲刷干净。他这样执行一种屈辱的命令，而没有降低自己的身份去做一种神祇所不屑做的工作。但当奥革阿斯知道赫剌克勒斯是奉欧律斯透斯的命令来做这事时，他不但不给他重赏，并且否认他所作的诺言。不过他同意让法庭来判决这事。当法官坐堂，费琉斯应赫剌克勒斯的要求出庭作证，却反对他自己的父亲，宣称那是真的，他父亲曾答应给赫剌克勒斯重赏。奥革阿斯在暴怒中，命令他的儿子和外乡人即刻离开他的国土。

　　又经历一些冒险之后，赫剌克勒斯回到欧律斯透斯那里，但国王宣布这次工作因为他要求报酬所以不能算数。国王立刻派他做第六件工作，即赶走斯廷法罗斯湖的怪鸟。这是像鹤一样大的食肉鸟，并有着铁翼、铁嘴和铁爪。它们栖息于阿耳卡狄亚的斯廷法罗斯湖的四周，能投掷羽毛如同射箭一样，它们的喙也可以啄穿青铜的盾。在那地方它们已伤害无数的人畜。阿耳戈船的英雄们在路途中所遭遇的也正是这种怪鸟。在短短的旅程之后，赫剌克勒斯来到大树林包围着的湖边。大群的怪鸟由于躲避豺狼的侵害，正逃到这里的树林里来。赫剌克勒斯无助地站着，正苦恼着怎样制伏这么一大群敌人，这时忽觉得有人轻轻地拍着他的肩膀，他回过头来，看见庄严的雅典娜。她给他两面巨大的铜钹，那是赫淮斯托斯为她铸造的。她教他怎样使用这铜钹来驱逐怪鸟，说完话就不见了。赫剌克勒斯于是趴在湖边的小山上，摇动铜钹恐吓怪鸟。它们无法长时间忍受这刺耳的响声，结果都恐惧地飞出树林，这时赫剌克勒斯弯弓搭箭，一一将它们射落。剩下的也离开那地方，一去不回。

为完成第六件工作，赫剌克勒斯寻找怪鸟，并得到雅典娜的帮助，用铜钹惊出怪鸟，将其射落。

## 赫剌克勒斯的第七、八、九件工作

克瑞忒的弥诺斯王曾经向波塞冬许愿，要将深海里最初出现的无论何物献祭给他，因他认为在他的领土以内没有一种生物值得献给这样一个伟大的神灵。海神使一头美丽的牡牛从海浪里升起。但国王极喜欢这美丽的动物，所以他将它搀混到他的牛群里，另以一头牡牛替代，献祭海神。这使海神很愤怒，作为一种惩罚，他使这牛发疯，并在克瑞忒岛上大肆破坏和扰乱。赫剌克勒斯的第七件工作便是要驯服它，并将它带回献给欧律斯透斯。

他旅行到克瑞忒，并告诉弥诺斯他来的目的。国王想着能够除去国内这么一个危险的野物，所以十分高兴，甚至帮助赫剌克勒斯把它捉住。这半神人的英雄将这狂暴的野牛驯服得那么驯良，甚至可以骑着它到海面上，并从这里回到伯罗奔尼撒去，而它安详地走着，像航行在平静的海上的船舶一样。

欧律斯透斯对于他这次的工作很满意，但在他很欢喜地

从希腊神话中，我们可以看出神也是很小气的，为了一头献祭的牛而愤怒。这也使希腊众神多了一些人格化的东西，而不像东方的神那样高高在上，不食人间烟火。

驯服野牛是赫剌克勒斯要做的第七件工作，于是他到达弥诺斯，驯服野牛。

看过这捕捉的野物之后，他又将它放走。牡牛一感觉到没有了赫剌克勒斯的控制，立刻又发起疯来。它跑遍拉科尼亚和阿耳卡狄亚，通过海峡到达阿提卡的马拉松，并蹂躏这地方，如同过去蹂躏克瑞忒岛一样。直到很久以后才被忒修斯完全制伏。

赫剌克勒斯的第八件工作是带回吃人的牝马。他把狄墨得斯的国王喂了他养的牝马，于是牝马变温驯，然而这些牝马却吃掉了他看守它们的好友，赫剌克勒斯再次驯马，完成第八件工作。

赫剌克勒斯的第八件工作乃是要将特剌刻的狄俄墨得斯的牝马们带到密刻奈来。狄俄墨得斯是战神阿瑞斯的儿子，是好战的比斯托涅斯人的国王。他的牝马这样强壮而凶猛，必须用铁链子将它们锁在铜马槽上。它们吃的也不是雀麦！任何寻找狄俄墨得斯城堡的不幸的外乡人，都被丢在马槽里，好让马来吃他们的肉。赫剌克勒斯来到这里，他首先做的事乃是擒拿凶残暴戾的国王，征服管理马厩的卫士，然后拿国王来喂他自己的牝马。这些马匹饱食国王的肉以后，性情变得温驯，他驱策着它们来到海边。但比斯托涅斯人却全副武装来追击他，所以他不得不回头和他们作战。他将所有的马匹交给他的最好的朋友也是永恒的伙伴阿布得洛斯看守。阿布得洛斯是赫耳墨斯的儿子。当赫剌克勒斯离开，马匹们吃人肉的野性又发作。所以当赫剌克勒斯驱走比斯托涅斯人再转回来时，他发现阿布得洛斯已是尸骨狼藉。赫剌克勒斯深深地悲悼他的死，并为纪念他而建立阿布得城。最后他又驯服所有的马匹，并平安地带着它们去见欧律斯透斯。他将这些马匹献给赫拉。后来这些牝马都生育马驹，长期繁殖下来。据说马其顿的亚历山大所骑的一匹马就是它们的子孙。赫剌克勒斯做完这件工作以后，就参加伊阿宋和阿耳戈英雄们去探取金羊毛的队伍。关于这次远征科尔喀斯的故事，已在前面说过。

在长久漂泊之后，这英雄开始和阿玛宗女人国作战来完成他的第九件工作，即夺取阿玛宗女皇希波吕忒的腰带献给欧律斯透斯。阿玛宗人居于蓬托斯的忒耳摩冬河的周围。这是一个女人国，她们买卖着男子，并且只养育她们的女儿。她们常常全体出发作战。为要表示她的威严，她们的女皇希波吕忒经常佩着阿瑞斯亲自赠给她的一根腰带。

赫剌克勒斯征求自愿帮助他作这次冒险的人，并把他们集合在一只船上。经过许多危险之后，他进入黑海，到达忒耳摩冬河口，又驶入阿玛宗的忒弥斯库拉的港口。希波吕忒遇到这些外乡人，并震惊于这半神人的俊美有力。当她知道他们远来的目的，她答应把她的腰带给他。但赫拉由于憎恨赫剌克勒斯，所以变形为一个阿玛宗人，杂在众人当中散布谣言，说一个外乡的野蛮人就要拐走她们的女皇。即刻所有的人都骑上马，向住在城外帐篷里的赫剌克勒斯袭击。普通的阿玛宗人和他的随从作战，最高贵的人则和赫剌克勒斯本人对抗。最先和他作战的是埃拉，又名暴风，因为她可以飞快地奔跑如同旋风一样。但赫剌克勒斯比她跑得更快。埃拉被迫败退，她虽然像风一般奔跑，但他还是追上去将她杀了。第二个阿玛宗人刚一交手就被击倒。第三个叫普洛托厄，她在个人对个人的斗争中曾经七次获胜。在她以后，赫剌克勒斯又打翻了八个人，其中有三个是在阿耳忒弥斯的狩猎中被挑选的百发百中的勇士。这次她们却射不准，并且即使她们企图躲藏在盾牌下面，赫剌克勒斯也终于击中了她们。曾誓言一生不嫁的阿尔喀珀也倒了下去。她的誓言总算实行，只是生命亦已缩短。当阿玛宗人的无敌领袖墨拉尼珀被俘，其余的人都狂乱逃散，希波吕忒就献出了腰带，那是在没有想到会有战争以前就已许诺了的。赫剌克勒斯接受它作为对墨拉尼珀的赎金，将她放回。

在回家的路上，一种新的冒险在特洛伊的海岸上等待着他，因为他在这里发现拉俄墨冬的女儿赫西俄涅被锁在岩石

漂泊之后的赫剌克勒斯开始他的第九件工作，夺取阿玛宗女皇的腰带，故事十分有趣、惊险。

赫剌克勒斯非常勇猛，在战斗中不断取得胜利，打败了阿玛宗人，让女皇献出腰带。

赫剌克勒斯为人十分仗义，又十分守信，这是英雄的又一高尚的品质。

上，在无言的恐怖中等待着来吞食她的海怪。海神波塞冬曾经为她的父亲建筑特洛伊城垣，但这国王却吝惜着他所许诺过的报酬。波塞冬使一个海怪来蹂躏特洛伊，直到拉俄墨冬在绝望中同意献出他的女儿来拯救他的国土。赫剌克勒斯经过这里，这不幸的父亲招呼他，请求他援助，并答应赠给他宙斯给予他父亲的壮丽的马匹，作为救出他女儿的报酬。赫剌克勒斯停住船，等待着海怪。当它张开大嘴来吞食这个女郎，他就跃进它的喉咙里，割裂它的脏腑，并爬着出来，如同从莹穴里爬出来一样。但拉俄墨冬又一次失约，没有给赫剌克勒斯马匹，因而这英雄说着愤恨的恐吓话走上自己的征途。

脏腑（zàngfǔ）：中医对人体内部器官的总称。

## 赫剌克勒斯的最后三件工作

当赫剌克勒斯将希波吕忒女皇的宝带献于欧律斯透斯的足下，他仍然不让他得到休息，即刻又派他去捉革律翁的牛群。革律翁是住在伽得伊剌海湾厄律提亚岛上的一个巨人。他有一群漂亮的栗色的牲口，由另一巨人在一只双头狗的帮助下替他看守着。他大得不可想象，三头六臂并有三个身体和六只脚。没有一个人类的子孙敢和他作战。赫剌克勒斯也十分清楚，要从事于这艰险的工作，必须有谨慎小心的准备。全世界都知道革律翁的父亲克律萨俄耳是全伊柏里亚的国王，由于他的富有，所以外号叫"黄金宝剑"；除革律翁以外，他还有着三个身体庞大的勇敢的儿子，各人统率着一队强壮而善战的人马为他作战。也就是这个原因，欧律斯透斯将这件工作交给赫剌克勒斯，希望在这次的远征中，在这样一个国家，这半神人的可憎恨的生命从此可以完结。但赫剌克勒斯对于这新的危难，并无惧色。他在克瑞忒岛召集那些他从野

欧律斯透斯千方百计想置赫剌克勒斯于死地，然而英雄临危不惧，接受了第十件工作，并把危险的工作当成自己前进的动力。

兽口里救出来的军队，乘船前进，并先在利比亚海岸登陆。在这里他和巨人安泰俄斯斗争。这巨人的力量无论何时当他一触到作为他的母亲的大地，就立刻可以恢复。赫刺克勒斯知道这一点，所以将他举起，在空中用双手将他扼死。然后他肃清利比亚的食肉兽，因他最憎恶凶猛的动物和恶人，他们使他联想起逼迫他多年从事于艰险工作的不义的统治者。

在沙漠里经过一段长途旅行，他到达一处丰饶的大河流域。他在这里建立了一座巨大的城池，称之为赫卡同皮罗斯，这是有着一百扇城门的城池。最后他到了伽得伊刺湾的对面，在大西洋上，他建立了两座石柱，这便是有名的赫刺克勒斯石柱。炎日如火地晒着他，使他不能支撑。他抬头望着天，瞄准箭头，想射落太阳神。阿波罗惊叹着他的大无畏精神，愿意帮助他，借给他自己在夜间旅行所用的一只金碗。他在这只金碗中渡海到伊柏里亚，他的舰队则紧靠着他的身边航行。在这里他发现克律萨俄耳的三个儿子，各有庞大的军队，营帐互相衔接着。但是赫刺克勒斯没必要和军队作战。他向他们的领袖们一对一地挑战，并逐一地杀死他们，征服他们的国土。

以后他来到厄律提亚，革律翁和他的牛群住在这里。当那只双头狗嗅出有新人来到，向他扑来，但赫刺克勒斯坚定地执着木棒，一棒将它打死。他又杀死了来援救双头狗的看守牛群的巨人，然后带着牛群赶快离开。但革律翁追上了他，随着发生一场恶战。赫拉亲自来帮助革律翁，但赫刺克勒斯一箭射伤她的胸部，这女神被迫逃遁。第二箭他射中巨人的腹部，这正是巨人的三个身体连接着的地方，所以他也倒地死去。

赫刺克勒斯经由陆路回家，经过伊柏里亚和意大利，驱策着牛群走在他的前面，处处都有着光荣的冒险。在下意大

肃清：彻底清除（坏人、坏事、坏思想）。

使命之路上重重险阻没能抵挡住赫刺克勒斯前进的步伐，他杀死双头狗、守牛的巨人，射伤女神赫拉，驱赶着牛群回去交差。他完成了第十件工作。

利，在邻近瑞癸翁的地方，有一头牛逃走，泅水渡过海峡，向西西里岛逃去。赫剌克勒斯即刻驱着其余的牛下水，执着其中一头牛的角泅水到西西里，又立下许多功绩以后，他终于离开意大利，回到希腊和连接特剌刻与伊吕里亚的地峡。

现在他已经完成了十件工作，但因为有两件工作欧律斯透斯认为不能算数，所以他不能不再做别的两件来抵补。

在很久以前，宙斯与赫拉结婚的时候，所有的神祇都带着礼物来献给新婚夫妇，该亚也很慷慨。她从海洋西岸带来一株枝叶茂盛的树，结着许多的金苹果。夜神的四个女儿被派定看守栽种这株金苹果树的圣园，并由巨龙拉冬帮助看守。它是百怪之父福耳库斯与大地的女儿刻托所生的百个头的巨龙。它永不睡眠。它的一百张嘴发出一百种不同的声音，所以那种震耳的嘘声使你一听就知道它在哪里。<u>按照欧律斯透斯的命令，赫剌克勒斯就是要从这怪物那里夺取金苹果。</u>

这半神人的英雄走上他的迢遥而险峻的旅途。他胡乱地走着，因为他不知道赫斯珀洛斯的女儿们在什么地方。最初他来到忒萨吕，那是巨人忒墨洛斯的地方。这巨人的前额坚硬得如同岩石一样，他遇到旅行的人，就跑上去用铁头将他们撞死。但这次当他的头撞在神圣的赫剌克勒斯的头上，却被碰得粉碎。他又前进，来到厄刻多洛斯河的附近，遇到另一个恶怪库克诺斯，他是阿瑞斯与皮瑞涅的儿子。当赫剌克勒斯问他到夜神的女儿们的圣园怎样走时，他不但不回答，且向赫剌克勒斯挑战，要和他单打。但他被赫剌克勒斯杀死了。这时战神阿瑞斯出来为他的儿子报仇，赫剌克勒斯被迫应战。因为宙斯不愿他的儿子们互相残杀，所以掣出雷电将他们分开。此后，赫剌克勒斯漫游于伊吕里亚，横过厄里达诺斯河，来到宙斯与忒弥斯所生的女仙们那里。她们住在河岸上。他问她们到夜神的女儿们那里去的路途。"去问年老的

*由此可见欧律斯透斯的诡诈和狡猾，这正好反衬了赫剌克勒斯非凡的英雄气度。*

*赫剌克勒斯的第十一件工作是夺取金苹果，这让我们联想起了金苹果的故事，读者还记得吗？*

*掣（chè）：拽，拉，抽，一闪而过。*

河川神祇涅柔斯吧，"她们回答，"他是一个预言家，知道一切的事情。在他熟睡的时候，制伏他并把他捆起来，他就会告诉你正确的方向。"赫剌克勒斯听从她们的劝告，并制伏涅柔斯，虽然他如同往常一样将自己变化为各种不同的形象。但这宙斯与阿尔克墨涅的儿子没有放开他，直到他问清楚在世界的哪个地方他可以寻觅到金苹果。最后他由利比亚向埃及前进。

海神波塞冬与吕西阿那萨的儿子部西里斯乃是那地方的国王。在九年饥荒和大旱之后，从库普洛斯来的一个预言家宣布了一个残酷的神谕：如果每年杀戮一个外乡人献祭宙斯，可使大地变得肥沃。部西里斯为了感激他所说的神谕，就以预言家本人作为第一个祭品。渐渐地这残暴的国王对于这每年的献礼感到非常大的兴趣，以致所有到埃及来的外乡人都遭杀害。赫剌克勒斯也被擒获并绑赴宙斯的圣坛。但他劈开锁链，杀死国王部西里斯、他的儿子和助他为虐的祭司。

他继续前进，从高加索山上释放普罗米修斯，并顺着这个被解放的泰坦所指示的方向，来到阿特拉斯站立着并以双肩背负着天的地方。在他的附近，夜神的女儿们看守着枝叶繁茂的结着金苹果的圣园。普罗米修斯劝他不要亲自去偷金苹果，最好先派阿特拉斯去。赫剌克勒斯应允在阿特拉斯离开时，承担他的负荷，以自己强力的双肩背负着苍天。同时阿特拉斯进到圣园，引诱以龙尾盘缠着树身的巨龙睡去，并杀死它，用计骗过看守的女仙们，平安地摘了三个金苹果带回来。但他已尝到自由的快乐！"我的双肩已感到轻松，"他说，"我不愿再让它们受罪了！"于是他将金苹果掷在赫剌克勒斯脚边的草地上，让他背负着那不能忍受的重负。但这英雄即刻想出一条计谋来解脱自己。

赫剌克勒斯在自己的征途上惩处恶人，这种美德是一个英雄最大的财富。

第十一件工作设计十分巧妙，尽管语言简单，却用精巧的安排使人物活灵活现，突显了主人公机智、勇武和善良的特征。

"让我绕一根绳子在我的头上吧，"他对阿特拉斯说，"否则这重量将会压碎我。"阿特拉斯认为这是一个合理的要求，就承担了。他以为只要他代替一两分钟。但如果他想赫剌克勒斯来接替他，就得永远等待下去，骗子反而受骗了。赫剌克勒斯拾起地上的金苹果走开了。他将它们带回献给欧律斯透斯。欧律斯透斯原希望他会在攫取金苹果时丧失生命，结果却活着回来，因此即以金苹果赠他。他将它供在雅典娜的圣坛上，但这女神知道这些圣果是不能放在别处的，所以又将它们送回由夜神的女儿们看守着的圣园。

欧律斯透斯一直没有能毁灭他所憎恨的敌手，反而帮助他在命运女神所规定的遭遇中得到了更大的光荣。由于他的不畏艰险，征服困难，他显然是人间的卓越的勇士和一切残忍行为的复仇者。但现在狡猾的欧律斯透斯安排给他的最后一次的探险乃是任何英勇的力量都无能为力的。他得去和地府里的恶势力搏斗，带来冥王哈迪斯的看门狗刻耳柏洛斯。这怪物有三个头，下身是一条龙尾，狺狺的大嘴流着毒涎，头上和背部的毛则全是纽结着的毒蛇。

狺狺（yínyín）：拟声词，狗叫的声音。

要准备做这种可怕的探求，他来到阿提刻的厄琉西斯城。在这里，聪明的祭司们领导着一种关于天上地下的神祇的教仪。在这个神圣的地方，在他对于马人们的屠杀行过净罪礼以后，祭司欧摩尔波斯授给他神秘的教义。怀着这些神秘的知识和面对恐怖的地府的心理准备，他去到伯罗奔尼撒的泰那戎城，这里有一个通向地府的入口。在冥冥中引导人类灵魂的赫耳墨斯陪着他下降到幽深的地狱里，来到普路同王的京城。阴魂们都在城门的周围凄惨地移动着（因为地府里的生活不像在有阳光的世界里那样快乐），一看到有血肉的人就立即逃避。只有墨勒阿革洛斯和戈耳工怪物墨杜萨的灵魂敢于坚定地面对有血肉的生命。赫剌克勒斯挥着宝剑好像要杀

冥冥（míngmíng）：昏暗。愚昧无知；昏昧。渺茫。此处指类似一种神秘、不可知的力量的指引、引导。

死戈耳工，但赫耳墨斯拉住他的手臂，并为他解释，死人的灵魂只不过是空虚的影子，不会为人间的利剑所伤。但对于墨勒阿革洛斯的灵魂，赫剌克勒斯却和他温和地谈话，并答应为他向他的在人间的姐姐得伊阿尼拉问候。

当他走近哈迪斯的大门，他看见由忒修斯陪同到地府里来向冥后珀耳塞福涅求爱的庇里托俄斯。普路同对于他的这种狂妄的想头十分愤怒，将他们两个锁在他们坐下来休息的大石头上。他们看见他们的老朋友赫剌克勒斯，向他伸出祈求的手，并战栗着希望再看见地上太阳的金光。这半神的英雄真的握了忒修斯的手，并斩断他的镣铐，但当他同样地要释放庇里托俄斯时，他却失败了，因为大地开始在他脚下猛烈震动。再往前行，赫剌克勒斯又遇见阿斯卡拉福斯，这位过去曾毁谤珀耳塞福涅，说她偷食哈得斯的石榴，因此使他不能再回到人间去。他为他移去他身上的石头，那是得墨忒耳伤心于不能再见她的女儿时加在他身上的，差一点儿没有把他压碎。最后赫剌克勒斯为了使焦渴的鬼魂得到血食，他袭取普路同的牛群，并杀死一头牛。这却为牧人墨诺提俄斯所不喜，他向赫剌克勒斯挑战，要他和他角力。赫剌克勒斯即刻抱着他的腰肢并挤断他的肋骨，直到珀耳塞福涅自己走来调解，他才将他释放。在死城的门口，冥王普路同挡着进路。赫剌克勒斯搭箭射中他的肩膀，但他忍受了人类的痛苦，所以当赫剌克勒斯温和地要求他许可带走他的地狱的恶狗时，他并不拒绝，只是提出一个条件：不用他所带着的武器，制伏恶狗。所以赫剌克勒斯放下一切，只是穿着胸甲和狮皮，去寻觅这只怪物。他看见它蹲伏在阿刻戎门口。它的三个头猖猖狂吠，轰震着如同千百个闷雷一样，他终于用两腿夹着它的三个头，两手紧紧抱着它的脖颈，但这怪物的尾（本身便是一条龙）却抽击着他，并用利齿咬着他的胁部。但他仍

赫剌克勒斯在地狱惩治了恶人，同时也热心助人，给绝望的无辜者以希望，给恶人以不幸。制伏地狱恶狗坚定不移地完成了所有工作。

胁（xié）：从腋下到腰上的部分。

死死抱住它不放，并扼着它的喉管，直到这恶狗屈服。这时他举起它，带着它离开地府，从阿耳戈利斯的特洛伊城附近的另一个出口，平安地回到人间。但当这恶狗刻耳柏洛斯见到地上的阳光，却恐惧得发疯，并四处呕吐毒涎。于是地上钻出有毒的乌头树，这种植物直到现在还在那个地方繁衍。赫剌克勒斯即时去到提任斯，将锁着的恶狗献给欧律斯透斯，欧律斯透斯差不多不能相信自己的眼睛，现在他才知道要除掉这宙斯的强有力的儿子是不可能的。他只好将自己委诸命运，并打发赫剌克勒斯仍然将这头恶狗送回地府交给它的主人。

> 欧律斯透斯终于败下阵来，因为他知道要除掉赫剌克勒斯不是那么容易的事。

## 赫剌克勒斯和欧律托斯

在这些辛苦和努力之后，赫剌克勒斯终于不必再给欧律斯透斯服役并回到忒拜去。他再不能和他的妻子墨伽拉相处，因为她为他所生的几个孩子已为他发疯时所射杀。现在他得到她的同意，将她给予他所爱的侄儿伊娥拉俄斯，自己开始寻求一个新的妻子。现在他梦想着欧玻亚的俄卡利亚国王欧律托斯的美丽的女儿伊娥勒。当赫剌克勒斯在童年的时候，欧律托斯曾教他射箭。欧律托斯宣布，谁和他以及他的儿子们比赛箭术，箭术比他们高强，就可以得到他的女儿。听到这儿，赫剌克勒斯忙着来到俄卡利亚，混在许多竞赛者之中，并即刻证明自己不愧是年老的欧律托斯的青出于蓝的学生，因为他终于得到胜利。国王优礼这个贵宾，心中却忧虑着，因为他想起墨伽拉的遭遇，恐怕他的女儿也会得到同样的命运。因此他一天又一天回避赫剌克勒斯，并说他需要充分的时间来考虑这件婚事。同时欧律托斯的长子伊菲托斯正与赫剌克勒斯同年，他豁达地赞美赫剌克勒斯的强力和勇敢，一

> 国王担忧他的女儿会得到与墨伽拉同样的遭遇，不敢贸然答应，这件婚事一拖再拖。

点儿也不妒忌，成为这英雄的好友，并设法影响他的父亲对于这个高贵的外乡人发生好感。但欧律托斯仍固执地拒绝他。

受到这么深的打击，赫剌克勒斯离开王宫，长时期地在异地漫游。当他离开之后，有人来报告欧律托斯说有一个强盗偷去了王家的牛群。这犯人乃是恶徒奥托吕科斯，他的偷盗是远近驰名的。但国王正在恼怒中，他说："除了赫剌克勒斯没有别人敢做这事！因为我没有将我的女儿许配给他，他就做出这样卑鄙的报复，这亲手杀死自己孩子的刽子手！"伊菲托斯温和而婉转地为他的朋友辩护，并提议自己去寻找他，以便在他的帮助下，寻到已失的牛群。赫剌克勒斯殷勤地接待国王的儿子，并愿和他一起去寻找失去的牛群。但是他们没有成功，并且当他们爬上提任斯城墙想从高处眺望失去的牛群时，赫剌克勒斯的疯病突然发作，因为愤怒的赫拉又使他失去了理智。他将他的忠诚的朋友伊菲托斯当作欧律托斯的恶意的同谋者，将他从城头上扔了下去。

## 赫剌克勒斯和阿德墨托斯

当赫剌克勒斯忧闷地离开俄卡利亚的王宫，做很广很远的漂泊时，一桩新奇的事却发生了。在忒萨利亚的费赖城居住着国王阿德墨托斯和他的年轻美丽的妻子阿尔刻提斯。两人有着几个美丽的孩子，并为幸福的人民所爱戴。很久以前当阿波罗杀死库克罗普斯，逃到奥林匹斯圣山并被迫服役于人类时，斐瑞斯的儿子阿德墨托斯恳切地欢迎他，让他为他牧羊。后来阿波罗为宙斯赦免，他成为阿德墨托斯的保护神，一直在保佑他。当阿德墨托斯短促的生命濒于完结，阿波罗因为是神，已预先知道，就强迫命运女神答应假如有别人代替国王死，代他到地府里去，就可以让他逃脱将来临的死亡。

伊菲托斯是一个正直且忠诚的朋友，却因为赫剌克勒斯的疯病突发而枉死。着实可叹！

然后阿波罗离开奥林匹斯圣山来寻觅他过去的主人，警告他死期将近，同时又告诉他逃脱死神的方法。阿德墨托斯是一个诚实人，但他爱恋生命。不单是他，而是所有他的家族和人民，知道将失去这王室的栋梁，这贤夫和慈父，这万民爱戴的明君时，都大大地吃惊。所以国王四处找寻可以替他死的人。但没有一个人愿意替他死。虽然人民听到不久就要遭受的损失，都大声悲叹，但听到国王可以延长寿命的条件，却又沉默下来。甚至他的父亲斐瑞斯和他的年老的母亲，虽然知道他们已是风烛残年，但仍不愿放弃他们最后几小时的生命来拯救他们的儿子。只有年轻美貌的阿尔刻提斯，只有他的妻，他的几个孩子们的母亲，风华正茂，却纯洁无私地爱着她的丈夫，愿意代替他死。当她说出这话，死神立即到王宫里来，预备带她的阴魂到地府里去，因他知道命运女神所规定阿德墨托斯之死的正确的时日。阿波罗看到死神来临，就飞快地离开国王的宫殿，因他是生命之神，不愿为死神的不祥所玷污。

现在忠贞的阿尔刻提斯感觉到她的死期临近，准备献身死神，她先在清泉里沐浴，穿着节日的华服，佩着珠络，然后在家里的神堂向地府女神祈祷，最后把丈夫和孩子们拥抱在手臂里。她一天一天地消瘦，直到最后，规定的时间到来，她走进客厅去接待地府的使者。她的家族和女仆们伴随着她。她严肃地和他们告别。"让我告诉你我心里的话吧，"她对她的丈夫说，"因为我爱你的生命甚于我自己的生命，所以我愿在命运规定的时间以前为你而死，虽然我本来可以选择第二个丈夫，一个忒萨利亚的贵族，并享受一个悠久甚至可能是幸福的生活。但没有你和看着我的无父的孩子们的日子，我活不下去。你的父母不愿替你死，虽然他们这么做要比较合适，因为这样你就不致孤独地去抚养失去母亲的孩子们。但

虽然大家都不愿失去这位明君，却没人愿意替他死。只有他纯洁无私地妻子愿意代替他死，衬托了他妻子的伟大与无私。

玷(diàn)污：弄脏，使有污点。

夫妻之间的真情告白表明了他们真挚的爱情，读来催人泪下。

神祇既已如此安排，我只有请求你记住我所做的事情，不要将你和我一样热爱着的孩子们委给一个继母，因为她可能会由于妒忌，虐待他们。"她的丈夫含着眼泪发誓说，她活着是他的妻子，死后也只有她而没有任何第二个人会是他的妻子。于是阿尔刻提斯带着号哭的幼小的孩子们向他走来，随即晕倒在地。

当他们正预备举行葬礼，赫剌克勒斯恰好漫游到费赖城并走到王宫的门口。仆人们让他进去，他正在和他们说话，国王走了出来。他隐藏着悲愁，热烈地欢迎他。赫剌克勒斯看见他穿着丧服，因而问他发生了什么事，他不愿使他悲伤或者甚至走掉，只暧昧地回答他，所以给客人的印象好像仅是一个旅行到这里的远亲突然死在宫里了。因此赫剌克勒斯并没有改变他的快乐的心情，他叫一个仆人领他到客房去，并给他酒喝。当他看到这个仆人的忧郁气色，他还责备他。"你为什么这么严肃呢？"他问他，"仆人的职务乃是接待宾客。异乡的一个女人死在这里，那算得什么呢？死是凡人的共同命运。忧能伤身。去吧，和我一样地头上戴着花冠，并和我干杯吧！我十分清楚满溢的酒杯可以抹去你额上的皱纹。"

暧昧（àimèi）：含糊；不明白。

但这仆人悲哀地走开了。"我们遭受一种不幸，"他说，"这使我失去欢笑和饮宴的心情。斐瑞斯的儿子是好客的，真的，或者太好客了，所以他让一个心情快活的外乡人到他的悲伤的屋子里来喝酒。"

说明斐瑞斯的儿子乐于接待客人，对客人十分热情。

"我为什么不应当快活呢？"赫剌克勒斯说，"为着一个不相识的女人的死吗？"

"唉，不相识的女人！"这仆人诧异地叫起来，"她对于你或者是不相识的，但对于我们可不是这样啊！"

"阿德墨托斯并没有告诉我全部实情。"赫剌克勒斯沉思地说。

"随你去快活吧。国王的伤痛，只有他的朋友和那些服役于他的人才会关心。"仆人说。

现在赫剌克勒斯诘问着他，直到他找出这事情的究竟。"那是可能的吗！"他叫起来，"阿德墨托斯丧失了美丽而尊贵的妻子，还会如此殷勤周到地接待一个外乡人吗？在进城门的时候我还感到隐约有些勉强。而现在我在哀伤的屋子里竟戴着花冠并且饮酒作乐！告诉我，阿尔刻提斯葬在什么地方？"

"假使你走通往拉里萨的大道，"仆人回答，"你将看见一座已经建立在她的坟墓上的壮丽的纪念碑。"他边哭边说地走开了。

当赫剌克勒斯独自留在那里时，他并不悲伤，只是作出一个迅速的决定。"我必须救活这个已死的女人，"他自言自语地说，"我必须将她带回给她的丈夫，除此以外无可报答他的礼遇。我将去到她的坟上，并等待着死神，这死之统治者。

我将看见他饮酌倾注在纪念碑上的祭品的血。这时我从隐伏的地方跳出来捉住他。世上任何力量都不能使我将他放走，除非他将死者的阴魂送回。"怀着这个决心，他秘密地、默默地离开宫殿。

阿德墨托斯回到他的寂静的屋子并看到他的孤独的孩子们。他深深地悲悼他的妻子，任何忠实的仆人都不能安慰他的悲楚。突然赫剌克勒斯从大门进来，牵着一个戴着面纱的妇人。"那是不应该的，国王哟，对我隐瞒着你的妻子的死，"他说，"你接待我就好像你仅仅在哀悼一个疏远的人。同样，由于不明白事实，我也犯了大错。在死去主妇的屋子里灌酒于地。但我将不再扰乱你的悲愁。我回来只是为了一件事情，这是我在这里比赛得胜时赢得的一个女子。我正要去从事新的竞赛。在我离开时，你可以使她作你的侍女，保护她如同保护一个朋友的珍物一样。"

阿德墨托斯对于赫剌克勒斯所说的话感到惊异，他说："并不是因为我蔑视或看不起朋友而对你隐瞒我妻子的死，乃是不愿意由于你离开我到别人家去而增加我的悲哀。至于这个女人，请你给费赖城的任何人，不必给我，我的负担已够沉重。你在城里必然有很多朋友！我怎能看见这个女人在我的屋子里而不哭泣？此外她也不能在男人的屋子里住，而我也不能将她安置在我死去的妻子的屋子里。别打搅我吧！我畏惧费赖城人民的闲言和死者的责难。"

但国王虽然拒绝，眼睛却好奇地盯着这被面纱遮着的女人。"无论你是谁，"他对她说，"你的身材这么出奇地和我的阿尔刻提斯相像。神祇在上，赫剌克勒斯，请你带走这个女人，别使一个已经够悲惨的人再增加痛苦。无论何时我看见她，我会感到如同看见我的妻子一样。我将流泪；我的悲伤将没有尽头。"

赫剌克勒斯隐藏着真意，忧郁地回答："啊，但愿宙斯给了我这种力量使我从地府里救回你的高贵的妻子，使她重见世界的阳光，用以报答你的伟大的友情！"

"我知道，假使你能够，你会这样做的，"阿德墨托斯回答，"但何曾有过死去的人又会活回来的呢？"

"好啊，"赫剌克勒斯比较愉快地继续说，"正因为这是不可能的，那么让时间来减轻你的悲哀吧。生者的忧伤并不会使死者愉快。别总是想着第二个妻子不会给你带来欢乐。最后，为我的缘故，还是接受我带给你的这个女子。至少也试试看！在你发觉她使你苦恼的时候，她就会离开你的。"

赫剌克勒斯这样逼迫阿德墨托斯，阿德墨托斯也不想过分拂去友人的盛情。他很勉强地，叫一个仆人带她到内室里去，但赫剌克勒斯却不愿意。"别将这无价之宝交到仆人的手里，"

国王虽然拒绝赫剌克勒斯的好意，但显然对这名身材与自己妻子十分相似的女人感到好奇。

赫剌克勒斯继续幽默地开着玩笑。

他说，"我的朋友，假使你愿意，请自己带着她进去吧。"

"不，"阿德墨托斯说，"连我的手指也不能碰她一碰。对于我，即使是最轻微的接触，也算是破坏我对于死者的誓约。"

但赫剌克勒斯仍不放过他，直到他牵着这个带着面纱的女人的手。"现在珍爱她吧，"他说，"仔细地看看她，弄清楚她的确和你的妻子一样，并终止你的悲伤吧。"说着就揭开她的面纱。国王不能相信地大吃一惊，他已看见他自己的妻子！他激动得几乎晕倒，抱着她，这重新活过来的人，悲喜交集地尽情地看着她，同时这半神人的英雄却叙述着他与死神打交道的情况：怎样在墓地上捉到他，并和他争斗，夺回他的宝物。最后国王知道她的确是阿尔刻提斯，他双手拥抱着她，但她仍然沉默着不能回答他的热情的言语。"你还听不到她的声音，"赫剌克勒斯解释，"要到第三天拂晓时，死的束缚才可以完全割断。别疑惑，先带她到你的内室，并庆祝你们的团圆吧。为着报答你对于外乡人的高贵的款待，她又属于你了。现在让我去走我自己的路吧。"

"祝你平安，赫剌克勒斯！"阿德墨托斯在后面大声喊道。"你指引我回到更美的生命，因为现在我不仅是幸福，并以感恩的心情体会到我的幸福了。所有我的人民将以歌唱和跳舞来进行庆祝。所有的圣坛将升腾起献祭的熏香。在这一切里，我们将怀着无限的感谢和爱戴纪念你，啊，宙斯的伟大的儿子哟！"

## 赫剌克勒斯为翁法勒服役

虽然赫剌克勒斯是在疯狂中杀死伊菲托斯的，他的心里仍然感到沉重的负担。他这里那里地漫游，访问各地国王寻求净罪。最先他访问皮罗斯的涅琉斯，然后访问斯巴达王希波科翁，两人都拒绝他的请求。第三个人亚密克莱的国王得伊福玻斯同意为他净罪。神祇却惩罚他，使他患上一种重病。这位向来健康有力的英雄，渐渐地病弱得不能支撑。他来到得尔福，希望皮提亚的神谕可以治好他的疾病。但那里的女祭司拒绝向这杀人者说话。这使他很愤怒，他偷取她的三脚圣坛，带到旷野中，自己作起神谕来。由于他的这种狂妄和僭越，阿波罗即刻出现，单独和他挑战。但这一次宙斯不愿兄弟们互相残杀，在他们中间袭击着闪电，终止他们的决斗。最后赫剌克勒斯被告谕，如要疾病痊愈必须卖身三年为奴；又为消除杀人罪孽，必须将卖得的钱送给死者的父亲。赫剌克勒斯因为十分病弱，所以不得不屈服于这苛刻的条件。他和他的朋友们航海到亚细亚，朋友中的一人，得到他的同意，将他卖给伊阿耳达诺斯的女儿翁法勒。她是在当时叫迈俄尼亚后来叫吕狄亚那个地方的女皇。按照神谕所示，卖者并将出卖赫剌克勒斯所得的钱全部送给欧律托斯，他不接受，又送给被杀死的伊菲托斯的孩子们。即刻赫剌克勒斯的疾病得到痊愈。

　　虽然他还是翁法勒的奴隶，可是当他的体力一恢复，他就开始作一切英雄的作为，继续造福于人类。他肃清他女主人境内及附近地方的强盗。他诛灭一部分住在厄斐索斯四周的掠劫乡村为害人民的刻耳科珀斯人，并用铁链子锁着献给翁法勒。波塞冬的一个儿子，即奥利斯地方的国王绪琉斯，他劫掠过客，并强迫他们为他耕种葡萄园，如今也被赫剌克勒斯用铁铲打死，并将他所有的葡萄藤连根挖毁。他也毁坏伊托涅斯的城，因为他一再侵略翁法勒的土地，并奴役所有的人民。在佛律癸亚，弥达斯的私生子利堤厄耳塞斯无恶不作。他是一个极富有的人，很客气地邀请一切过路的外乡人作他的贵宾，但在晚宴以后，就强迫他们为他耕种，如果他们敌不过他就要被杀头。赫剌克勒斯杀死这个暴君，并将他

僭（jiàn）越：超越本分，冒用在上的人的名义或物品。

罪孽（niè）：人们认为应受到报应的罪恶。

赫剌克勒斯体力得到恢复后就开始造福于人类，惩治了许多恶人。这也表明了他有一颗勇敢且正义的心。

投入迈安得洛斯河。

在他的一次远征中，他来到多利刻岛，看见被海浪冲到海岸上的一具死尸。这是伊卡洛斯的尸体，他佩着他父亲为他所造的羽翼，从克瑞忒的迷宫飞出，因过于接近太阳，坠海而死。怀着无限的同情，赫剌克勒斯埋葬了这个孩子，并为了纪念他，将这个岛改名为伊卡里亚。为了报答他，伊卡洛斯的父亲，即大艺术家代达罗斯为赫剌克勒斯在庇萨建立了一座巨大的极为相似的石像。一次，赫剌克勒斯夜中到达这里，在黑暗中这石像像活的一样。他自己的英雄姿态好像是一个对他威胁着的敌人，所以他以巨石向它投去，破坏了这个为他建立起来的美丽的纪念碑。狩猎卡吕冬野猪的故事也发生在赫剌克勒斯替翁法勒当奴隶的时候。

翁法勒女皇颇赞美她的奴隶的勇敢，并猜出在她的家人里有一个世界闻名的英雄。后来她知道他是宙斯的儿子，她不但承认他的功绩，使他恢复自由，并招赘他作丈夫。在东方人豪华享乐的生活中，赫剌克勒斯忘记了美德女神在十字路口给予他的教训。他变得纵欲而懦弱，翁法勒亦以屈辱他为乐。她自己披着他的狮皮，却让他穿着吕狄亚女人的华美的衣服。他对她的盲目的爱狂热到使他服从她的命令坐在她的足边为她纺织。那曾经顶住阿特拉斯的重负尚以为轻的脖子，现在却戴着女人的黄金的项链。粗壮的手臂也戴着满镶着珍珠的手镯。长发披拂到肩上，并带着吕狄亚女人的发饰，披着女人的华丽的长服。他和翁法勒的侍女坐在一起，面前放着纺车，以瘦长多筋的手指纺织着纤细的线，并小心翼翼地恐怕不能完成当天的工作，受到女主人的责罚。当女皇高兴的时候，这男扮女装的汉子也不能不对女皇和宫女们述说他的光荣的青年时代的冒险：怎样用婴儿的双手捏死两条毒蛇，怎样在少年时代杀死巨人革律翁，怎样割下许德拉的不

招赘（zhuì）：招女婿。此处特指"上门女婿"，亦即落户妻子家。

穿女子的衣服、从事女人的工作以及被迫述说他的冒险史；这一切说明赫剌克勒斯承受了巨大的屈辱。

可杀死的头，以及怎样到地府里和三头恶狗搏斗。女人们都喜欢他的英雄故事，就如同孩子们喜欢保姆跟他们讲的故事一样。

对于翁法勒的服役终于满期，赫剌克勒斯也从他的迷恋中觉醒。他厌恶地摔下女人的服饰，并毫不费力地恢复本来面目，成为宙斯的强有力的儿子，充满着英勇的决心。在他的新的自由中，他决定向他的敌人复仇。

## 赫剌克勒斯以后的功业

首先，他出发去惩罚特洛伊国王拉俄墨冬，拉俄墨冬曾建筑特洛伊城，是一个傲慢而专制的统治者。因为当年赫剌克勒斯和阿玛宗人战争回来的时候，曾从毒龙口中救出拉俄墨冬的女儿赫西俄涅。拉俄墨冬不但违约，不给他所许诺的宙斯的骏马作为报酬，反而以侮蔑的言语辞退了他。现在他带着六只船和一小队战士，其中包括几个希腊最著名的英雄如珀琉斯、俄琉斯和忒拉蒙。赫剌克勒斯穿着狮皮去看忒拉蒙，他正坐在甲板上。他站起来招待客人，并用金杯酌酒献给他。赫剌克勒斯很为他的盛情所感动，于是举起双手向天祈祷："父亲宙斯啊，假使你过去曾慈爱地倾听过我的祈求，现在也请倾听吧。我请求你给忒拉蒙一个勇敢的男儿，一个嗣子，他将如同穿着这身狮皮的我一样的无畏。让他永远为高贵的精神所鼓舞！"

他刚刚说完这话，神祇就打发一只鸷鹰，鸟中之王，飞翔在他的头上。这英雄满心欢喜，并用狂喜的心情和有力的声音如同预言家一样地说道："是的，忒拉蒙，你将得到你所希望的儿子，他将和这只威严的鸷鸟一样威风凛凛。埃阿斯是他的名字，他将在神圣的战争中取得声望。"

傲慢：形容轻视别人，对人没有礼貌。

赫剌克勒斯十分率直，也很乐于帮助朋友。

凛凛(lǐnlǐn)：严肃，可敬畏的样子。

说完这话，他在甲板上坐下。不久，他和忒拉蒙以及别的英雄们就出发远征特洛伊。

当他们登陆后，赫剌克勒斯吩咐俄琉斯看守船只，他和其余的人向城里走去。拉俄墨冬即刻率领队伍攻击船只并在战斗时杀死俄琉斯，但当他动身归来时发现已为赫剌克勒斯的勇士们所包围。同时英雄们也围困了特洛伊城。忒拉蒙首先攻破城垣并攻进城里。赫剌克勒斯随后攻入。在这半神人的一生中，他落于人后还是第一次。深深的嫉妒蒙蔽了他的灵魂，一种恶毒的阴谋在他心中滋长。他举起剑来，正要挥击走在他前面的朋友，忒拉蒙回头一看，由他的姿态看出他的用意。他极其沉着地开始堆积身边的石头。当他的对手问他这是什么原因，他回答说："我为赫剌克勒斯，这胜利者建立圣坛！"这话消融了他的嫉妒和愤怒。两个英雄重新并肩作战。赫剌克勒斯用箭射杀拉俄墨冬和他的几个儿子，只有一个儿子除外。特洛伊城征服以后，他把拉俄墨冬的女儿赫西俄涅送给忒拉蒙，作为胜利的奖品。他并许可她选择一个她所心爱的俘虏释放，她选择他的弟弟波达耳刻斯。"这很好，"赫剌克勒斯说，"他将属于你，但首先他得忍受耻辱，并为别人的奴隶。然后你可以用钱将他赎回。"这孩子被卖为奴之后，赫西俄涅摘下头上的金冠，用以赎取他的兄弟。以后他更名为普里阿摩斯，意即被卖的人。

赫拉嫉恨这半神英雄的胜利。在他回去时，使他遭遇猛烈的暴风，宙斯却搭救他，使她的阴谋不能实现。此后经过别的一些冒险，赫剌克勒斯决定第二个必须报复的人是奥革阿斯国王，这个国王也曾拒绝给他所许诺的报酬。他攻入他的国内，杀死他和他的儿子们。他将厄利斯王国赠给了那个由于和他友好而被放逐的费琉斯。

这场战争得胜之后，赫剌克勒斯恢复了奥林匹克竞技会，

忒拉蒙用自己的智慧和沉着化解了赫剌克勒斯的恶意和嫉妒，使两名英雄重新并肩作战。

并建立了一座圣坛献给竞技会的开创者珀罗普斯，另建了六座圣坛献给别的十二位神祇，每两人一个。在这时候，据说宙斯曾化身为人与赫剌克勒斯角力，却遭受失败，并祝愿他的儿子以非凡的力量获得幸福。然后赫剌克勒斯出发征讨皮罗斯及其国王涅琉斯，因为后者曾拒绝为他净罪。他攻入他的城，杀死他和他的十个儿子。只有年幼的儿子涅斯托耳幸免，因为这时他正远在革瑞尼亚读书。在这次的战争中，赫剌克勒斯甚至伤了冥王哈迪斯，因他也来帮助皮罗斯人作战。

赫剌克勒斯在角力中打败化身为人的宙斯以及在战斗中杀伤冥王，说明了他的力量非凡。

现在唯一剩下来要惩罚的人是斯巴达的希波科翁，另一个不为赫剌克勒斯净罪的人。此外希波科翁的几个儿子的敌意也增加赫剌克勒斯的仇恨。因为有一次，赫剌克勒斯和他的舅父兼好友俄俄诺斯来到斯巴达，当俄俄诺斯正在观看宫殿的时候，有一只巨大的摩罗西亚猎狗袭击他。俄俄诺斯拾起一块石头掷去，国王的几个儿子们就拥出来用棍棒打死了这个外乡人。现在为他自己的恼恨和朋友的死而报仇，他召集一队人去进攻斯巴达。当他们经过阿耳卡狄亚时，他邀请刻甫斯国王和他的二十个儿子加入他的远征，最初他拒绝，因为恐怕他的邻邦阿耳戈斯人乘虚侵入。雅典娜曾赠给赫剌克勒斯一束墨杜萨的头发，盛在铜罐子里。现在他将它赠给刻甫斯的女儿斯忒洛珀，并对她说："当阿耳戈斯人逼近的时候，你只要在城头上高举起这束头发三次，而你自己却不看它，这时你的敌人就会逃跑。"刻甫斯听到这话，就亲自参加这次的征战。但是，虽然阿耳戈斯人真的被迫逃跑，他自己却接连惨败，最后，他和他所有的儿子都被杀死。赫剌克勒斯的兄弟伊菲克勒斯，也在战斗中阵亡。但赫剌克勒斯自己征服了斯巴达，杀死希波科翁和他的儿子们，并使卡斯托耳和波吕丢刻斯的父亲廷达瑞俄斯回到城里，重登王位。但他保留着将来由自己的子孙继承他所给予廷达瑞俄斯的王位的权力。

赫剌克勒斯最终自己征服了斯巴达，杀死了希波科翁和他的儿子们，为自己的恼恨和朋友的死报了仇。

征战：出征作战。

## 赫剌克勒斯和得伊阿尼拉

赫剌克勒斯在伯罗奔尼撒做过许多英勇的作为以后，他来到埃托利亚的卡吕冬，来到国王俄纽斯那里。俄纽斯有一个美丽的女儿得伊阿尼拉。比之于埃托利亚的别的女人们，她更加被一个最不受欢迎的求婚者所烦扰。在她来到卡吕冬以前，她居住在她父亲的领域内的另一个城普琉戎，那里的阿刻罗俄斯河的河神曾变为三种形象向她求婚。最初变形为一只牡牛，其次变形为有着闪光的龙尾的龙，最后则是一个有着牛头的人形，在多毛的面颊上流着泉水。得伊阿尼拉看着这奇形怪状的求婚者十分苦恼。所以她祈祷神祇但愿一死。她在长时期中坚持地拒绝他。但他越发变得放肆而固执，她的父亲也好像并非不愿意将他的女儿嫁给这古代神祇后裔的河川之神。

现在第二个求婚者虽然出现较晚，但也还正是时候。这便是赫剌克勒斯。他的朋友墨勒阿革洛斯曾经对他说过得伊阿尼拉如何的美丽。这英雄已经料到这个美丽的女郎是不会轻易赢得的，所以作好战斗准备。当他向宫廷走来，微风吹着他背上的狮皮，箭在箭袋里震响着，他在空中抡着他的木棒。河神看到他走来，牛头上青筋饱胀，低下头，企图用利角突击他。俄纽斯看着他们两人都有大力而斗志激昂，并不想干涉他们，只是应允将他的女儿嫁给在战斗中得胜的人。

凶猛的斗争开始了，国王、王后和他们的女儿都在那里旁观。赫剌克勒斯用铁拳猛击，用箭连射，但这河神的巨大的牛头却一再躲开，并寻伺着要以利角狠狠地冲刺他的敌手。最后这种斗争转为肉搏。手臂扭抱着手臂，大腿绞缠着大腿。两人都满身是汗，并如雷鸣一样地喘息着。最后宙斯的儿子占了上风，将大力气的河神摔在地上，河神即刻变形为毒蛇。

*得伊阿尼拉拒绝了自己不喜欢的求婚者，表明她勇于追求自己的幸福。*

*赫剌克勒斯为赢得伊阿尼拉准备去战斗。*

*此处详尽地描写了这场战斗的激烈。证明了胜利者赫剌克勒斯的英勇与善战。*

但赫剌克勒斯正是捉蛇的好手，假使不是阿刻罗俄斯又突然变为牡牛，他真的会将他打死。但即使这样，也没有使赫剌克勒斯张皇失措。他紧握着他的一只角，要他跪下，因用力过猛，这只角折断在他的手里。河神承认失败，得伊阿尼拉遂成为胜利者。至于阿刻罗俄斯的角，过去女仙阿玛尔忒亚曾送给他一只珍贵的角，满装着各种的果子如石榴、葡萄之类。现在他将这只角赠给赫剌克勒斯，赎回他自己的角。

赫剌克勒斯结婚后并没有改变他的生活态度。仍如同以前一样，这里那里地漫游冒险。一次，当他回到俄纽斯的宫殿，在吃饭时不小心杀死一个正递水给他洗手的侍童。因此他又不得不逃亡。他的年轻的妻和她为他所生的儿子许罗斯也伴随着他。

## 赫剌克勒斯和涅索斯

他们从卡吕冬来到在特剌喀斯的朋友刻宇克斯那里。在这里，赫剌克勒斯遭到生平最危险的事，因他到达欧厄诺斯河时，他遇到马人涅索斯，他按规定价钱背负着旅行的人渡过河去。他说神祇们将这任务委托给他，表示相信他的诚实。赫剌克勒斯自己是不需要这种服务的，因为他能够用大而有力的脚步跨过那打漩的河水。但是他将得伊阿尼拉交给涅索斯，他将她放在肩上，带她过河。在半渡的时候，他迷惑于她的美丽，开始拥抱她。赫剌克勒斯在对岸听到她的呼救，立即回转来。他看见这多毛的半人半马的怪物欺凌他的妻子，就毫不迟疑地从箭袋中抽出一支箭，在涅索斯快要上岸的时候一箭射去，射穿他的胸膛。得伊阿尼拉从涅索斯的手中逃脱，正向丈夫奔去，这时候涅索斯虽已濒于死亡，仍然满怀仇恨，他叫她回来，并用谎言欺骗她。

欺凌：欺负，凌辱。

不知阴险的马
人涅索斯使出
什么毒计迫害
赫剌克勒斯。
读者不禁为赫
剌克勒斯今后
的命运而担心。

"听我说，俄纽斯的女儿！因为你是我背负的最后一个人，所以你应从我的服役得到一些好处，只要你照我所说的去做。收集从我那致死的伤口里流出的鲜血。在浸过许德拉的毒血的箭所射入的地方，血液凝结，容易拾取。你可以用它作为一种魔药来管束你的丈夫。假使你用它来涂染他的紧身衣，除你以外他就不会再爱别的女人。"他说完这个阴毒的劝告之后，即刻毒发而死。得伊阿尼拉虽然对于丈夫的爱并不怀疑，但也终于如他所说地收集这些凝结的血，盛在她所带的一只小瓶子里，并保存着，不让赫剌克勒斯知道。他离得很远，也看不见她所做的事。经过别的一些冒险之后，他们到达特剌喀斯，并和国王住在一起，带着那些无论到哪里总跟随着他的阿耳卡狄亚好汉们。

## 赫剌克勒斯的结局

赫剌克勒斯原
始的欲望促使
他任性而为，
杀死国王和王
子，摧毁城池、
宫殿，夺取自
己所爱的人。

赫剌克勒斯最后一次的冒险乃是远征俄卡利亚的国王欧律托斯，由于怀恨过去他拒绝把他的女儿伊娥勒给他。他召集希腊的一支强大的军队进军到欧玻亚，将欧律托斯和他的儿子们围困在他们的城里。后来他得胜。巍峨的宫殿毁为平地，国王和他的三个儿子被杀，整个城池都被摧毁。仍然还很美丽和年轻的伊娥勒成为赫剌克勒斯的俘虏。

得伊阿尼拉焦急地期待着她丈夫的消息。最后皇宫里响起一阵快乐的喧哗。一个使者飞快地跑回来，将他的消息报告给热心的听众。"啊！公主哟，你的丈夫还活着，"他叫起来，"他将要全胜而归，甚至正在带着献给故乡神祇的战利品归来。跟随着我回来的他的一个仆人利卡斯现在正向城外平原上的人民宣告胜利。他自己之所以来迟，乃是他正在欧玻亚的刻奈翁半岛对宙斯作感恩的献祭。"

不久，赫剌克勒斯的随从利卡斯也来到了，并带着许多
俘虏。"祝贺你，我的王后，"他对得伊阿尼拉说，"神祇是嫉
恶如仇的。他们成全了赫剌克勒斯的正义事业。生活豪华而
巧言欺人的人都被打到地府里去了。但我们带来的这些俘虏，
你的丈夫却希望你饶恕他们，尤其是这跪在你脚边的不幸的
女人。"

得伊阿尼拉同情地看着这美丽得放光的可爱的年轻女郎，
把她从地上扶起来，并说："当我看到不幸的人流落异乡，自
由的人遭受到奴役，我总是怜悯得心疼。啊！宙斯哟，啊！
征服者哟！但愿你的手永不要将这样的忧愁加在我们身上！
但你是谁呢，可怜的女郎？你好像还是一个处女，并诞生于
高贵的家庭。告诉我，利卡斯啊，她的父母是谁？"

"我怎么知道呢？你为什么要问我呢？"他推诿地回答，
但面部的表情泄露出他隐藏着一种秘密。停了一会儿，他继
续说："她一定不是从俄卡利亚的小户人家出来的。"

因为这女郎总是叹息并保持沉默，得伊阿尼拉不好再追
问下去，只得叫人将她带到屋子里，有礼貌并且慈爱地对待
她。当利卡斯去执行她的吩咐时，首先来到的那个使者却对
他的女主人偷偷地说："得伊阿尼拉，不要相信你的丈夫所派
来的这个人。他没对你说真话。我在市场中，当着许多见证
人的面，听他说过你的丈夫摧毁俄卡利亚的巍峨的宫殿，唯
一的原因，就是为着这个女郎。她便是你欢迎到屋子里来的
人，她的名字叫伊娥勒，是欧律托斯的女儿，赫剌克勒斯在
认识你以前曾热爱过她。现在她来了，那不是你的奴隶，乃
是他的庶妻和你的情敌。"

得伊阿尼拉听到这话，悲伤地大声哭泣，但很快就镇定
下来，并派人去把利卡斯找来。开头他指着宙斯万神之王宣

嫉恶如仇：恨
坏人坏事像痛
恨仇敌一样。

推诿（wěi）：把
责任推给别人。

使者的话语使
得伊阿尼拉和
赫剌克勒斯之
间的感情由此
发生转变。

誓，他所说的都是真话，他实在不知道这女郎的父母是谁。很久很久他坚持着他的谎言。但当着伟大的宙斯，得伊阿尼拉也请求他不要再作弄她。"即使我可能怨恨我丈夫不忠实，"她流着眼泪说，"我还不至于卑贱到仇视这个女郎，因她从未触犯过我。对于她我只有同情，因为她的美丽不单是给自己招来不幸，甚至也毁灭了她的国家。"

利卡斯听完她这样好心肠的表白之后，他承认了一切。得伊阿尼拉在让他走开时没有丝毫要斥责他的表示，只是要他等着以便她为她的丈夫预备礼物，作为他送给她这批俘虏的报答。

不幸即将降临，得伊阿尼拉把马人遗留的毒药当解药，嫉恨已使她丧失了理智。

她严格遵照着马人的指示，秘密地珍藏着她从他的中毒的伤口收集起来的凝结的血液，不让它见着一点儿阳光。现在，她第一次在嫉妒的苦痛中想到这魔药。她不知道涅索斯所安排下的圈套，却以为那只是一种爱的魔药，除了可以挽回丈夫的爱以外，再不会有别的作用。她必须即刻行动！她偷偷地溜到屋子里，用一簇白羊毛蘸上魔药，涂染即将送给赫剌克勒斯的一件华贵的紧身服。当她忙着这样做时，她小心谨慎地不让羊毛和她所染的东西露在阳光中，将这件紫色的紧身服折叠得很整齐，锁在一只匣子里。一切做完以后，她将无须再用的羊毛丢在地板上，并召来利卡斯，将这献给赫剌克勒斯的礼物交托给他。"将这带去给我的丈夫，"她说，"这是我亲手织成的一件衣服。除他以外任何人都不能穿。在他穿上这件衣服举行祀神的大祭以前，他不能将它放置在火旁或阳光中。因为我许下心愿，假使他胜利归来，一切都必须照着这么做。这是我的真实的愿望和我的口信，凭着我交托给你的信物，他就会知道的。"

利卡斯答应一切如女主人所吩咐的去做。他即刻离开宫廷赶到欧玻亚去，使他的正在预备献祭的主人能尽快收受到这件珍贵的礼品。几天以后，赫剌克勒斯和得伊阿尼拉所生的长子许罗斯去谒见他的父亲，并将母亲的想念告诉他，催促他迅速归去。

得伊阿尼拉偶然走进她用魔药涂染衣服的那间屋子，她看见她不经心丢在地下的那簇羊毛，不禁惊惧得瑟缩着，原来，它在阳光中受到了日光的温热，碎为灰尘，并咝咝地响着喷出一种有毒的泡沫。对过去所做事情的一种阴郁的预感，沉重地压在她的心上，她在宫中各个房间里苦痛不安地徘徊着。

最后许罗斯回来了，但只是独自一人。"啊，母亲哟，"他向她叫喊着，声音因为仇恨而变得粗鲁，"我希望世界上从来没有你这个人，或者你不是我的母亲，或者神祇所赋予你的不是这样一个灵魂！"这王后本来已经为一种不可知的预感所苦恼，现在听到儿子的话更大吃一惊。"孩子哟，为什么这样地仇恨我呢？"她问。

"母亲，我从刻奈翁半岛来，"他回答她，哽咽得不能继续下去，"那正是你，你毁灭了我的生父！"

得伊阿尼拉面容变得如同死人一样惨白，但仍强作镇定地问他："我的孩子，这是谁告诉你的？谁敢拿这样可怕的罪名加在我身上呢？"

"不，"他回答，"没有人告诉我。也不需要，因我亲眼看到我父亲的悲惨的结局。我到刻奈翁半岛的时候，正值他为全能的宙斯建立圣坛，并宰杀祭品作感恩的献祭。这时他的仆人利卡斯带着你的礼品，这致死的紧身衣来到。照着你的意思，我父亲即刻穿上，并开始献祭。起初由于很喜欢你送来的这美丽的衣服，他欣快地、泰然地祈祷着。但当祭坛上的火焰向着天空升腾，他就开始流着汗滴。这衣服好像由铁匠熔铸在他身上一样，他由头到脚都震颤着。如同毒蛇攻心

---

得伊阿尼拉无意间发现她所认为的爱情魔药原来是毒药。有种不祥的预感涌上她心头。——

谒(yè)见：进见（地位或辈分高的人）。

悲剧发生了，此处的描写表明了赫剌克勒斯死时的极大痛苦与悲惨场景。

一样，他大声叫喊利卡斯，这带来这件有毒衣服的无罪的人。利卡斯来了，仍然天真地重说一遍你所吩咐的话。我的父亲即时抓住他的脚，将他在海滨的岩石上摔死，并将残破的肢体投掷到沸腾着的海上。这种疯狂的举动使所有的人都惊恐着，但没有人敢向他走去。他时而在地上翻滚，时而又跳起来，苦痛地尖声叫着，使岩谷和山林都发出回声。他诅咒你和使他丧命的婚姻。最后他看着我说道：'我的儿子，假使你觉得你的父亲可怜，即刻将我带上船去，使我不至于死在异乡。'所以我们将他抱上船。现在，在苦痛的挣扎中他总算回到了自己的故乡。你即时可以看到他，或者还活着，或者业已死去。而这都是你干的好事，啊！母亲哟！你可耻地谋杀了这千古最伟大的英雄！"

得伊阿尼拉对于他的严厉的责备没有回答，也没有企图为自己解说，只是在沉默的悲痛中离开了她的儿子。后来还是几个仆人告诉这个孩子他对他母亲的愤怒是不公平的，因为他们听她说过涅索斯给予的魔药怎样可以保持丈夫的爱。他去追她的母亲，但已来不及，她已经在屋子里用利剑刺胸自杀，死在她丈夫的床上。许罗斯双手拥抱着母亲，伏在床上，悲悔着自己的粗暴的言语。但他的父亲忽然走来，打断了他的自责。"儿子哟！"他叫着，"你在哪里？拔出你的宝剑，用它来杀死你的父亲吧！割下我的首级，并治好你的不信神的母亲用以坑害我的癫狂吧。别迟疑呀！可怜可怜我吧，一个英雄竟哭得像女人啊！"然后他又转身向他周围的人们苦痛地伸出双手，并悲号着："你们还认识这双手吗，虽然它们已被夺去所有的力量？但这仍是那双手，它们曾经扼杀牧人们的巨敌——涅墨亚的狮子，诛灭勒耳那的许德拉，结果了厄律曼托斯山的野猪，并从冥界捉来三头狗刻耳柏洛斯。没有戈矛，没有山林野兽，没有巨人的队伍可以征服我，但我现在却死在女人的手里。我的儿子哟，杀死我并惩罚你的母亲吧。"

但当许罗斯告诉他的父亲——并誓言这是真话——他的母亲绝无意害死她的丈夫，并已以一死来为她的这种轻率的行为赎罪。这时赫剌克勒斯的悲愤才开始平复，并转为悲哀。他让他的儿子许罗斯娶伊娥勒为妻，这个他从前所爱过而现在已成为他的俘虏的人。因为得尔福的一种神谕说过他将在特剌喀斯地方的俄忒山上完结他的生命，所以即使在剧痛中，他仍然叫人把他背到山之绝顶。在他的命令下人们将他安置在火葬堆上。他叫大家从下面燃起柴火，但无人愿意这么做。在痛苦中他极力地请求，直到最后他的朋友菲罗克忒忒斯才同意他的要求。为了感谢他，他赠给他没有人可以抵抗的常胜弓箭。柴火刚刚点着，天上就发出闪电，加速火焰的飞腾。然后雷声大作，一片云霞下降，包围着柴火堆，将这不死的英雄送到奥林匹斯圣山上去。当火焰熄灭，伊娥拉俄斯和别的朋友们来从灰烬中捡拾他的遗骨，却一点儿也找不到。他们不再怀疑，神祇的命令业已应验，赫剌克勒斯已从人间解脱，成为天神。他们献祭他和敬奉他如同神祇一样。所有的希腊人都把他当做神作来崇拜。

在天上，雅典娜接待这永生的英雄，并引导他进入诸神的团体。现在他既已走完人间的历程，即使赫拉也已和他和解。她把她的女儿赫柏，这永久青春的女神嫁给他为妻。她在光辉的奥林匹斯圣山上为他生育孩子们，美丽的永生的孩子们。

赫剌克勒斯在死亡中得到了重生，成为天神，他在人间播撒了"美德"的种子，他的形象永垂不朽，这是希腊人的英雄，也是人类的英雄。

## 情境赏析

　　这个故事是古希腊神话中最动人、最悲壮的故事之一。赫剌克勒斯是众神之王宙斯和希腊英雄珀耳修斯的孙女阿尔克墨涅的儿子。为了躲避宙斯的妻子赫拉的迫害，阿尔克墨涅不敢把儿子留在身边，而将他弃置田野。碰巧雅典娜陪着赫拉走过田野，发现了这个美丽的婴儿。她们很喜欢他，赫拉用自己的乳汁喂养了他，仙后的乳汁使小赫剌克勒斯具备超人的力量。当赫拉发现自己喂养的竟是情敌的儿子时，就把两条毒蛇放进了他的摇篮。然而，毒蛇被婴儿双双捏死在小手中。赫剌克勒斯渐渐长成一个正直、勇敢的青年，他锄强扶弱、见义勇为，受到众神和人民的热爱。他的一生都是在战斗中度过的。他完成了许多凡人无法完成的功业，例如战胜地母该亚的巨人儿子，从死神手中夺回朋友的妻子等。但是最为人传诵的，是他为国王欧律斯透斯完成的十二件大事，最后，由于误会，赫剌克勒斯死在爱妻的手中。当他的爱妻明白之后，悔恨地自杀了。赫剌克勒斯最终升为了奥林匹斯天神，受人敬仰。

　　赫拉克勒斯是古希腊神话中的英雄，他不仅完成了十二项英雄任务，还参与了伊阿宋取金羊毛的行动，并且解救了普罗米修斯。在现代意义中他是代表着勇敢而力大无比的人。他的故事告诉我们，人要勇于和不公平的现象做斗争。

## 名家点评

　　在神的世界中，命运无可把握，但对于光荣的追寻却成为可能，这种可能不来自命运，而来自于人性的内在，比如勇气，比如美德。这些才是比命运来得更重要的东西。

——（苏）高尔基

西西弗斯的孙子柏勒洛丰，即科任托斯国王格劳克斯的儿子。他因为过失杀人，被迫逃亡，柏勒洛丰逃遁到提任斯地区后，得到国王普洛托斯德热情款待，而国王的妻子安忒亚对柏勒洛丰十分爱慕，于是诱惑不成反诬蔑他，并要求国王杀死他。国王让柏勒洛丰送信到自己岳父的那里，却秘密要吕喀亚国王杀死柏勒洛丰，但勇敢机智的柏勒洛丰每次都能摆脱险阻、战胜困难，于是普洛托斯深信他就是天之骄子，不再坚持迫害他，反而给予他辉煌的荣誉。但后来的柏勒洛丰骄傲自大，因欲参加众神的集会，神马反抗他的这种野心，将他从空中摔下，从此他被诸神怀恨，他离开他的亲族从此过着孤独的生活。

埃俄罗斯的儿子西西弗斯乃是所有人类中的最奸猾的人，他建立并统治着在两海和两个国家之间的地峡上的美丽城邦科任托斯。由于他的许多欺诈的行为，他被罚在地府里用手脚将一块巨大的岩石从平地滚到山顶上去。每当他想着已经到达山顶，突然岩石又滑落下来。所以这为恶的人永远来回滚转沉重的岩石上山，直到他苦恼地弓着身子，全身汗滴如雨。

他的孙儿柏勒洛丰，即格劳克斯的儿子，乃是科任托斯的国王。因为过失杀人，这青年被迫逃遁，流亡到提任斯。这里的国王普洛托斯很慈爱地接待他，并为他净罪。神祇曾赋予柏勒洛丰美丽的仪表和所有男子的美德，因此普洛托斯的妻子安忒亚企图诱惑他。但柏勒洛丰对于她的诱惑十分冷淡，结果，她对于他的爱遂变为仇恨。她想出一种足以使他毁灭的谎言，然后在她丈夫跟前说："如果你想免于羞辱的死

此处交代故事中的人物、故事发生的起因。年轻的柏勒洛丰被迫逃遁。

亡，请你杀死柏勒洛丰吧！你的客人向我表白他很爱我，并设法让我对你不忠实。"

国王听到这话，沸腾着盲目的愤怒。但因为他爱这庄严而热情的青年，他不想杀害他，想用别的方法使他毁灭。他派遣他的无罪的客人去到他的岳父即吕喀亚国王伊娥巴忒斯那里，并由他带着一封密闭的书简作为引见之物。但事实上，信里却要伊娥巴忒斯斩杀来人。柏勒洛丰毫不怀疑地出发，全能的神祇也沿途给他保护。

当他渡海到亚细亚，到达名为克珊托斯的金河，他就求见吕喀亚的国王伊娥巴忒斯。这慈爱而有礼的国王，依照古老的礼节来接待这外乡人，并不问他是谁，也不问他从哪里来。他的仪表、他的美丽的面容和高贵的举止已足够向他说明，他所接待的并不是一个普通宾客。他给他一切可能的尊敬，每天为他举行宴会，每晨为他宰杀祭品献祭神祇。这样经过九天，直到第十天拂晓时伊娥巴忒斯才询问他的贵宾的姓名和他来此的目的。柏勒洛丰告诉他，他的女婿普洛托斯派遣他来，并呈上所带来的书简作为信物。伊娥巴忒斯看完内容，知道要他杀害柏勒洛丰，他十分惶惑，因他已很喜爱这个青年。但他不相信他的女婿没有重大的原因会处死他，所以他勉强得出结论，以为柏勒洛丰必是犯了不可饶恕的死罪。只是他不忍下手杀他，这个业已在此做客多天并以他的温文尔雅赢得了他的敬爱的人。

为了摆脱这一困境，他决定派遣他去做一些必致丧命的冒险。首先他必得杀死危害吕喀亚的喀迈拉怪物。这怪物出身不凡，它是可怕的巨人堤丰与巨蛇厄喀德那所生的儿子。它的前肢是狮子，后肢是巨龙，中间一部分是山羊。口中喷着火焰和热风。甚至于神祇自己都怜悯这个青年去做这种冒险，所以派遣波塞冬与墨杜萨所生的一只飞马珀伽索斯援助

温文尔雅：态度温和，举止文雅。

生动细致地描写突出了喀迈拉怪物的危险。

他。但珀伽索斯怎样援助他呢？这永生的飞马生来没有让凡人骑过。它也不能被捉住或被驯服。柏勒洛丰经过一切无用的努力之后，感到疲惫，就在他发现这飞马的庇瑞涅井边睡去。在这里他做了一个梦，梦见他的保护神雅典娜。她站在他的面前，手中持着镶金的辔头。她说："你怎么睡了呢，啊，埃俄罗斯的子孙？给你这个，这于你有大用处。宰杀一头美好的牛犊献祭波塞冬，以后就可以使用这副辔头。"女神在他的梦中这样说，说完之后，她摇动着她的黑色的盾牌，突然消失。他醒来，一跃而起。他伸出手一摸，看哪！虽然他现在已经完全清醒，在梦中得到的金辔头真的在眼前呢！

　　现在柏勒洛丰去见预言家波吕伊多斯，并告知他的梦和所发生的奇迹。这预言家要他即刻照着雅典娜所吩咐的去做，杀一头牛犊献祭波塞冬，并为他的保护女神建立一座圣坛。当这些事做完以后，柏勒洛丰非常容易地驯服了飞马，将金辔头套在它的头上，自己穿着盔甲骑上去。珀伽索斯腾空而行，他在空中射箭，将喀迈拉射死。

柏勒洛丰依照雅典娜的指示，顺利驯服了飞马，射死了喀迈拉。

　　后来伊娥巴忒斯派遣他去攻打索吕摩人。这是居住在吕喀亚边地的一个好战的种族。当他出乎意料的凯旋以后，国王又命令他去远征阿玛宗人。但他仍然毫无损伤地得胜归国。现在国王想着应该是执行他女婿的命令的时候了。他挑选国内最强壮、最勇敢的汉子设置埋伏，狙击柏勒洛丰。但没有一个人回来，因为柏勒洛丰将所有袭击他的人完全消灭。这些向国王证明了这青年不是罪人，而必是神祇的骄子。他并不坚持要迫害他，反而让他留居国内，和他分享王位，并让他和他的美丽的女儿菲罗诺厄结婚。吕喀亚人献给他肥沃的土地与丰盛的果园。他的妻子为他生了两个男孩和一个女儿。

伊娥马忒斯本无意加害柏勒洛丰，此刻更相信柏勒洛丰是神祇的骄子而给予他荣耀。

　　但柏勒洛丰的幸福到此为止。他的大儿子伊珊得耳成为一个伟大的英雄，却死于与索吕摩人的战争。他的女儿拉俄达弥亚为宙斯生了一个儿子萨耳珀冬，但她后来为狩猎女神阿耳忒弥斯一箭射死。只有他的幼子希波罗科斯活到光荣的老年，并派遣了一个高贵的儿子格劳克斯参加特洛伊战争。格劳克斯与他的表兄弟萨耳珀冬带着一队勇敢的吕喀亚人援助特洛伊人。

> 当一个人不能保持谦虚平和的心境，那么伴随他的将是孤独与忧郁。

柏勒洛丰自己后来变得傲慢而矜骄，因为他有飞马，他骑着它到奥林匹斯圣山，虽然他是一个凡人，却想参加诸神的集会。但他的神马反抗他的这种野心，在空中直立起来，将他颠覆坠地。柏勒洛丰没有摔死，但从此为诸神怀恨。他离开他的亲族，孤独地到处飘零，并回避人们居住的地方，在忧郁中度过他的晚年。

## ▌情境赏析▌

柏勒洛丰是希腊神话中的英雄，科林斯国王格劳克斯的儿子。他俊美勇武，曾乘天马佩加索斯，射死喷火怪喀迈拉，并先后战胜索吕摩与阿玛宗等部落。最后柏勒洛丰变得非常傲慢，因欲参加众神的集会，乘佩加索斯上天，触怒众神。宙斯差遣了一只牛蝇去螫佩加索斯，让柏勒洛丰从马上摔下，而把佩加索斯留下养在天庭，这就是天马座的来历。柏勒洛丰在科斯林受到崇拜。关于柏勒洛丰的神话，既具有古代民间故事的特点，又有关于希腊时代以前所崇拜的神祇的概念。

## ▌名家点评▌

《希腊神话与传说》为读者敞开了一扇观察和认识古希腊乃至欧洲文化的窗口。作为反映古希腊神祇和英雄故事的《希腊神话与传说》的确给人类的文化生活留下了丰富的精神遗产。本书波澜状阔的文化氛围和悲壮的历史，亦为读者掀开了那令世界难以忘怀的扉页。

——朱光潜